Condamner une race tout entière, ou mépriser une espèce sur la foi de préjugés moraux, était une attitude stupide et extrêmement primitive. Cela n'avait rien de rationnel et relevait de l'obscurantisme le plus pur. Corcail Sendijen le savait fort bien. Et pourtant... il fit la grimace et écouta le rugissement du sang à ses oreilles. Comme il aimerait tuer ces Aensalords. Lentement. Très lentement. Ses puissants tentacules s'enroulèrent et se déroulèrent, les griffes de combat qui les prolongeaient se déployèrent, avides. Rien de plus facile! Il n'avait qu'à tendre les bras vers ces silhouettes noires si minces qui dérivaient devant lui, puis...

POISON BLEU

GARDNER DOZOIS
& GEORGE ALEC EFFINGER

POISON BLEU

ROMAN

TRADUIT DE L'AMÉRICAIN
PAR THOMAS BAUDURET

LUNES D'EN
DENOËL

Collection LUNES D'ENCRE
Sous la direction de Gilles Dumay

www.denoel.fr

Titre original : NIGHTMARE BLUE

9, rue du Cherche-Midi, 75006 Paris
ISBN : 2-207-25441-0
B 25441-8

1.

Karl Jaeger était un homme mort.

Il en avait une conscience aiguë. Et pour les Aensalords qui le poursuivaient dans un concert de rires et de beuglements inhumains, il s'agissait d'une certitude aussi inéluctable que le lever du soleil. Une certitude que partageaient les êtres lugubres qui attendaient silencieusement son cadavre dans la campagne verdoyante entourant Schwäbisch Gmünd – ces hommes et ces femmes ayant toujours su ce qui allait se passer, acceptant l'issue de tout cela avec une résignation née d'une longue et douloureuse expérience.

Les Dktars – les molosses aensas – savaient mieux que quiconque que la proie qu'ils traquaient implacablement au cœur des fougères et des buissons n'avait aucune chance.

Seul le corps de Karl Jaeger semblait nier l'évidence.

Ses jambes s'obstinaient à le propulser à travers la campagne endormie, bien que son esprit, coincé dans cet amas de chair en sursis et résigné à attendre la mort, eût depuis longtemps abandonné le combat.

Jaeger trébucha sur une grosse racine noire et s'affala dans un ballet de feuilles mortes. Péniblement, mécaniquement, il se remit sur pieds et continua son chemin.

Alors qu'il s'enfuyait, il se préoccupait surtout de ce qui se passait derrière lui. Sur son passage, tous les bruits de la nature – oiseaux de nuit, stridulations d'insectes, animaux furtifs – s'étaient tus. Les ombres menaçantes des arbres se projetaient sur la campagne silencieuse et baignaient sa fuite d'une lueur irréelle. Jaeger n'était pas seul dans cette prison cauchemardesque, mais il ne pouvait compter que sur lui-même.

Il tendit l'oreille, à l'affût du moindre bruit, afin de s'assurer que les Dktars n'étaient pas déjà sur lui, prêts à bondir et à le mettre en pièces, redoutant aussi qu'un simple bruit signifie justement qu'ils étaient toujours à ses trousses, aussi implacables que la mort. Néanmoins Jaeger continuait de courir avec l'énergie du désespoir, tâchant de maintenir une certaine distance entre lui et les monstres tout en sachant qu'à chaque inspiration cette marge se rétrécissait comme une peau de chagrin.

Les Dktars aboyèrent. Un long râle qui parcourut la distance qui les séparait de leur proie, un hurlement non terrestre et terrifiant qui, pareil au son d'une cloche, d'un tocsin, s'éleva sous le ciel étoilé de cette nuit d'automne dominée par une lune blafarde.

Malgré sa course effrénée, Jaeger découvrit qu'il était encore capable de s'observer avec détachement. Il se demanda si la froideur avec laquelle il observait sa propre panique se muer en un misérable cri de défaite n'était pas en soi un signe de démence. Entre hoquets et gémissements, il laissait maintenant échapper des phrases inintelligibles que seul l'animal tapi dans les profondeurs de son esprit pouvait comprendre.

Et alors même qu'il murmurait ces mots arrachés aux couches les plus inférieures de son intellect, l'autre partie de son cerveau, celle qui recelait le peu de raison qu'il lui restait, se demandait ce qu'il pouvait bien marmonner ; il réalisa qu'un cri fatidique ne cessait de s'enfler dans sa gorge, de se presser contre ses dents serrées. Le laisser exploser trahirait sa position, et diminuerait sensiblement le temps qu'il lui restait à vivre. Mais, après tout, était-ce si important ?

Un spasme le secoua ; il frémit comme un animal pris au

piège et ses lèvres se retroussèrent en un feulement muet. Il entendit à nouveau les aboiements des Dktars, de plus en plus proches. Le cri se massait toujours derrière ses dents, laissant échapper de vagues sifflements au coin de ses lèvres comme une machine à vapeur prête à exploser.

À chaque seconde, ces horribles formes noires, souples et mortelles, pouvaient jaillir de nulle part et le rendre fou une fois pour toutes…

Les arbres se mirent à danser une gigue démentielle. Un instant, il lui sembla que la nuit elle-même tournoyait, entraînant les étoiles dans une spirale lumineuse et glaciale ; puis il creva la surface des flots dans un tonnerre fracassant et coula à pic. Incapable de comprendre ce qui se passait, il poussa un cri et avala une gorgée d'eau qui lui coupa le souffle.

Jaeger s'agita désespérément, toucha le fond avec ses pieds et se releva, haletant.

L'eau froide enfonçait mille petites aiguilles de glace dans sa chair nue, et le choc thermique fit danser des éclairs dans ses yeux. Le hurlement mourut dans sa gorge, puis battit en retraite dans les profondeurs de sa poitrine, non sans un ultime grondement.

Jaeger secoua la tête comme un homme qui s'éveille après un cauchemar. Dans sa panique, il était tombé dans une rivière cachée par les hautes herbes. L'eau, bien que peu profonde, avait amorti sa chute, et ainsi n'avait-il aucune blessure à déplorer.

Jaeger se demanda s'il avait vraiment fait beaucoup de bruit en s'abîmant dans le courant. Avait-il poussé un cri de frayeur ? Il ne s'en souvenait pas. Il avait repris ses esprits, en tout cas assez pour craindre d'avoir invité ses poursuivants à mettre un terme définitif à leur longue traque.

Les Dktars aboyèrent encore ; plus près, toujours plus près. Jaeger sentit monter une nouvelle vague de panique, et la combattit avec une sinistre détermination. Il était déjà passé par là et avait failli y laisser tout espoir de survivre. Il ne pouvait s'en sortir qu'en gardant la tête froide. Il n'avait rien à faire d'un cerveau embrumé par la terreur.

Il étira ses membres engourdis : il fallait continuer. L'eau jusqu'à mi-poitrine, il pataugea en direction de la rive opposée. Il n'était ni assez fou pour affronter ces monstres, ni suffisamment rapide pour les distancer, malgré la peur primale qui décuplait ses forces. Il s'était très mal préparé. Avec le recul, la mission qu'on lui avait confiée en territoire aensa lui semblait bien vague, presque triviale. Quelles informations valables avait-il pu glaner sur ces marchands intergalactiques si secrets ? Et maintenant, sa mission – bon Dieu ! non, sa *vie* – était foutue pour quelques données inutilisables.

Il aurait mieux valu qu'il trouve le talon d'Achille des Aensas ; une faiblesse autour de laquelle monter un plan ingénieux, mais assez simple pour être réalisable depuis son bureau, au lieu de risquer bêtement sa vie en se rendant sur place. Mais maintenant qu'il devait courir pour sauver sa peau, une solution de ce genre lui semblait hautement improbable. Si seulement ils ne l'avaient pas démasqué aussi vite ! Qui aurait pu dire que son manteau furtif serait inefficace aux yeux des Dktars, si différents des humains ? Et quelle idée de partir sans arme alors qu'il avait à sa disposition fusils et grenades ? Son habitude de ne transporter que le strict nécessaire allait lui coûter la vie. Encore que, corrigea-t-il, toute son artillerie aurait été impuissante contre les défenses électroniques des Aensas ou leurs monstrueux serviteurs.

Jaeger escalada la rive boueuse, puis se fraya un chemin à travers les ronces, ignorant les égratignures sanglantes qu'elles creusaient dans sa chair. Il lui fallait tenter quelque chose *ici* et *maintenant.* Pressé par le temps, il examina son propre matériel et la forêt alentour à la recherche du moindre objet qui pût lui servir d'arme.

Et si la faiblesse de ces monstres résidait justement dans

leur force ? Pour les vaincre, il suffirait alors de la retourner contre eux. À défaut d'être aisément réalisable étant donné le temps dont il disposait, cette théorie martiale chère aux Asiatiques avait au moins le mérite d'être valorisante. Mais comment s'y prendre, là où le manteau furtif et les brouilleurs sonores avaient échoué à tromper les sens surdéveloppés – ou tout à fait autres – des Aensas ?

Mais il était également possible que certaines de leurs perceptions fussent équivalentes à celles des créatures terriennes. Peut-être assez pour tenter quelque chose… peut-être pas…

Une idée prenait peu à peu forme dans sa tête.

Il s'accroupit au beau milieu du sentier – avec un peu de chance, les Dktars se trouvaient assez loin pour lui laisser quelques minutes de répit. Là, il se débarrassa de son sac à dos. Ces dernières heures, il avait plus d'une fois maudit l'énorme paquet et le lourd appareil photo qu'il contenait ! Il l'aurait certainement jeté en chemin s'il avait disposé d'une seconde pour le faire. Cette économie de temps lui sauverait peut-être la vie, car le plan qu'il concoctait requérait le concours du sac et de son contenu.

Muni des dernières innovations technologiques, l'appareil pouvait prendre des centaines de clichés en trois dimensions avant de tomber à court de pellicule. Sauf qu'il n'employait pas de pellicule : les images étaient directement gravées sur la surface d'un cristal à la structure complexe. La limite de capacité atteinte, il suffisait de plonger celui-ci dans une petite flasque remplie de produits chimiques qui en fixaient à jamais la structure moléculaire selon la configuration préétablie.

Dans une vingtaine d'années, quelqu'un finirait bien par concevoir un nouveau modèle qui automatiserait entièrement l'opération, mais, d'ici là, il fallait changer le cristal manuellement, ce qui obligeait le photographe à transporter un certain nombre d'ampoules remplies de liquide fixant à l'odeur âcre.

Jaeger en examina une à la clarté de la lune.

Ses sens, pourtant anesthésiés par les années passées dans les quartiers les plus sordides de la métropole, furent agressés, ses narines douloureusement brûlées par les relents chimiques du produit.

Derrière lui, les Dktars poussèrent un cri vibrant de triomphe, trahissant un désir innommable. Jaeger se cramponna à la flasque. C'était sa dernière chance, le dernier rempart entre la vie et une mort d'une horreur inimaginable. N'osant même pas y penser, il força sa volonté à écarter cette possibilité de son esprit pour mieux se concentrer sur les détails de son plan. Rien d'autre n'existait plus à ses yeux ; ni la forêt morte, ni ses vêtements froids et humides, et certainement pas ses poursuivants.

Étrangement calme, Jaeger réfléchit encore quelques secondes avant de prendre sa décision. Il fit volte-face et plongea prestement dans les buissons, quittant le chemin à angle droit.

Le hurlement des Dktars lui déchira les tympans. Il sonnait maintenant comme une stridulation avide, terrifiante. Ils étaient là, de l'autre côté de la rivière. C'était la fin.

Jaeger dégoupilla la flasque et versa son contenu tout autour de lui. Il sauta ensuite sur le côté et décrivit un grand arc de cercle pour aller se dissimuler derrière un buisson, tout près de son point de départ. Le tapis d'aiguilles de pin avait étouffé le bruit de ses pas. Selon les critères humains, il n'avait pas fait le moindre bruit, mais, pour les sens aiguisés des Aensas, cela ne faisait aucune différence.

Il ne pouvait plus fuir. Son esprit était aussi las que son corps ; il n'y avait rien d'autre à faire qu'attendre, allongé sur le ventre au milieu des herbes tout en surveillant le sentier à demi masqué par les racines noueuses d'un vieil arbre. Ses pensées dérivaient, engourdies par l'épuisement, et la fatigue oblitérait jusqu'aux cris surexcités des molosses. Il se rappela ce que l'Éclair Noir lui avait montré le matin même, avant qu'il ne parte en mission.

L'Éclair Noir de Jaeger était un modèle Kurasu vieux de trois ans. Jaeger s'en contentait, même s'il ne disposait pas des nouvelles fonctions introduites par Ford. L'Éclair Noir avait senti sa peur inhabituelle, analysé les battements de son cœur et le rythme de sa respiration alors qu'il s'asseyait sur le fauteuil confortable. Il avait aussi estimé la fluidité de son sang au niveau de ses lobes. Tout cela afin de sélectionner le programme thérapeutique le plus approprié. Moins de cinq secondes plus tard, Jaeger s'endormait.

Il marchait sur un étroit sentier. Le soleil brillait dans le bleu immaculé du ciel. La brise chaude, chargée du parfum des fleurs et de la terre humide, fit ressurgir tous ses souvenirs d'enfance, l'inondant de bonheur. Il portait un de ses vieux vêtements, une robe ample. Les cheveux longs au vent, la barbe hirsute et les pieds nus, il se mit à escalader une petite colline herbue, courbé sur sa canne en bois. Un instant plus tard, il vit un grand et fort guerrier marcher dans sa direction. Il arborait l'uniforme de la garde impériale ; une grande épée luisante battait contre sa hanche.

« Bonjour, vieil homme », héla le soldat, se référant à l'âge et à la sagesse du personnage qu'incarnait Jaeger.

« Bien le bonjour, soldat », répondit ce dernier.

Après ces salutations, il voulut continuer son chemin, mais l'homme lui barrait la route.

« Je voudrais vous poser une question, dit le soldat. Dans mon métier, il est rare de rencontrer de vénérables sages.

– Et puis ? demanda Jaeger avec un petit sourire. Je pourrais dire la même chose.

– Dites-moi, le paradis existe-t-il vraiment ? Et l'enfer ? Les soldats comme moi doivent se faire à l'idée qu'ils peuvent quitter ce monde subitement et de façon violente, mais je n'arrive pas à l'accepter. »

Jaeger eut un rire moqueur.

« C'est parce que vous êtes stupide, dit-il. Vous n'avez pas assez de jugeote pour formuler la moindre pensée digne de ce nom. Je suis sûr que vous ne sauriez même pas par quel bout prendre cette grande épée qui pend à votre côté. »

Le soldat se mit en colère. Il dégaina son épée et la brandit au-dessus de sa tête. Avant qu'il ait pu abattre son coup, Jaeger leva la main et sourit.

« Voilà, dit-il. Vous avez ouvert les portes de l'enfer. »

Le guerrier le regarda fixement, puis son visage s'illumina : il venait de comprendre. Il baissa la tête et remit son épée dans son fourreau.

« Voilà, dit-il. Vous avez ouvert les portes du paradis. »

Ainsi se terminait le programme ; l'Éclair Noir tira Jaeger de ce rêve dont il était censé émerger confiant et empreint d'une profonde paix intérieure. Mais maintenant que Jaeger attendait la mort dans la froideur de cette nuit d'automne, ce souvenir ne lui arracha qu'une moue dédaigneuse.

« Les portes du paradis, hein ? murmura-t-il. Comme si ces salauds allaient se laisser impressionner par mes perles de sagesse. Au train où vont les choses, je serai le premier sur le seuil. Non, mieux ! Je vais aller frapper à ces portes avec ma propre tête. »

Les aboiements, qui n'avaient cessé de gagner en vigueur, devinrent assourdissants au point de s'infiltrer jusqu'à l'intérieur de son crâne. Si le produit chimique n'avait aucun effet, il lui restait en ultime recours la possibilité de se battre. Bien sûr, il n'avait pas l'ombre d'une chance face aux Dktars, mais peut-être pourrait-il mettre la main sur l'un des Aensalords, et ainsi inverser le rapport de force. Jaeger se le répétait sans cesse dans le fol espoir de se persuader qu'il avait une chance. Non pas de sauver sa vie, mais, au moins, de ne pas partir seul.

Une ombre immense le frôla dans l'obscurité.

Une seconde plus tard, le goût du sang lui emplit la bouche, et il réalisa alors qu'il s'était mordu la lèvre. Il ne se rappelait pas l'avoir fait ; il se souvenait seulement de cette grande forme noire aux crocs luisant d'un éclat bleuté, lueur malsaine et désincarnée qui se promenait sur fond de ténèbres, en lieu et place d'une tête. La chose continua son chemin, déployant des rangées entières de pattes dont les griffes s'enfonçaient de trente bons centimètres dans le sol en cliquetant.

Jaeger s'efforça de rester calme et de ne pas faire un geste. Le goût salé du sang lui emplissait toujours la bouche ; il se demanda si le Dktar pouvait sentir son odeur. Il fallait que la bête surexcitée, complètement absorbée par sa traque, ignore sa présence assez longtemps pour tomber dans son piège.

Une forme haute, noire et silencieuse entra dans son champ de vision à la suite de la meute.

Elle se déplaçait dans ce paysage de désolation telle une ombre solidifiée. Seule une vague lueur sous son front trahissait sa présence. Il émanait de la créature une aura effrayante, capable d'engourdir les sens et les muscles comme une vague de froid. Sur le passage de l'Aensalord, même les feuilles des arbres restaient immobiles et silencieuses.

L'ombre d'un autre Aensalord se découpa dans la nuit. Ce nouvel arrivant s'adressa à son compagnon dans un bourdonnement rauque. Ils prirent la suite des Dktars, glissant plus qu'ils ne marchaient sur le sol couvert d'aiguilles.

Au bout d'un moment, Jaeger réalisa qu'il était au bord de l'asphyxie à force de retenir son souffle. Il expira un soupir sonore.

Puis le silence retomba.

Jaeger serra les poings et déplia lentement ses jambes. Les Dktars étaient maintenant trop près de leur proie pour continuer à aboyer ; la forêt tout entière semblait se blottir sous une chape de terreur muette.

Les monstres ne tarderaient pas à tomber sur le produit fixant destiné à anesthésier leur odorat. Mais si cela ne suffisait pas à les arrêter, la horde monstrueuse jaillirait dans quelques secondes sur sa droite et le submergerait en un clin d'œil…

Jusqu'à maintenant, son plan avait l'air de fonctionner. Mais il ne fallait pas crier victoire trop vite. Il ne pouvait ni voir ni entendre les Dktars, et ne pouvait donc pas préjuger de sa réussite ou de son échec, ni du temps qu'il lui restait à vivre. Il ne pouvait qu'attendre que son destin s'accomplisse.

Le silence des molosses était encore plus effrayant que leurs aboiements. Jaeger se mordit la lèvre à nouveau. Quelques minutes plus tôt, il n'aurait jamais cru qu'il regretterait de ne plus les entendre. Jaeger plissa les yeux et crut voir plusieurs lueurs bleu pâle scintiller entre les troncs massifs des arbres morts. Il eut l'impression que les étincelles dorées décrivaient des cercles concentriques autour de sa cachette, se rapprochant dangereusement. Mais il ne pouvait en être sûr. Il ferma les yeux et se frotta les paupières. Ses doigts étaient raides, sa peau irritée.

Pas un mouvement. Pas un bruit. Une mélodie repassait en boucle dans l'esprit de Jaeger. Il eut un sourire sans joie à l'idée que, même dans des circonstances aussi dramatiques, son cerveau trouvait toujours de quoi s'occuper. Même si cet air trivial n'était au fond qu'un processus d'évitement, une diversion à l'irréparable traumatisme psychique qui le guettait. C'était un morceau simple, mais insaisissable ; le genre de mélodie qu'il pouvait reconstituer mentalement sans difficulté, mais qu'il n'avait jamais été capable de siffler ou de chantonner. Il l'avait entendu jouer au piano. Jaeger soupira au souvenir des doigts longs et fins qui couraient sur le clavier. La pianiste enrichissait l'allègre mélodie d'un soupçon d'insondable tristesse. C'était *The Maple Leaf Rag* de Scott Joplin, un compositeur américain mort depuis plus d'un siècle. La fille s'appelait Nati. Jaeger se fit la promesse de lui demander de jouer cet air à nouveau, s'il survivait, et de lui déclarer sa flamme.

Il crut entendre craquer une branche.

Il décida que, s'il retournait un jour à Nuremberg, le piano pourrait attendre. Nati semblait désormais bien loin.

Jamais de sa vie, Jaeger n'avait autant eu besoin d'un verre. À cette idée, il secoua la tête. Alors qu'il attendait toujours que quelque chose se passe, il se demanda combien de temps son corps pourrait endurer cet état de panique absolue. Il avait déjà connu des moments difficiles : après tout, on le payait pour ça. Et il avait plusieurs fois éprouvé la certitude de ne pas s'en sortir vivant. Alors pourquoi, aujourd'hui, était-il ainsi paralysé par la terreur ? Jusqu'à présent il avait accepté sans trop de mal l'idée de la mort ; alors pourquoi ces jambes de coton, ces mains tremblantes, cet estomac froid et vide ? Était-ce la faute des Aensas, ces monstres de cauchemar bien plus effrayants que n'importe quel adversaire humain ? C'était d'autant plus difficile à dire que les circonstances ne se prêtaient guère à la réflexion. Tout ce qu'il savait, c'est qu'il avait plus peur qu'il ne l'aurait dû et qu'il aurait volontiers échangé tout l'intérêt qu'il portait au territoire aensa contre trois doigts de Jack Daniel's.

Soudain, la forêt parut voler en éclats.

Les troncs des arbres morts jaillirent, déracinés par les innombrables pattes des Dktars fous furieux. Un hurlement démentiel vrilla les oreilles de Jaeger, violent comme un coup de hache, d'une force telle qu'il annihila ses pensées. À quelques mètres de là, la cime d'un jeune arbre dévoila une portion du ciel étoilé en se courbant avec grâce ; un des Dktars avait dû se jeter de tout son poids contre le tronc de cet arbre afin d'échapper à la douleur, en vain.

Jaeger grimaça de satisfaction. Les effets inattendus du produit chimique sur le métabolisme de ces monstres allaient au-delà de tout espoir. Jaeger se sentait dans la peau d'une souris qui aurait braqué un projecteur dans les yeux de la chouette qui s'apprêtait à la dévorer. Le liquide fixant, déjà désagréable pour les sens limités d'un être humain, devait provoquer sur un Dktar des ravages dignes du plus puissant des acides. Qui sait, peut-être pouvait-il les tuer ? Mais Jaeger n'avait pas le temps de s'en assurer : il devait profiter de la débâcle pour fuir avant que les monstres ne reprissent leurs esprits. La chance aidant, Jaeger vivrait peut-être assez longtemps pour voir le lever du soleil.

Les hurlements d'agonie des Dktars et de leurs maîtres se muèrent en un crescendo douloureux ; Jaeger se glissa tranquillement dans les buissons enchevêtrés, jusqu'à entendre la clameur diminuer dans le lointain. Il était maintenant à l'abri. Il se tourna vers le nord et se mit à courir à petites foulées vers la lointaine frontière du territoire aensa – et la sécurité.

Lorsque Corcail Sendijen était jeune, ses parents lui avaient raconté toutes sortes d'histoires terrifiantes au sujet des Aensas. Ils espéraient ainsi lui apprendre la discipline. Et ils avaient fini par réussir ; comme tous les enfants des innombrables mondes de la galaxie, Corcail Sendijen avait eu peur. Les Aensas n'étaient pas des croque-mitaines de légendes : ils étaient bien réels, arpentant les rues poussiéreuses ou le vaste réseau d'autoroutes qui reliait la plupart des planètes civilisées. Bien sûr, les terribles Aensalords ne s'intéressaient guère aux comportements ou à la culture des indigènes dont ils foulaient le sol. Mais cela ne suffisait pas à rassurer Corcail Sendijen. Il vivait dans la terreur que, par une nuit sans lune, un Aensalord passe par la trappe de ventilation de sa chambre d'enfant pour l'emmener dans une forteresse où il resterait pour toujours, prisonnier d'un quelconque maléfice. Mais, à l'instar de ses cousins éloignés, cette éducation par la peur n'avait pas suffi à le dompter.

À l'âge de quarante ans, alors que Corcail Sendijen approchait de sa maturité sexuelle, il entra dans cette phase de paralysie physique qui, chez son espèce, caractérise l'adolescence. Celle-ci s'empara de lui graduellement ; bien sûr, ses professeurs, ses parents et les prêtres du temple l'en avaient informé, mais toujours en termes vagues et évasifs. Ils parlaient d'une sorte de nervosité qui s'emparerait de lui, une sensation pas trop déplaisante, d'ailleurs. Corcail Sendijen en avait conçu une certaine appréhension. Que voulaient-ils dire par là ? Si cette phase était vraiment inévitable, il aurait préféré y être préparé. Mais toutes ses tentatives d'en apprendre un peu plus se soldèrent par des échecs : les précepteurs et les prêtres lui dirent qu'ils ne pouvaient pas entrer dans les détails – c'eût été d'une impolitesse rare –, et ils le renvoyèrent à ses parents. Ceux-ci à leur tour s'offusquèrent de ses questions et suggérèrent qu'il était du devoir des prêtres et des professeurs d'y répondre. Son père argua qu'il se refusait à le tromper avec des réponses imprécises ou fausses. Finalement, Corcail Sendijen se résigna à l'ignorance.

La paralysie ne cessa de croître pendant plusieurs mois. Il ne pouvait rien y faire, sinon rester sur sa plate-forme de repos, qu'on retira du dortoir. Sa mère le nourrissait, son père lui donnait à boire, mais entre leurs brèves apparitions, il restait seul des nuits et des jours entiers. D'ailleurs, ils ne tardèrent pas à cesser de le nourrir, laissant les bols à côté de lui, comme s'il lui suffisait de rouler sur le côté pour se nourrir. Il les supplia. En vain : durant plusieurs jours, ils restèrent muets.

Lorsque la faim et la soif devinrent insupportables, Corcail Sendijen fit de son mieux pour s'emparer des plats si tentants. Ses tentacules, flasques et inutiles durant toute son enfance, se tendirent vers les deux bols. Il réalisa alors que, s'il parvenait à coordonner ses gestes, il pourrait les attirer jusqu'à lui. Il s'escrima pendant des heures jusqu'à ce que ses tentacules acquièrent une souplesse et une vigueur insoupçonnées. Au bout d'un moment, il n'eut aucun mal à se servir parmi les plats que ses parents lui amenaient quotidiennement. Il en tira un sentiment de fierté et d'accomplissement ; sa paralysie cessait d'être un handicap. Il put consacrer son temps à réfléchir. Désormais, ses parents parlaient et répondaient à toutes les questions qu'il pouvait leur poser.

Par la suite, il apprit que sa paralysie n'avait rien de naturel, qu'il avait été drogué. On lui dit aussi que, s'il avait exercé normalement ses activités quotidiennes et fait un peu de sport, ses tentacules auraient fini par se développer d'eux-mêmes. Mais, au vu de la menace aensa, les adultes du monde de Corcail Sendijen avaient jugé qu'il valait mieux accélérer le cours des choses. Les jeunes devaient mûrir au plus vite, quitte à avoir recours aux drogues ; ils acquéraient ainsi un surcroît de courage et d'indépendance. Les meilleurs d'entre eux subissaient même un entraînement martial spécifique, duquel on évinçait – mais à contrecœur – les plus faibles. Corcail Sendijen comprit alors le pourquoi de l'entraînement qu'il avait suivi. Alors conscient que ses parents avaient facilité son passage à l'âge adulte, il éprouva pour eux de la gratitude.

« Ces contes au sujet des Aensas sont donc vrais ? avait-il demandé.

– Oui, avait répondu son père. Les Aensas n'ont cessé de passer d'un monde à l'autre pour en piller les richesses, ne laissant derrière eux que ruines et poussière. Ils opèrent lentement, sans violence – la lutte armée n'est qu'une façon parmi tant d'autres de conquérir un territoire. Les Aensas préfèrent pratiquer la destruction psychologique et économique des structures en place. Et le Conseil central est faible et divisé – ils refusent d'entrer en conflit ouvert avec les Aensas sans une preuve matérielle d'agression. Ils ne veulent pas courir le risque d'une guerre, ou alors en dernier recours. Pendant ce temps, les mondes habités tombent les uns après les autres et notre civilisation galactique se désintègre peu à peu. Un jour, le Conseil central n'aura plus la force de faire la guerre aux Aensas, ni même de les menacer. Ce jour-là, ce sera la fin de toutes les civilisations de l'univers, comme la nôtre, déjà sur le déclin. Les Aensas ont fait de notre monde une priorité, et nous n'avons plus que quelques années devant nous avant de devenir des bêtes de somme vouées à servir corps et âme ces sombres seigneurs.

– Allons, ne va pas effrayer ce pauvre garçon, avait alors dit la mère de Corcail Sendijen.

– L'effrayer ? s'était écrié son père. N'est-ce pas ce que nous faisons depuis des années ? Ne lui avons-nous pas raconté que les Aensas s'infiltreraient par les conduits d'aération pour l'emporter dans leur tanière ? Que s'il n'était pas sage, ils viendraient le chercher dans la nuit pour lui couper les tentacules ? Nous l'avons rendu malade de peur, et nous avions de bonnes raisons pour cela. Maintenant que les Aensas sont à nos portes, oserais-tu dire que nous avions tort ? »

Sa mère s'était détournée ; elle semblait au bord des larmes. Son père avait fait descendre ses deux tentacules principaux pour toucher ceux de son fils en signe de tendresse.

« Tu comprends, n'est-ce pas ? avait-il demandé. Nous n'avons plus beaucoup de temps devant nous. Les Aensas ne laissent jamais à leurs *hôtes* le temps de préparer leur défense. Mais je veux que tu te souviennes de tout ceci. Et de ta mère. »

Corcail Sendijen avait regardé celle-ci, qui s'était laissée tomber sur un long divan. Il ne l'avait jamais vue si faible, si sensible, si effrayée. Il ne comprenait pas exactement ce que voulait dire son père, mais il savait déjà qu'il n'oublierait jamais que les Aensas étaient seuls responsables du mal qui rongeait sa mère.

Ainsi, des années plus tard, sous les étoiles étrangères d'une planète inconnue, Corcail Sendijen se souvenait de cette scène dans ses moindres détails.

Si seulement les Aensas s'étaient contentés de punir les vilains garçons pour repartir ensuite ! se dit-il.

Si tel avait été le cas, sa vie aurait été grandement simplifiée. Mais il en avait été autrement : ses parents n'étaient plus en vie, et Corcail Sendijen avait beau vouloir échanger la moitié de ses tentacules contre la douceur du foyer familial, le mal était fait.

Les hurlements des molosses lancés aux trousses de ce malheureux humain décrurent peu à peu dans le lointain. Corcail Sendijen quitta sa cachette et traversa la cour plongée dans l'ombre pour s'abriter dans une autre flaque de ténèbres que formait la rencontre de deux grands murs.

Maintenant, les aboiements des Dktars étaient lointains, mais ce son terrifiant, aussi faible qu'il fût, lui glaçait le sang. Un instant, il s'accroupit et scruta d'un air pensif la lumière froide des étoiles. Ses iris mordorés se dilatèrent lentement. Il aurait dû être reconnaissant : cette malheureuse créature ne sacrifiait-elle pas sa vie à son insu pour lui permettre de repérer les lieux ? Lorsqu'il pensa à ce que les monstres allaient faire de leur proie, une sueur froide descendit le long de son échine écailleuse. Du bout d'un membre, il toucha brièvement la petite corne chitineuse qui saillait sur son front (car tel était le trente et unième Geste de Commisération Envers Ceux Qui Vont Mourir). Puis il tourna les tentacules. Ce n'était pas le moment d'être sentimental ; il avait du travail.

Cette traque soudaine était un véritable coup de chance. Non seulement les cerbères insomniaques étaient partis pour de bon, mais les Aensalords – qu'ils pourrissent sur pied – restés dans la citadelle se massaient sur le mur sud pour tenter de suivre la chasse à l'aide de jumelles infrarouges.

Corcail Sendijen s'assura que le filtre logé sous la membrane de sa gorge, sans lequel il ne survivrait pas longtemps à l'atmosphère sulfureuse de cette planète, était bien à sa place. Puis il traversa rapidement la cour sur ses deux jambes motrices, sans cesser d'agiter ses quatre tentacules principaux et les quatre supérieurs, plus petits, pour maintenir son équilibre.

À mi-chemin du grand mur, il perçut l'arrivée d'un Aensalord, plus qu'il ne l'entendit, et se cacha de son mieux dans un recoin d'ombre.

Ils étaient deux à glisser le long du chemin en devisant dans un concert de bourdonnements, de crachotements et de carillons enchevêtrés. Ces sonorités étranges étaient perceptibles pour les conduits auditifs de Corcail Sendijen, bien qu'elles lui parussent trop aiguës et désagréablement rauques. Les deux créatures ne portaient aucun des dispositifs d'assaut dont ils se munissaient avant de partir en chasse et sans lesquels ils ne pouvaient remarquer la présence de Corcail Sendijen. Et fort heureusement, les Dktars n'étaient pas là pour le débusquer. Corcail Sendijen serait mort depuis bien longtemps si un seul de ces maudits monstres avait été lâché dans le secteur.

Les Aensalords parlaient de la mort et du frisson pervers de la traque. À chaque mot, Corcail Sendijen ne pouvait réprimer un frisson de dégoût. Les deux Aensalords convenaient qu'ils préféreraient que les molosses leur ramènent l'intrus vivant, ou à peu près. La Faculté des sciences aensa avait développé de nouveaux moyens de torture assez ingénieux.

« Bien sûr, dit l'une des brutes, même si le sujet est bel et bien mort, on peut toujours titiller son système nerveux afin de faire souffrir l'ego qui y reste emprisonné en attendant sa dissociation. Évidemment, de tels processus doivent être mis en œuvre moins d'une heure après le décès effectif… »

L'Aensa discutait du sort funeste de leur proie avec l'entrain d'un enfant devant un nouveau jouet. L'autre exprima le souhait de garder l'intrus plutôt que de renvoyer son cadavre en guise d'avertissement. Lorsqu'ils se partageraient leur victime au dîner, chacun des deux espérait remporter le cœur ; la chair humaine était un des mets les plus intéressants que ce monde ait à offrir.

Dans l'ombre, Corcail Sendijen se raidit. Il ne craignait pas d'être repéré – sa vision nocturne était nettement supérieure à celle des Aensalords. Mais il redoutait que sa haine se manifestât de façon trop évidente. Soudain, il fut pris d'un sentiment de dégoût profond, presque insupportable, envers les Aensas, ce château et tout ce qui l'entourait.

Condamner une race tout entière, ou mépriser une espèce sur la foi de préjugés moraux, était une attitude stupide et extrêmement primitive. Cela n'avait rien de rationnel et relevait de l'obscurantisme le plus pur. Corcail Sendijen le savait fort bien. Et pourtant... il fit la grimace et écouta le rugissement du sang à ses oreilles. Comme il aimerait tuer ces Aensalords. Lentement. Très lentement. Ses puissants tentacules s'enroulèrent et se déroulèrent, les griffes de combat qui les prolongeaient se déployèrent, avides. Rien de plus facile ! Il n'avait qu'à tendre les bras vers ces silhouettes noires si minces qui dérivaient devant lui, puis...

Corcail Sendijen haussa ce qui lui tenait lieu d'épaules et se détendit. Ce devait être une réaction des plus naturelles. Sous le déguisement d'un travailleur ignorant, il avait rejoint la Compagnie Noire, ces équipes de manœuvres chargés de l'entretien des machines complexes des Aensas. Ces étranges engins enfouis dans les profondeurs du château contrôlaient l'environnement de l'enclave extraterrestre. Cela faisait trois mois qu'il trimait sur la planète des êtres humains, trois mois durant lesquels la haine qu'il portait aux Aensas s'était décuplée.

Les Aensalords s'en allèrent en silence. Un tentacule de Corcail Sendijen décrivit un cercle dans l'air (Seizième Geste du Rituel : Obscène), puis il partit à leur poursuite, telle une grande araignée couverte d'écailles. Il arriva à l'ombre du mur intérieur, jeta un coup d'œil vers son sommet, et marmonna une invective. Il était passé plusieurs fois sur le chemin de ronde qui couronnait les remparts, lorsqu'il suivait la Compagnie Noire, mais à chaque fois le soleil brillait. Maintenant qu'il faisait nuit noire, il ne voyait pas trop comment il pourrait le traverser, du moins pas sans s'aventurer dans des zones où il serait certainement repéré.

Corcail Sendijen toucha du bout du tentacule la surface rugueuse du mur. Pouvait-il l'escalader ? Non : une grosse tache noire sur une surface si blanche ferait une cible beaucoup trop évidente.

De toute façon, il savait ce qu'il y avait derrière ces remparts : le grand lac paisible qui entourait le château, du moins sur trois de ses côtés, et dont les flots léchaient les anciennes murailles. Le produit chimique qu'il cherchait ne pouvait être fabriqué ou entreposé en dehors de l'enceinte : il devait donc être distillé et conservé quelque part dans l'édifice.

Mais où ?

Il était impossible de produire cette drogue dans de telles quantités sans qu'elle laissât quelque trace. Corcail Sendijen fit lentement le tour du mur intérieur en prenant bien soin de profiter des nuages noirs qui occultaient la lune, se rendant ainsi invisible.

Le terrain sous ses pattes était inégal, mais il ne lui semblait pas naturel. Il s'accroupit, telle une pieuvre surexcitée, et sonda le sol de ses tentacules sensitifs.

Oui, se dit-il, ah, oui. Voilà. Deux minces sillons. Corcail Sendijen les suivit jusqu'au mur extérieur. Les deux tranchées étaient assez profondes : elles devaient marquer le passage de quelque chose de lourd, et elles étaient si prononcées qu'il avait certainement fallu plus d'un voyage pour venir à bout de cette cargaison. Son tentacule ramassa un peu de terre et la porta à son organe olfactif, particulièrement sensible, situé près du sommet de son crâne. La terre avait été retournée il y avait moins d'une heure. Donc quelque chose de très, très lourd était passé par là tout récemment. Mais de quoi pouvait-il s'agir ? Et dans quelle direction le convoi se dirigeait-il ? Vers le mur extérieur ou en sens inverse ?

Et que transportait-on ainsi ?

Ces traces étaient peut-être parfaitement anodines, pour autant que pût l'être ce qui portait la marque des Aensas. Ces ornières pouvaient avoir été laissées par un wagon ou une machine agricole, voire quelque robot de garde blindé, bien que Corcail Sendijen n'en ait jamais vu dans le secteur. Mais la tournure perverse de son esprit le poussait presque à souhaiter que ces traces n'aient rien d'innocent. Oh, oui, comme il désirait découvrir leur secret ! Cette attitude n'avait rien à voir avec la justice ni même avec le professionnalisme dont il se targuait – mais bon Dieu, il haïssait les Aensalords avec une telle intensité ! C'était une race abominable, si amorale qu'ils devaient bien être coupables de quelque chose. Si seulement il pouvait en avoir la preuve irréfutable.

Corcail Sendijen se figea. Il venait de sentir une odeur inhabituelle. Très inhabituelle. À la fois âcre et d'une douceur écœurante, agréable et piquante. Une odeur qu'il connaissait, qu'il avait déjà rencontrée, bien loin de cette cour assoupie. Mais qui était désormais très, très proche. Ses yeux se rétrécirent jusqu'à n'être plus que deux fentes dorées pendant qu'il examinait soigneusement le sol de la pointe de ses tentacules. L'un des plus grands toucha quelque chose de chaud, humide et piquant ; il eut un mouvement de recul involontaire.

Au-dessus de lui, la lune fauve se drapait dans les pans de la tempête toute proche, mais elle apparut soudain à travers une déchirure que les vents avaient forée dans la couche des nuages. Une douce lumière illuminait par intermittence la cour du château. Corcail Sendijen se pencha pour étudier attentivement sa découverte.

C'était une petite flaque de liquide bleu luisant mais, aux

yeux de Corcail Sendijen, elle semblait être d'un noir épais et lumineux.

Il savait ce qu'était ce liquide.

Et ce dont il était capable.

Un sentiment de satisfaction intense, quoique dépourvu de passion, s'empara de lui, et ses griffes de combat cliquetèrent par pur réflexe. C'était donc vrai ; l'organisation pour laquelle il travaillait ne s'était pas trompée. Corcail Sendijen n'avait pas perdu des mois entiers à trimer au milieu des équipes de la Compagnie Noire pour rien. Son véritable travail ne faisait que commencer, il le savait, et il en abordait la partie la plus dangereuse. Mais au moins, il possédait la preuve qu'il y avait bien quelque chose à tenter…

Des aboiements. Sonores. Et qui se rapprochaient. Les cris des Dktars étaient bien plus stridents que d'habitude. Ils étaient de retour.

Corcail Sendijen se redressa d'un bond, tous les sens en alerte. Ils n'étaient pas censés revenir si tôt ! C'était plus qu'inhabituel. C'était exceptionnel. Il cracha de colère. Exception ou pas, c'était désormais un *fait*. Il devait agir sans tarder.

Abandonnant toute prudence, Corcail Sendijen traversa la cour au pas de course. S'il y avait un observateur sur les remparts, cet individu regardait sans doute dans la direction du tumulte. Mais s'il baissait les yeux… Il haussa ses hypothétiques épaules.

Sans cesser de courir, Corcail Sendijen se demanda – brièvement – ce qui s'était passé pour que les Aensalords reviennent si tôt de la chasse. Peut-être n'était-ce qu'une fausse alerte ? Ou les Dktars avaient laissé filer leur proie ? Ce serait bien la première fois.

Une grille de ventilateur fichée dans le sol apparut devant lui. Corcail Sendijen prit tout son temps pour défaire le loquet avant de la soulever. Maintenant, il était à peu près en sécurité. C'était sa sortie de secours, une voie secrète qui partait de la cour du donjon des Aensas et menait aux profondeurs où était reléguée la Compagnie Noire. Il s'agissait d'un puits vertigineux s'enfonçant dans les profondeurs du château, un puits aussi lugubre et sombre que l'entrée des enfers.

Corcail Sendijen s'amusa de cette comparaison alors qu'il s'engageait lentement dans le conduit de ventilation ; par chance, il n'avait jamais été superstitieux. Du moins pas depuis son enfance, corrigea-t-il en se rappelant sa peur des Aensas.

Mais avant de refermer la grille sur son passage, il jeta un dernier coup d'œil vers le donjon et se souvint de la petite flaque de liquide sombre. Ses yeux devinrent deux fissures sur son visage.

Il reviendrait. Pas de doute là-dessus.

2.

Nul ne pouvait ignorer la ligne de démarcation qui séparait le territoire des Aensas du reste de la campagne allemande : elle était aussi nette que si une main gigantesque avait creusé une tranchée dans le sol. Les Aensas n'avaient installé aucune barrière physique ; pas de barbelés ou de fils de fer électrifiés, pas de pancartes d'avertissement en plusieurs langues, pas de mines antipersonnel ou de fusils à détecteur de mouvement. En effet, ils se passaient fort bien de tout cet attirail. Dans la région, tout le monde savait qui étaient les Aensas et où ils s'étaient installés. Tout le monde connaissait le sort qui attendait un éventuel espion, ou un idiot s'aventurant sur leur territoire, aux limites tout aussi évidentes.

D'un côté s'élevaient de grands arbres millénaires couronnés de feuilles dorées, des champs parsemés de touffes d'herbes et de reliefs de maïs datant de la saison précédente. Des collines grises dominaient de petites fermes rouge et blanc. C'était une très belle région, digne des meilleurs clichés qui, chaque année, ornent les calendriers ; le pays était voué à l'élevage du bétail et à la culture du blé et du maïs. Quelques siècles plus tôt, on avait bâti des grandes villes dans le secteur, mais la nécessité du développement agricole avait limité leur croissance, et elles remplissaient toujours les mêmes fonctions : servir de centres d'échanges pour les fermiers et produire les biens et services dont ils avaient besoin. Stuttgart à l'ouest, Munich au sud, Nuremberg au nord ; trois villes prospères qui profitaient à la fois de leur gloire passée et de la frénésie du monde moderne.

Et au milieu de ce triangle s'étendait le repaire des Aensas, telle une balle fichée tout près du cœur.

D'après ce que Karl Jaeger avait pu en voir, le territoire de ces créatures ressemblait à une région sinistrée : noire, stérile, et morte. L'odeur qui régnait de l'autre côté de la frontière lui était presque insupportable. Et ce qu'il avait pu apercevoir de ce paysage dévasté était tout aussi angoissant. Il devait bien admettre qu'il avait alors bien failli rebrousser chemin. Jusque-là, jamais une mission n'avait malmené à ce point ses talents. Mais il y avait autre chose. La panique qu'il avait ressentie n'avait rien de naturel. Une fois de retour dans son bureau, il lui faudrait étudier la question.

En attendant, Jaeger courait toujours. La terrible odeur qui planait sur cet endroit restait comme accrochée à ses narines. La végétation carbonisée, squelettique, s'étendait devant lui sur un peu moins d'une centaine de mètres. Encore quinze secondes et il rejoindrait le territoire des hommes. Il se concentra sur son souffle et s'interdit de penser à l'odeur ou aux arbres qui lui rappelleraient certainement des souvenirs plus déplaisants, des êtres terribles et menaçants. Il lui faudrait quelques heures de décompression avant de pouvoir penser aux Aensas de façon à peu près rationnelle. Et beaucoup plus longtemps avant qu'il n'ose évoquer les Dktars.

Il traversa la ligne de démarcation d'un pas mal assuré, puis s'effondra sur le sol, heureusement tapissé d'une herbe verte, humide, vivante, qui ne demandait qu'à amortir sa chute. À quelques centimètres derrière lui, l'herbe n'était qu'une parodie noire et sinistre ; mais de ce côté-ci de la frontière, Jaeger était en sécurité. Ses joues étaient mouillées, mais il n'avait pas senti couler ses larmes. Sa respiration était lente et normale. Au bout d'un moment, son cœur reprit son rythme habituel. Il scruta le territoire des Aensas et poussa un juron. Puis il se releva ; le soleil se levait, et le spectacle qui s'étendait sous ses yeux était le plus beau qu'il lui ait été donné de voir.

Jaeger inspira profondément et reprit sa route, mais sans courir ; au contraire, il adopta un pas léger. La campagne, si paisible, commença à purifier son esprit. Il en faudrait plus que ça pour effacer les horreurs de cette interminable nuit, mais il était à nouveau capable de réaliser que, après tout, il y avait autre chose en ce monde que les scintillements dorés des Aensalords et la clarté bleutée émanant de leurs molosses. Le soleil grimpait toujours dans le ciel ; les brumes matinales finissaient de s'estomper et les derniers nuages dérivaient paresseusement sur l'horizon. Jaeger n'avait pas envie de rentrer tout de suite à son bureau ; il préférait rester là, à errer sur les basses collines de ce qui, en un passé beaucoup plus nationaliste, avait été le sud de l'Allemagne.

Il ne se retourna pas. Il ne jeta même pas un dernier regard au territoire des Aensas.

La brise chaude lui apporta le joyeux tintamarre d'un troupeau en vadrouille ; les meuglements satisfaits du bétail lui arrachèrent un sourire. Jusque-là, il n'avait jamais réalisé à quel point la vache était un animal merveilleux. Il se demanda brièvement quelle influence pouvait avoir le territoire aensa sur ceux qui s'aventuraient aussi près de l'enclave. Jaeger frissonna. Même s'il n'avait jamais vu les Dktars ou leurs maîtres, il n'aurait jamais voulu habiter à une telle distance de ce pays cauchemardesque. Et pourtant, ajouta-t-il pour lui-même, ceux qui avaient survécu à l'éruption de Pompéi étaient revenus s'installer sur les pentes du volcan aussitôt après la catastrophe. La plupart des gens ne pensent guère à l'avenir.

L'avenir. Celui de Jaeger se résumait assez simplement : prendre une longue douche brûlante et s'installer sur son vieux fauteuil pivotant pour ingurgiter des quantités de Jack Daniel's capables de défier l'imagination la plus fertile. Voilà ce qu'il ferait si on lui laissait quartier libre pour la journée. *Si* on lui laissait quartier libre.

Au bout de sa longue promenade, Jaeger parvint à une gare située à sept kilomètres de la petite ville de Schwäbisch Gmünd. Il aurait pu continuer jusqu'à cette ville, où il était sûr de trouver un bon petit-déjeuner et de quoi prendre une avance sur la cuite promise, mais il préféra prendre le train au hameau, premier arrêt en direction de Nuremberg. C'était préférable : pour les braves gens de Schwäbisch Gmünd, il avait endossé l'identité de Herr Schultz, un doux dingue qui, pour des raisons connues de lui seul, avait eu la malencontreuse idée de s'aventurer sur le territoire des Aensas. Les villageois en concluraient certainement que les créatures l'avaient immolé sans autre forme de procès, comme on écrase une mouche. Repose en paix, Herr Schultz. Les habitants de Schwäbisch Gmünd le gratifieraient peut-être de leur pitié, mais pas bien longtemps. La prochaine fois – s'il y en avait une, aussi improbable que cela pût paraître – Jaeger devrait se ménager une autre identité.

Le train arriva en gare de Nuremberg avec une demi-heure de retard. Jaeger ne s'en formalisa pas : l'épuisement, doublé de quelques verres de gnôle ingurgités en chemin, lui avait permis de considérer la suite des événements avec un certain détachement. Il sortit de l'ascenseur de la gare au niveau de la rue et s'avança d'un pas traînant au milieu de la foule virevoltante du matin.

Karl Jaeger regagna son bureau de la Koenigstrasse sans incident notable. Cette ancienne rue baignée par le soleil d'automne était aussi chaude et poussiéreuse que sa pauvre tête. Il poussa un soupir de soulagement au contact de la douce fraîcheur qui régnait dans l'entrée de son immeuble. L'ascenseur l'emmena silencieusement au quatrième étage. Il marcha le long du couloir et poussa une grande porte de verre dépoli. Les lettres noires tracées sur le verre lui arrachèrent un sourire, comme toujours. Elles proclamaient : JAEGER, INC.

Le bâtiment qui abritait le bureau de Jaeger était situé dans le plus ancien et le plus beau quartier de Nuremberg. L'édification de cette ville se perdait dans les brumes de la préhistoire et, depuis, elle n'avait cessé de croître. Son nom était mentionné officiellement pour la première fois en l'an 1050 ; à cette époque l'empereur Henry III devait tenir cour plénière non loin de ses bureaux sur la Koenigstrasse. Voilà qui en imposait sur une carte de visite. Rien qu'à l'adresse, les vieilles rombières fortunées et les maris en mal de divorce comprenaient vite que Jaeger avait mieux à faire que de s'occuper de leurs petits problèmes conjugaux. Bien sûr, JAEGER, INC. n'avait pas toujours été logée à la même enseigne. De plus, se dit Jaeger en apercevant son reflet dans le miroir du vestibule, si tout le monde le voyait entrer et sortir du bâtiment dans un tel état, JAEGER, INC. pouvait d'ores et déjà consulter les petites annonces immobilières moins prestigieuses. Peut-être devrait-il se contenter d'*un* bureau, et non *de* bureaux. Ou, si cette mission tournait vraiment au vinaigre, d'une petite table dans un coin de l'appartement d'un ami.

Il secoua la tête. Karl Jaeger, se faire du souci pour une vague histoire d'Aensas, et puis quoi encore ? Karl Jaeger était bien trop dur, bien trop malin, bien trop compétent. Il faudrait plus que le regard d'un Aensalord pour l'ébranler. Ouais. Mais guère plus.

Derrière la porte en verre se trouvait une petite salle d'attente aux murs lambrissés de bois sombre qui donnaient à l'endroit sa seule touche de sophistication. Les panneaux avaient été installés bien avant que Jaeger n'investisse cet endroit. Un gros tapis de couleur pastel, quelques fauteuils confortables, un petit divan et une table ajoutaient à l'ensemble une impression de solidité, de fiabilité et de raffinement. Le bureau se trouvait à l'autre extrémité de la salle d'attente, comme pour symboliser un lien immédiat avec l'entreprise mystérieuse et vaguement illégale qu'était JAEGER, INC., du moins dans l'esprit de ses clients potentiels.

Ce sanctuaire était habité par l'unique élément attrayant de JAEGER, INC. : Marga Geier, sa secrétaire, qui en gardait les portes telle une mythique sentinelle de l'Antiquité. Marga était grande, belle et accorte. Ses cheveux pâles comme un rayon de lune sur la neige n'étaient pas l'aspect le plus surprenant de sa physionomie : ses yeux, que Jaeger s'attendait toujours à voir bleu acier, étaient d'un noir de jais. Elle devait faire le même effet à ses clients. Du moins l'espérait-il.

Il hocha la tête en guise de salut et referma la grande porte derrière lui. La secrétaire jeta un coup d'œil à son patron dépenaillé et eut une mimique stupéfaite. Elle se leva à moitié de sa chaise.

« Tout va bien, Marga, fit-il avec un geste évasif de la main. Je n'ai rien. Je vous raconterai toute l'histoire un peu plus tard.

– Vous avez besoin de quelque chose ? » demanda-t-elle.

Jaeger se demanda si elle exprimait autre chose que de l'inquiétude à son égard.

« Non, répondit-il. Oh, bon sang, si. Non, laissez tomber. Je vous appellerai plus tard. »

Marga ne fit aucun commentaire. Jaeger attendit qu'elle eût appuyé sur le bouton qui, caché sous son bureau, commandait le déverrouillage de la porte, puis il entra sans plus de cérémonie.

Le vestibule dans lequel il pénétra était trop étroit pour permettre le passage de plus d'une personne à la fois. À sa gauche, trois portes. À sa droite, deux fenêtres offrant une jolie vue sur les toits et, au loin, les vieilles tours jumelles de l'église St. Lorenz. La première porte menait à un petit bureau qui, à l'origine, appartenait à Herr Stahl, son conseiller scientifique. La seconde était celle des quartiers de Hans Weissmann, son comptable et néanmoins meilleur ami. La dernière ouvrait sur le bureau de Jaeger lui-même. Il passa devant l'atelier de Herr Stahl et frappa à la porte de Weissmann, rectangle doré dans la lumière de l'automne. Jaeger attendit quelques secondes avant de pousser le battant. Herr Stahl et Hans Weissmann l'attendaient à l'intérieur. De toute évidence, ils étaient au milieu d'une dispute dure et éprouvante, mais l'un comme l'autre se turent et dévisagèrent l'arrivant en silence.

Herr Stahl agitait d'une main une revue scientifique épaisse comme un bottin, mais l'irruption de son patron interrompit son geste. Il laissa lentement retomber sa main sur son genou et lui jeta un regard amer. Ce petit bonhomme trapu et taciturne, à la calvitie naissante, pensait rarement à autre chose qu'à son travail et s'accordait parfois une bouteille de vin en guise de distraction. Ses réticences à rejoindre l'entreprise, des années plus tôt, avaient finalement été vaincues par la perspective d'y faire quelque chose de plus excitant que la routine des départements scientifiques des grands trusts policiers. Lorsque JAEGER, INC. devint extrêmement prospère, l'aspect financier devint une motivation supplémentaire. Néanmoins, sorti de ses éprouvettes, Stahl restait un être déplaisant, cynique et asocial : il semblait s'ingénier à provoquer des disputes avec Weissmann, Jaeger ou même Marga Geier. Mais personne ne faisait vraiment attention à ses accès de pessimisme : sur le plan professionnel, il n'avait jamais déçu Jaeger et était presque aussi bon joueur de bridge – passe-temps officiel des membres de JAEGER, INC. entre deux clients – que Fräulein Geier.

Les petits yeux lymphatiques de Stahl se tournèrent vers Jaeger et enregistrèrent sans ciller son état de décomposition avancée. Il marqua soigneusement la page de sa revue, la referma, et la déposa sur la table de travail de Weissmann en l'ajustant exactement avec l'angle du bureau.

« *Guten Tag*, Herr Jaeger », dit-il.

Jaeger lui rendit son regard. Pour une fois, sa voix neutre n'avait rien de sardonique et ne trahissait pas la moindre curiosité refoulée. Il en conclut que Stahl était trop poli pour lui demander ce qui s'était passé, mais, après un instant de réflexion, il se dit qu'il se trompait. En vérité, Stahl se fichait complètement de ses faits et gestes. Jaeger était revenu sain et sauf de sa petite aventure ; tout le reste n'était que fastidieux détails. Jaeger aurait pu surgir en tenue d'Adam, un cadavre sanguinolent en travers de l'épaule, sans que les yeux glauques de Herr Stahl reflètent la moindre lueur d'intérêt.

Jaeger poussa un soupir.

« *Guten Tag*, Herr Stahl. »

Il tira la feuille de papier chiffonnée qu'il avait noircie de quelques notes durant le trajet en train jusqu'à Nuremberg.

« J'aimerais savoir s'il serait possible de créer un manteau d'invisibilité selon les spécifications suivantes. Le modèle dont je disposais jusqu'à présent ne me suffit plus, et je pense que la gamme d'ondes qu'il est susceptible de brouiller est trop étroite. J'aimerais que vous me communiquiez vos conclusions le plus vite possible. C'est urgent. »

Jaeger lâcha le papier, qui voleta devant le visage inexpressif de Stahl avant de se poser sur son genou. Les mains molles et arachnéennes de celui-ci se tendirent pour saisir la feuille, qu'il lissa dans la foulée, et ses yeux roulèrent dans leur orbite alors qu'il parcourait les gribouillis à peine lisibles de Jaeger. Une lueur s'alluma dans ses pupilles, comme une lanterne dans un épais manteau de brouillard. Feuille au poing, le scientifique se leva sans un mot et sortit précipitamment de la pièce, manquant de peu une collision fatale avec son patron. La porte claqua ; un instant plus tard, ce fut le tour de celle du bureau de Stahl. Il suffisait de lui soumettre un problème technique pour que l'humanité cessât d'exister à ses yeux.

Jaeger fixa la porte immobile du bureau de Weissmann avec une lueur d'envie dans les yeux.

Le geste lent, il retira sa veste en grimaçant : il était couvert de bleus. Il jeta le vêtement sur le fauteuil que Stahl venait d'abandonner, puis inspecta sa chemise souillée et déchirée, secoua la tête et s'assit lentement. La pièce comportait une armée de téléphones, des armoires à documents dressées au garde-à-vous contre le mur opposé à la porte, et un peu plus loin le bureau de Weissmann, que jouxtait une petite table munie d'un ordinateur portable. Après avoir ainsi examiné les lieux, Jaeger conclut que tout était en ordre. Cette pièce pouvait laisser croire que JAEGER, INC. était une firme comme tant d'autres : assurance, gestion de biens, au pire un cercle de jeu clandestin. Mais rien ne laissait supposer qu'elle se livrât à des activités telles que Jaeger en avait mené la nuit dernière. Il secoua à nouveau la tête. Il venait de réaliser qu'un élément rompait la belle harmonie de cet ensemble : lui-même.

Hans Weissmann n'avait toujours rien dit. Jaeger sourit à son ami, puis bâilla.

« *Was ist los*, Karl ? demanda Weissmann d'une voix douce.

– Euro, Hans, dit-il pour se moquer gentiment de lui. Parle en euro. Tu as besoin de pratiquer.

– Oui, oui, Karl, répondit Weissmann avec impatience. Mais, mon Dieu, que t'est-il arrivé ? Tu es en haillons, couvert de sang... » Son visage se crispa en une grimace étonnée. « Et tu n'étais pas censé revenir avant plusieurs jours. Il y a eu un problème avec la mission ?

– Non, pas *un* problème en particulier. Je dirais plutôt que cette mission s'est transformée en catastrophe intégrale. *Tout* a foiré. Dieu tout puissant, jamais je n'avais vécu un tel fiasco. Je ne dois la vie qu'à un coup de chance tout simplement. La chance ! C'est bien le comble, de devoir compter sur elle dans mon métier. »

Il se tut. Weissmann comprit qu'il valait mieux en rester là.

Il se pencha en avant sur son bureau. Son visage rougeaud, qui le faisait paraître plus vieux que Jaeger, reflétait l'inquiétude.

« Que s'est-il passé ? J'aurais juré que nous avions tout prévu. Est-ce que… »

Jaeger le coupa d'un geste sans équivoque. Il se leva d'un pas que les vagues de fatigue rendaient incertain.

« Disons que c'est trop compliqué pour entrer dans les détails maintenant. Je dois recoller les morceaux pendant que tout est encore frais dans mon esprit… avant de m'effondrer d'épuisement. »

D'un geste, il repoussa les objections muettes de Weissmann.

« J'ai du boulot pour toi, Hans, et tu vas t'y mettre tout de suite. Jette un coup d'œil dans tes dossiers, puis appelle le Fichier central. Je veux une copie de tout ce qu'on a sur les Aensalords dans une heure sur mon bureau. C'est une urgence. Je dois savoir pourquoi j'ai foiré cette mission, et la réponse doit bien exister quelque part… » Un rictus déforma brièvement son visage ravagé. « Ce n'est pas aussi inutile que ça en a l'air. J'ai non seulement besoin de reprendre confiance en moi, c'est vrai, mais cela peut surtout éviter que nos affaires subissent le contrecoup de cet échec. J'imagine qu'il faudra débourser gros pour avoir accès à la banque de données, quoique, au point où nous en sommes, Herr Schiller ne sera pas à ça près. Et puis, il faut lui montrer que nous savons réparer nos erreurs, n'est-ce pas ? *Ja ?* »

Lorsque Jaeger émergea de la salle de bains qui jouxtait son bureau, douché, rasé et prêt à refaire son entrée dans le monde des vivants, une pile de vêtements propres pliés avec soin l'attendait sur son fauteuil. Un cône de lumière filtrait entre les lourds rideaux de la verrière panoramique derrière son bureau. Jaeger admira la danse des grains de poussière dans la clarté irisée tandis qu'il s'essuyait. Il aimait la façon dont la lumière faisait briller le bureau poli et embrumait la couleur des meubles.

Il prit la chemise et l'enfila d'un geste las. Jaeger était un homme d'une carrure impressionnante, tout en muscles souples et déliés, très bronzé. Ses cheveux blond foncé encadraient un visage tanné par les intempéries, figé dans unc expression peu avenante. Sa mâchoire volontaire presque trop massive et ses grands yeux gris, dissimulés sous des sourcils broussailleux, n'atténuaient pas cette impression. Jaeger passa le reste des vêtements avant de gagner la fenêtre dont il ouvrit les rideaux d'un geste brusque. Il avait eu sa dose de ténèbres.

Des silhouettes insectoïdes cavalèrent sur le plancher, fuyant l'afflux de lumière, vers les flaques d'ombre pelotonnées dans les moindres recoins de la pièce. Jaeger s'abîma un moment dans la contemplation du spectacle de la ville, puis se retourna et marcha d'un pas raide vers son bureau. L'esprit ailleurs, il feuilleta son agenda, arracha une feuille de son calendrier et regarda à nouveau dans son tiroir. Il avait l'habitude d'effectuer ces mêmes gestes plusieurs fois par jour, espérant toujours découvrir quelque chose d'utile dont il aurait oublié l'existence – mais en vain. En l'occurrence, il ne pouvait rien faire, sinon attendre le dossier concernant les Aensas.

Il ne put s'empêcher de s'immerger dans ses souvenirs, étranges remous de sa conscience, qui parfois se contredisaient. L'odeur fraîche de la terre après la pluie, du foin fraîchement coupé, un après-midi au rythme des beuglements du bétail et le long soupir extatique du vent caressant les hautes herbes, avec rien d'autre en vue que la voûte bleue du ciel et les champs de blé ondoyants.

Avec un bruit sec, Jaeger cassa un crayon entre ses doigts. C'était un souvenir douloureux, et il décida de ne pas s'y attarder – mais en vain. Il avait grandi dans une petite ferme au sud de la ville et y aurait certainement passé le reste de ses jours si ses parents n'avaient décidé de l'envoyer à l'université.

À vrai dire, il y eut plusieurs universités. D'abord celle de Nuremberg, puis Bonn et enfin Londres – la capitale de la Ligue anglo-européenne —, où il mit fin à son périple estudiantin pour rentrer dans ce qu'on appelle la vie active. Il va de soi que ses parents n'auraient jamais pu financer ses études à Londres ; mais ils trouvèrent la mort durant les émeutes des Trente Jours, comme des milliers d'autres innocents. Après leur décès, Jaeger fut transféré d'une université à l'autre au gré des bourses gouvernementales. Ensuite, il trouva un premier emploi, puis effectua son service militaire.

Il occupait alors un poste aux services secrets des armées de la Ligue. C'était un travail éprouvant, mais intéressant. Son temps réglementaire s'était vu réduit de six mois suite à une escarmouche sans gravité avec les gardes frontaliers de la Confédération Slave ; une grenade à main avait alors lardé sa jambe gauche de shrapnels, ce qui lui valut d'être réformé avec les honneurs.

Après un bref séjour à l'hôpital militaire, il était retourné à l'université pour parachever sa formation et obtenir un doctorat, puis il avait occupé une série d'emplois – une *très longue* série d'emplois – sans qu'aucun d'entre eux ne l'ait vraiment satisfait. Il avait tenté, puis rejeté des postes de professeur, de chercheur scientifique, de musicien, d'ingénieur, de laborantin pour le compte du Groupement des polices sud-européennes, de journaliste et de peintre, pour enfin découvrir que l'emploi qu'il recherchait n'existait pas encore.

Il aimait les stimulations intellectuelles du monde universitaire. Il adorait la complexité bien ordonnée des matières scientifiques, mais aussi le plaisir purement subjectif de la peinture à l'huile, son passe-temps favori. Et pourtant, il regrettait la vie trépidante des services secrets, pleine de danger et d'excitation, et ce qu'il avait pu entrevoir de la criminologie lorsqu'il était au GPSE le fascinait encore. Cette science qui l'intriguait de plus en plus et dont l'aboutissement logique et presque inévitable était la création de JAEGER, INC., une compagnie qui n'avait qu'un seul produit à vendre : lui-même.

Sherlock Holmes, ce cher violoniste, prenait toujours un grand plaisir à préciser qu'il était le premier détective-consultant au monde. Jaeger, lui, était le dernier représentant de la profession et le seul en activité depuis bon nombre d'années. Vu l'évolution de la situation politique et économique du monde, des unités comme le GPSE étaient devenues plus efficaces que les innombrables forces de police locales ; peut-être parce qu'elles avaient préalablement pris soin de liquider toute entreprise individuelle et potentiellement concurrente. Mais maintenant, pensait Jaeger, ces compagnies étaient devenues bien trop lourdes, trop importantes pour s'occuper de missions aussi délicates. Le GPSE et ses semblables étaient des dinosaures, là où Jaeger était un requin, solitaire et rapide.

On était à l'ère des Grandes Institutions. Même la criminologie était devenue un produit de grande consommation ; le GPSE et ses équivalents de par le monde visaient avant tout à générer un maximum de profit et avaient oublié leur motivation première : rendre la justice. Grâce à ces velléités commerciales, les consortiums policiers développaient souvent des techniques nouvelles qui semblaient accroître leur efficacité, mais que les organisations gouvernementales, trop formalistes, refusaient de reconnaître. Bien sûr, Jaeger savait mieux que quiconque que ce surcroît d'efficacité était souvent plus apparent qu'effectif. Les progrès étaient réels, mais leurs effets, dilués dans cet immense organisme policier, répartis entre les différentes factions qui le composaient, étaient trop infimes pour être mesurés avec précision.

Jaeger, le dernier détective privé au monde, l'ultime représentant d'une race éteinte, avait gagné l'affection du public. Ses techniques peu orthodoxes, ses méthodes de gestion rigoureuses et son professionnalisme encore plus grand en matière de criminologie avaient assuré la pérennité de son entreprise. D'abord, il ne fut qu'un sujet de raillerie : tout criminologue qui refusait d'opérer dans le cadre du GPSE ou d'un groupe similaire devait être fou. Puis, peu à peu, il gagna le respect de tous. C'est la chance qui lui apporta son premier client, puis on lui soumit une affaire apparemment insoluble. Lorsqu'il eut résolu les deux cas, sa réputation ne cessa de s'étendre. Durant ses deux premières années d'exercice, il réussit à remplir cinq missions d'importance et un paquet d'autres moins prestigieuses. La presse avait répercuté ses exploits avec un intérêt et un enthousiasme croissants. Mais un échec maintenant risquait fort de ternir son image de marque.

Le café et le dossier sur les Aensalords arrivèrent simultanément.

Jaeger commença par feuilleter les documents, mais fut vite déçu. Il n'y avait rien à en tirer ; on avait gaspillé un océan d'encre pour parler des Aensalords, mais, bizarrement, les articles se ressemblaient tous. Il avala son café d'un trait, sans même remarquer qu'il était brûlant : la fatigue engourdissait à nouveau son corps.

Il glissa un autre microfilm dans le projecteur et tourna le bouton de contrôle, parcourant la bande dans l'espoir d'en tirer quelque chose, n'importe quoi, d'utile. Il fronça les sourcils. Il lui manquait un élément essentiel. Il parcourut encore et encore les différents textes, mais ceux-ci semblaient s'ingénier à ne rien dire d'important. Pour Jaeger, il ne s'agissait pas uniquement de l'habituelle langue de bois des journalistes. Il y avait un blanc, une pièce manquante.

Oh, bien sûr, les faits étaient là, tels que tout le monde les connaissait : la première tentative de contact avec les vaisseaux aensas dix ans plus tôt, lorsqu'ils étaient encore en orbite autour de Mars ; la rumeur d'une invasion extra-terrestre, qui avait terrifié le monde entier ; l'inévitable conflit militaire lorsque deux de nos vaisseaux et l'un des leurs s'étaient désintégrés dans un même éclair à deux cents kilomètres d'altitude, transformant la nuit en jour sur la moitié de la Terre ; un monde en prières, un monde de peur et de haine farouche ; puis, dans l'incrédulité générale, les premières tentatives de paix ; la conception précipitée d'un langage artificiel ; la première rencontre sur la Lune, sous un dôme préfabriqué ; les sommets de Denver, de Londres, d'Afrique du Sud, de Rio de Janeiro, de Moscou, où les dirigeants du monde entier avaient négocié avec les représentants des Aensas ; l'accord final…

Les hostilités n'avaient été qu'un simple malentendu. Les Aensalords étaient des marchands galactiques inoffensifs, pas des envahisseurs, et ils ne pensaient qu'à dégager des profits pour leur race et la nôtre. Ils voulaient que la Terre rejoigne le marché interstellaire, tout comme Perry avait ouvert le Japon au reste du monde des siècles plus tôt. L'humanité avait poussé un grand soupir de soulagement. Si les Aensalords étaient assez humains pour faire du commerce, si leur société ressemblait à la nôtre au point de cautionner l'avidité, alors nous avions une chance de nous comprendre et de vivre en bonne entente.

Les Aensalords reçurent un territoire de quinze kilomètres carrés au sud de l'Allemagne, base de leurs opérations. En échange, ils fournirent à la Terre certains minéraux et concédèrent des droits commerciaux – non spécifiés. Tout le monde vécut heureux, amen.

Jaeger grogna. Il éteignit le lecteur de fiches, puis feuilleta les liasses de dossiers. Plongé dans ses pensées, il voyait à peine les mots qui défilaient sous ses yeux. Ils vécurent heureux et eurent beaucoup de contrats. Mais nulle part il n'était fait mention du sport favori des Aensas : la chasse à l'homme.

Personne ne semblait s'inquiéter des pauvres bougres qu'on traînait à bout de bras, qu'on allongeait nus sur le sol pour mieux les crucifier ou pour les laisser en pâture aux charognards. Et parmi tous ces articles, pas un seul ne mentionnait l'existence des Dktars, même en coup de vent. Cette *omission* était la plus troublante : les molosses des Aensas n'étaient-ils pas assez pittoresques pour éveiller l'intérêt de n'importe quel journaliste digne de ce nom, affamé de scoops comme ils l'étaient tous ?

Il avait commis une erreur. Si les informations égrenées par ces articles étaient exactes, il ne pouvait que réussir sa mission. Mais son échec prouvait que ces données étaient fausses. Or, si elles n'étaient pas fiables, c'est que ces rapports mentaient ; et s'ils mentaient…

Cela voulait dire que quelqu'un s'était donné beaucoup de mal pour dissimuler la vérité sur les Aensas. Tout simplement. Et le monde ne manquait pas d'individus capables de réussir un tour pareil.

Jaeger leva les yeux. Herr Stahl entra dans la pièce et lui affirma qu'il ne pouvait créer une cape d'invisibilité selon ses nouvelles spécifications.

« C'est impossible ?

– *Aber nein*, Herr Jaeger. Infaisable. » Le regard du scientifique se teinta d'amusement. « Quoique, avec quelques millions de dollars supplémentaires, un laboratoire de recherche de pointe et une équipe qualifiée, ce serait peut-être envisageable. Mais ici ? Dans cet atelier, avec ce matériel dépassé ? N'y comptez pas. »

Sa tirade achevée, Stahl tourna les talons et quitta la pièce.

Jaeger poussa un grand soupir. Ce n'était pas de cette manière qu'il reprendrait l'avantage. Il était coincé. Il ne lui restait plus qu'à ravaler ses principes et rendre son argent à

Schiller ; celui-ci allait devoir trouver quelqu'un d'autre. Jaeger préférait ne pas penser à cette éventualité, plus grave encore qu'un simple échec. Si JAEGER, INC. connaissait un certain succès, c'était parce qu'elle avait la réputation de proposer des services que personne d'autre n'était capable de fournir. La nouvelle d'une défaite ruinerait à coup sûr l'entreprise. Or, c'est en proclamant les échecs des autres que Schiller avait fait fortune. Si cet éditeur millionnaire voulait noircir les pages de ses magazines de photographies exclusives de la base extraterrestre, il devrait s'adresser ailleurs. Jaeger lui souhaitait bien du plaisir, car personne n'était assez fou pour cela, hormis le GPSE, que Schiller abhorrait. Il était de toute façon hors de question pour Jaeger de retourner en territoire aensa, du moins pas sans une meilleure couverture ; il n'avait aucune envie de se retrouver à nouveau traqué dans la nuit par ces bêtes nées d'un cauchemar de Jérôme Bosch. Même pour tout l'or du monde.

Et pourtant, tel un démon tentateur, l'énigme des fiches erronées occupait toujours un coin de son esprit. Il haussa les épaules. Un échec était un échec, et il valait mieux s'y résigner plutôt que de se bercer de faux espoirs. La chance aidant, il pourrait toujours étouffer l'affaire et l'empêcher de faire la une des journaux. Jaeger était un professionnel : il n'allait pas se laisser entraîner dans une situation où il n'avait pas même une chance sur deux d'en sortir vivant pour le simple plaisir de satisfaire sa curiosité.

Hans Weissmann entra silencieusement alors que Jaeger faisait tourbillonner le reste de son café dans sa tasse. Il se demanda s'il devait finir le liquide huileux ou succomber aux vagues de fatigue qui s'échouaient de plus en plus souvent contre le rempart de sa conscience.

« Karl, dit Weissmann, il y a eu un appel pour toi.

– *Ja*, et alors ?

– C'était un employé du Congrès International. Je pense qu'ils veulent t'engager. »

Jaeger leva un sourcil incrédule. Voilà autre chose. Le CI disposait de sa propre compagnie de sécurité et d'une véritable petite armée. Pourquoi aurait-il besoin de lui ?

« Tu en es sûr, Hans ? demanda-t-il.

– Oui. Trois attachés du CI ont pris rendez-vous pour demain, à 14 heures. Ils veulent absolument te voir.

– De qui s'agit-il ?

– Je ne connais pas leur nom, mais ils représentent la Ligue Urbaine Nord Américaine, et l'un d'entre eux est envoyé par la Confédération Slave.

– Selon l'ancien système, de quelle partie de la LUNA viennent-ils ? »

Weissmann secoua la tête.

« Karl, cela fait des années que l'ancien système est dépassé. Cela n'a plus la moindre importance. L'un vient de la Monocité Nord-Est, un autre de…

– Veux-tu bien me dire quelle section de leur ville-État respective les mandate ? »

Weissmann grommela quelque chose d'indistinct tandis qu'il consultait son carnet.

« L'un vient de New York, un autre de Houston. Ça te suffit, ou tu veux aussi leur adresse personnelle ? »

Jaeger afficha un sourire ironique.

« Non, mais par contre j'aimerais que tu me dises de quelle région de la Confédération Slave vient l'autre délégué.

– Très bien, Karl. Il habite Varsovie. Mais franchement, qu'est-ce que ça peut faire ? L'ancien monde est mort et enterré. Disparu à tout jamais. »

Jaeger inspira profondément et se rassit. Il fixa par-dessus la tête de son ami les panneaux de bois ornant le mur empoussiéré.

« Mort et enterré, certes. Disparu, non. Cette bonne vieille répartition ethnique a la peau dure : elle finit toujours par ressurgir d'une façon ou d'une autre. Crois-moi, Hans, l'homme est le fruit du terreau qui l'a vu naître. Ses dispositions psychologiques sont conditionnées par l'atmosphère et les traditions de l'endroit où il a vécu ses plus jeunes années. Si on ignore les origines d'un individu, comment peut-on prétendre le connaître ? Comment peut-on traiter avec lui ? »

Weissmann ricana doucement.

« Pauvre Karl. Toujours aussi perfectionniste. » Il abattit ses phalanges contre le rebord du bureau avant de s'étirer. « Il est temps pour toi d'aller au lit, Karl : tu ressembles à un mort vivant. Je tiendrai la boutique, comme d'habitude, comme une mère faucon veille sur ses fauconneaux.

– Ses poussins, corrigea Jaeger d'une voix absente.

– Fauconneaux, poussins… quelle différence ? » Il fit un geste évasif de sa main velue et eut un petit rire. « Va te coucher, Karl. Contrairement à ce que tu veux nous faire croire, tu n'es pas fait d'acier trempé. Tu es un homme de chair et de sang, comme nous tous.

– De sang, répéta Jaeger. Merci de me le rappeler, Hans. Rappelle-moi Stahl. Je veux qu'il analyse un échantillon de mon sang. »

Weissmann hocha la tête, mais ne fit pas le moindre commentaire. Il tourna les talons et quitta le bureau.

En équilibre instable sur ses jambes cotonneuses, Jaeger s'approcha de l'horloge murale. L'après-midi n'était pas encore bien avancé ; le déjeuner devrait cependant attendre qu'il soit en mesure de garder les yeux ouverts. Il tituba jusqu'au canapé, s'assit et entreprit de retirer sa chemise. Mais le sommeil, qui le recouvrit comme une chape de plomb, ne lui en laissa pas le temps, et il plongea sans heurt dans un univers de ténèbres.

Corcail Sendijen revenait d'une autre nuit de recherches infructueuses lorsqu'il tomba sur une patrouille aensa.

Il venait d'émerger de son puits de ventilation, avait remis laborieusement la grille en place et se préparait à suivre l'étroit couloir qui menait aux quartiers de la Compagnie Noire, quand il entendit des pas qui s'approchaient rapidement, des bottes martelant la pierre. Il se figea aussitôt. Ils étaient là, tout près ; il pouvait même sentir leur odeur et entendre les battements de leur cœur. Des Aensas qui seraient sur lui dans un instant.

Corcail Sendijen chercha frénétiquement une échappatoire. Le couloir aurait dû être désert à cette heure-ci ; c'était même la condition préalable à la réussite de ses excursions nocturnes. Mais il n'y avait aucune cachette, pas le moindre couloir adjacent, ni meuble ou machine susceptibles de lui servir d'abri. Le sol, le plafond et les murs étaient faits de la même pierre nue. Il avait pensé qu'un lieu aussi isolé était exclu de toute investigation, mais de toute évidence il s'était trompé. Et maintenant la patrouille aensa allait le démasquer. Que faire ? Il n'avait que quelques secondes devant lui. Pas assez pour rouvrir le conduit de ventilation, et encore moins pour remettre la grille en place. Les Aensas ne manqueraient pas de remarquer qu'on l'avait déplacée, enquêteraient immédiatement et le trouveraient dans le puits. En cas d'urgence, Corcail Sendijen pouvait agir avec une extrême rapidité, mais dans ce long couloir dénudé il ne parviendrait jamais à fuir avant que les autres n'atteignent l'angle qui le dévoilerait à leur vue. Et alors c'en serait fait de lui.

Une poignée de secondes et de calculs infructueux plus tard, Corcail Sendijen arriva à la conclusion qu'il n'avait pas l'ombre d'une chance. Ils allaient certainement l'abattre aussitôt qu'ils le verraient, déjà ils arrivaient au coin du couloir, il allait mourir ici, *maintenant*...

Alors que le premier Aensa apparaissait au bout du couloir, Corcail Sendijen fit un bond prodigieux.

Sa détente était si puissante qu'il s'écrasa contre le plafond lisse. Il déploya immédiatement quatre de ses tentacules et colla leurs ventouses contre la paroi. Il entendit les

Aensas passer deux mètres plus bas, mais n'osa pas se tourner pour vérifier : il suffisait qu'un seul des Aensas levât les yeux pour le repérer immanquablement. Mais personne ne détecta sa présence. Non seulement ils ne s'attendaient pas à trouver un intrus dans ce couloir, mais ces créatures étaient avant tout des prédateurs terrestres, qui se contentaient dans la plupart des cas de ce qui se trouvait droit devant eux. Corcail Sendijen, qui leur connaissait cette particularité, avait ainsi joué son va-tout, et il avait eu raison.

Les Aensas s'immobilisèrent au beau milieu du couloir. Tout d'abord, Corcail Sendijen craignit qu'ils ne l'eussent tout de même repéré, mais ils n'émettaient pas le moindre signal d'alarme. Au contraire, ils se mirent à deviser le plus paisiblement du monde. Mais Corcail Sendijen était trop préoccupé par sa propre situation pour prêter attention à leurs bavardages. Un de ses tentacules avait lâché prise et la gravité se rappelait à son bon souvenir. Quelle poisse ! Pourquoi fallait-il que les Aensas choisissent justement cet endroit pour discutailler ? Combien de temps pouvait-il rester scotché là-haut ? Un autre tentacule glissait déjà sur la pierre lisse. Encore quelques secondes, et il leur tomberait dessus – littéralement.

Il tâtonna frénétiquement de la pointe de ses quatre tentacules inférieurs, à la recherche d'un point d'appui. Il toucha une lampe fichée dans la roche, recouverte d'un petit grillage, et eut alors un frisson qui, chez lui, était l'équivalent d'un soupir de soulagement. Il s'empressa d'enrouler ses tentacules inférieurs autour de la grille et l'utilisa comme point d'appui pour raffermir la prise des quatre autres. Une fois assuré, il se contorsionna pour espionner tranquillement les Aensas, les observer.

Ils étaient six : trois Aensas, deux Aensalords empreints de fierté et… Corcail Sendijen plissa les yeux… le sixième membre de l'équipe était un tripède bovin du nom de Malmo, un membre de la Compagnie Noire. Malmo se tenait adossé au mur du couloir, légèrement à l'écart du groupe, sa grosse tête hirsute rejetée sur la poitrine. Les Aensalords braquaient leurs revolvers sur Malmo avec une nonchalance feinte.

L'un d'entre eux disait :

« … Assez loin. Les gens de la Compagnie Noire ne peuvent plus nous entendre. D'ici à demain matin, ils auront sans doute oublié que nous sommes venus chercher celui-là. Ou même qu'il ait jamais existé.

– C'est vrai, répondirent les autres. Mais il vaut mieux éviter de l'exécuter sous leurs yeux. Lorsqu'elle ne fait pas partie de leur quotidien, la mort d'un des leurs a tendance à les échauder. Leur esprit rudimentaire est facilement en proie à la panique. Il n'y a pas de créature si primitive qu'elle ne puisse se souvenir de la mort d'un de ses semblables, *a fortiori* si elle est violente.

– La mort », répéta l'un des Aensalords d'une voix douce et caressante, comme s'il savourait ce mot. « Ne sens-tu pas l'arrivée imminente du Sombre et de son sac, petit Malmo ? Il est là, tout près. » Il se tourna vers l'autre Aensalord : « Quel dommage de perdre ainsi un esclave doué d'un minimum d'intelligence. Enfin, moins bête que d'autres. Mais c'est maintenant un témoin gênant.

– Ainsi va la vie, répliqua le second Aensalord, il doit mourir. Le secret enchâssé dans son esprit peut être décrypté par n'importe quel espion, et pourquoi s'amuser à trafiquer les souvenirs d'un être aussi inutile alors qu'il existe un moyen plus efficace et moins coûteux ? »

À ce moment, Corcail Sendijen étira ses tentacules mentaux. Il tenta de fouiller l'esprit de Malmo pour en extirper l'information qui avait causé sa perte – peut-être la clé de son enquête –, tout en s'efforçant de ne pas ressentir la moindre compassion envers son collègue de la Compagnie Noire. Mais il découvrit vite que c'était impossible. D'un point de vue extérieur, Malmo semblait résigné, voire placide, mais intérieurement il bouillonnait d'émotions chauffées à blanc. La peur de la mort, la haine, la rage, une forme d'excitation sexuelle assez perverse, tout cela formait une cacophonie infernale qui empêchait Corcail Sendijen de lire clairement en lui. Et pourtant, suprême ironie, la frayeur que ressentait Malmo perturbait tant son intelligence limitée qu'il en avait presque entièrement oublié l'information qui allait lui coûter la vie.

– Le Sombre est là, Malmo ! railla le premier Aensalord. Tu ne la sens pas venir ? Tu ne flaires pas l'odeur du sang qui souille l'intérieur de son sac ? C'est pourtant là que tu vas te retrouver très bientôt. Tu ne flaires pas le sang, Malmo, le sang et les vieux ossements ? »

Malmo, muet, leva sa tête hirsute et regarda les Aensalords. Un frisson secoua sa grande carcasse ; il agita nerveusement les trois pieds, mais ne fit pas mine de s'enfuir. Ses épaules massives s'affaissaient ; au bout de ses bras inertes pendaient deux mains aux doigts si longs qu'ils traînaient presque par terre. Ses yeux étaient empreints de tristesse.

« Tu ne dis rien, Malmo ? s'écria le premier Aensalord. Tu ne nous supplies pas ? Tu ne te révoltes même pas ?

– Seigneurs », dit Malmo.

Ses yeux brûlaient comme des braises. Il leva lentement ses bras, puis les écarta.

« Seigneurs, répéta-t-il. Mon sort est entre vos mains. »

Le premier Aensalord lui logea une balle dans l'estomac.

Le canon n'émit pas la moindre flamme, nulle détonation ne vint rompre le silence de la nuit. L'impact fit chanceler Malmo, qui échoua contre le mur. Il resta un instant vacillant, mais ne tomba pas. Sa blessure vomissait un sang brun et épais ; les yeux fixés sur les Aensalords, il tenta vainement de contrôler l'hémorragie en appuyant dessus une de ses grosses pattes.

« Attaque, Malmo ! s'écria le premier d'entre eux. Charge !

Massacre ! Étripe ! Écrase-nous, tue-nous tous jusqu'au dernier !

– Seigneurs », marmonna Malmo d'une voix bouillonnante de sang.

Le premier Aensalord lui tira dessus, trois fois, clouant Malmo au mur. Le supplicié tenta de recouvrer son équilibre, puis tomba en avant, s'écrasant au sol avec une telle violence que les parois du couloir tremblèrent.

« Pathétique, fit le second Aensalord d'un air dédaigneux. Ni style ni technique. Il n'a honoré aucun des Quinze Stades de la Mort. Tu parles d'un spectacle.

– C'était minable », convint le premier Aensalord.

Il adressa un geste à l'un des Aensas inférieurs, qui se rendit auprès du cadavre. Il sortit une grosse boîte noire pourvue d'un tuyau qui charriait une espèce de poudre argentée. Celle-ci drapa le corps de Malmo ; il y eut un éclair brillant, une éruption de flammes, puis un nuage de fumée noire suiffeuse. Lorsqu'elle se dissipa, Malmo avait disparu sans laisser de traces.

La patrouille aensa reprit sa route tandis que les deux Aensalords commentaient toujours la piètre prestation de Malmo, indigne candidat au Très Noble Jeu.

À peine furent-ils hors de vue que Corcail Sendijen se décrocha et se reçut souplement sur le sol. Pas assez toutefois pour empêcher son second estomac de se révulser. Il se sentait coupable. Pauvre Malmo. Pauvre idiot. Bien malgré lui, ses griffes s'agitaient sous l'effet de la colère. Il ne pouvait totalement réprimer son trouble. Corcail Sendijen avait déjà tué des seigneurs aensas par le passé, et ce qu'il venait de voir l'encourageait à récidiver…

Mais il était inutile de se complaire en rêves sanglants ; sa mission était loin d'être terminée. La fouille du château s'était révélée infructueuse, et il n'avait pas pu saisir l'occasion qui venait de se présenter et qui, pourtant, aurait pu lui fournir les informations qu'il recherchait. Il avait aussi l'impression fort déplaisante de ne pas avoir tout compris au meurtre de Malmo ; comme s'il avait négligé un détail. Mais s'il manœuvrait correctement, il était certain de pouvoir utiliser cette mise à mort à son avantage. Il ne s'expliquait pas encore comment, mais il avait la conviction que c'était possible. En tout cas, une chose était sûre : il avait eu une démonstration fort explicite de ce qui l'attendait si jamais il était démasqué. Une leçon qu'il savait déjà par cœur. Trop bien, même.

Il tourna les tentacules et se dirigea vers les quartiers de la Compagnie Noire.

3.

Jaeger se réveilla dans les ténèbres et le silence. Un instant, il resta allongé, le temps que sa conscience lui revienne tout doucement et, avec elle, cette flaque de lucidité qui l'avait tiré du sommeil. Puis il s'étira. Malgré les douleurs et les courbatures qui siégeaient dans son corps engourdi, il se sentait plutôt bien. Son accès de déprime s'était dissipé en même temps que la fatigue. Il était désormais calme et résolu, vivace comme un animal sauvage qui ne connaît qu'une seule loi : la sienne. Jaeger pressa son nez contre le plastique transparent de son réveille-matin dans l'espoir de déchiffrer la position des aiguilles. Onze heures du soir. Il avait dormi toute la journée et une partie de cette chaude nuit d'automne.

Le détective réalisa qu'il avait une faim de loup. Il tâtonna le long du mur à la recherche de sa robe de chambre, puis sortit du bureau. La clarté lunaire que filtraient les deux fenêtres nimbait le couloir de son halo bleuté et trapézoïdal. Jaeger s'arrêta pour jeter un coup d'œil au-dehors. La lueur de la nuit lui remit en mémoire des bribes de son aventure. Celle-ci lui semblait dater d'une autre époque, d'une autre vie – celle d'un homme qui n'avait rien à voir avec l'univers réel de Karl Jaeger. Elle appartenait au monde des rêves. Le détective aurait bien voulu se convaincre que toute cette histoire n'était qu'une fantaisie, un sombre produit de son imagination. Il soupira. Non, il ne s'en sortirait pas si facilement.

Huit taxis attendaient à la station de la Markplatz, non loin de l'ancienne fontaine. Jaeger choisit le premier et leva la main ; il s'assit sur le siège arrière et communiqua l'adresse au conducteur. Les hauts réverbères d'aluminium échouaient à éclairer les rues sombres de leur clarté de pêche. Rares étaient les piétons et les automobiles. On n'entendait que le bourdonnement feutré du moteur et l'imperturbable *tic* du compteur. Jaeger se lova confortablement sur la banquette. Les mains enfoncées dans les poches de son pardessus, il laissa vagabonder son esprit, finissant toujours par revenir aux Aensalords et à la discussion que, tôt ou tard, il devrait avoir avec Herr Schiller. Il tenta de chasser ces idées noires d'un froncement de sourcils, mais en vain. Il ne s'en débarrasserait pas si facilement.

Arrivé devant son appartement, Jaeger paya le chauffeur. Il resta un moment sur le trottoir, interdit, à scruter la chaussée et le taxi qui s'éloignait. De l'autre côté de la rue, des carrés de lumières formaient une mosaïque discontinue sur la façade des immeubles noirs ; derrière ces fenêtres, des familles entières coulaient une vie anonyme et heureuse. Que savaient ces braves citoyens des Aensas ? S'en souciaient-ils seulement ? Leurs connaissances provenaient exclusivement de la télévision ou des fiches d'information, sources que Jaeger savaient censurées. Il haussa les épaules, puis tourna les talons et monta les marches du perron de son immeuble. Il ouvrit la boîte aux lettres, mais elle ne contenait rien de plus qu'une facture du magazine *Gegenwart* – du groupe de Schiller – et une pub pour un service de leçons de courtage immobilier par correspondance. Il jeta immédiatement le tract, fourra la facture dans sa poche et déverrouilla la porte intérieure. Jaeger gravit ensuite les deux étages qui le séparaient de son appartement et y entra. La pièce était plongée dans l'obscurité. Il pensa d'abord avoir oublié de laisser une lumière allumée, puis se rappela qu'il comptait initialement rentrer avant la nuit. Les événements en avaient décidé autrement…

Il se trouvait encore sur le seuil de la porte quand il entendit un faible bruit. Il se retourna d'un bond ; trop tard pour éviter la crosse du revolver qui s'abattait sur son crâne. Une douleur intense, aveuglante, s'empara de lui. Le détective se prit la tête entre les mains.

« Allez, dit son agresseur, les mains en l'air.

– Bon Dieu », fit Jaeger, ignorant l'intrus.

Il traversa la pièce tout en se frottant la nuque, puis reprit :

« Oh, bon sang, vous aviez vraiment besoin de faire ça ? Vous êtes armé, et pas moi. Si vous voulez me dévaliser, allez-y. Mais c'est pas la peine de me fracasser le crâne en cours de route.

– Vous étiez censé tomber raide, dit l'inconnu d'une voix amusée et confiante à la fois.

– Ça ne marche pas à tous les coups, répondit Jaeger. Pour assommer son bonhomme, il faut avoir le coup de main. »

Il cessa de se frotter le crâne et toisa l'étranger. Celui-ci était moins grand que Jaeger, très mince, avec des cheveux longs et une barbe qui couvrait l'essentiel de ses traits. Dans la pénombre du vestibule, Jaeger ne le distinguait pas assez nettement pour pouvoir l'identifier ultérieurement, si nécessaire.

« Je n'ai pas le coup de main, dit l'homme.

– Non, en effet. Soit vous tuez votre proie du premier coup, soit vous lui collez une bonne migraine. Pour ça, j'ai déjà donné. Vous êtes un homme de Schiller ?

– Schiller ? Le type du *Monatliche* ? Je ne l'ai jamais rencontré.

– Excusez-moi un instant. Vous pouvez garder votre revolver braqué sur moi pendant que je me sers un petit quelque chose pour faire passer la douleur ? Est-ce que vous voulez boire un verre ? ajouta Jaeger en allumant le plafonnier.

– Merci, répondit l'intrus. Je prendrai la même chose que vous. »

Jaeger eut un petit sourire.

« Si vous voulez vraiment réussir votre coup, je vous conseille de fermer la porte. La vieille dame qui habite de l'autre côté du vestibule préfère épier le moindre de mes gestes plutôt que de regarder les vieux films sur stéréop.

– Merci encore », répéta l'homme en fermant la porte.

Jaeger prit deux verres et y versa deux bonnes doses de scotch. Mais avant de les amener à la table, il tira un mouchoir et s'essuya le front. Lorsqu'il ramena le carré de tissu, il était taché de sang.

« Formidable, fit-il. Autre chose : vous n'auriez jamais dû me laisser prendre ce mouchoir. J'aurais pu dissimuler une arme dans ma poche. Ou dans un holster passé dans mon dos.

– On en apprend tous les jours. D'accord, je ne vous laisserai pas recommencer. »

Jaeger posa les deux verres sur un plateau, l'amena devant le canapé, posa le tout sur la table et s'assit.

« D'après moi, ce que vous avez de mieux à faire pour l'instant, c'est encore de prendre une chaise et de vous installer en face de moi. Si j'étais vous, je ne prendrais pas l'autre bout du canapé. »

Sur ces sages paroles, il vida d'un trait la moitié de son verre.

L'homme au revolver resta silencieux un long moment, avant de suivre le conseil de Jaeger. Lorsqu'il fut assis, le détective feignit de lui tendre son verre.

« Ça va, fit l'autre. Je me servirai moi-même.

– Comme vous voudrez », répondit tranquillement Jaeger.

L'homme se pencha vers le plateau. C'est le moment que choisit Jaeger pour fracasser son propre verre contre la tempe de l'intrus d'un mouvement sec du bras. Dans le même mouvement, il donna un coup du tranchant de la main sur son poignet. L'étranger lâcha son revolver, que Jaeger saisit aussitôt.

« Ça ne fait pas longtemps que je suis dans ce boulot, fit l'homme en guise d'excuse.

– Et vous ne risquez pas d'y faire de vieux os. Levez-vous et mettez les mains sur la tête. »

L'autre obéit. Jaeger le dévisagea quelques secondes, puis se pencha lentement et prit le verre qu'il lui avait servi. Il but avec gratitude, mais le revolver ne dévia pas un seul instant de la poitrine de l'intrus. Lorsqu'il eut fini son scotch, Jaeger sourit.

« Bien. Maintenant, qui êtes-vous ?

– Je m'appelle Connor Coffey, et mes bras commencent à s'engourdir.

– C'est bon signe. C'est étudié pour. Je me fiche de votre nom. Ce que je veux savoir, c'est qui vous êtes. Qui vous envoie ? »

Coffey sourit à son tour.

« Et si ce n'était qu'un cambriolage tout à fait ordinaire ?

– Pas avec les verrous magnétiques que j'ai posés sur ma porte et mes fenêtres. On vous a donné un coup de main, sinon, vous n'auriez jamais pu rentrer. Qui vous envoie ? »

Coffey sourit une fois de plus, mais ne dit rien.

« Oh, merde, fit Jaeger. Je ne sais si vous l'avez remarqué, mais ce que j'ai dans la main est un revolver, et il est braqué sur vous. Vous êtes un amateur, mais vous comprenez ce que cela signifie, n'est-ce pas ? Lorsque quelqu'un pointe une arme sur vous, vous êtes censé répondre à ses questions. On vous l'a déjà expliqué, n'est-ce pas ? »

Coffey eut un grand soupir.

« C'est vrai, vous pouvez m'abattre comme un chien… Mais qu'avez-vous à y gagner ? Vous pouvez me cogner, me tabasser, me torturer même, mais je vous jure que je ne vous donnerai pas l'information que vous souhaitez. Et ce pour une raison bien précise : je ne l'ai pas. Je ne connais pas mon employeur.

– Que vous a-t-on ordonné de faire ?

– Vous assommer, mettre votre appartement sens dessus dessous comme s'il s'agissait d'une fouille minutieuse, mais ne rien voler. Dans le simple but de vous causer quelques soucis.

– Ce n'était pas la peine de vous donner tout ce mal. Je m'en fais déjà assez comme ça.

– Alors je peux baisser les bras ?

– Ouais. Tenez. »

Il rendit son revolver au cambrioleur. Coffey le regarda d'un air surpris. Il prit l'arme offerte et la fourra dans une de ses poches. Puis il recula lentement jusqu'à la porte, l'ouvrit sans se retourner, et franchit à moitié l'embrasure.

« Un instant, dit Jaeger. Je voudrais savoir comment vous avez été embauché. »

Coffey éclata de rire.

« Ce n'est plus vous qui tenez le revolver.

– Cela ne change pas grand-chose, non ?

– D'accord, fit le jeune homme. J'ai reçu une lettre. Par coursier. On me proposait cent dollars pour faire ce que je vous ai déjà expliqué. L'argent devrait tomber demain matin, toujours par courrier. Dans l'enveloppe, il y avait cinquante dollars *pour mes frais*, disaient-ils. C'est comme ça que j'ai compris qu'ils ne plaisantaient pas. Personne ne sacrifie cinquante dollars pour le simple plaisir de faire une blague. Mais ils m'ont dit que votre porte ne serait pas verrouillée. Or elle l'était.

– Et vous ne savez toujours pas qui *ils* sont ?

– Je n'en ai pas la moindre idée. »

Jaeger fronça les sourcils.

« Avant de vous laisser partir, je vais vous donner un dernier conseil. Si j'étais vous, je ne rentrerais pas chez moi, pas ce soir. En fait, je ne m'y montrerais pas avant un bon bout de temps. *Ils* sont probablement déjà au courant de votre échec, et *ils* ne sont certainement pas contents du tout. »

Coffey prit un air hagard.

« Comment pourraient-ils être au courant…

– Je ne sais pas, répondit Jaeger avec un grand sourire. Qu'en dites-vous ? »

Plongé dans ses pensées, Coffey ne répondit pas. Il écarquilla les yeux et se mordit la lèvre ; puis il s'en alla en claquant la porte. Jaeger regarda l'huis tout en écoutant les pas pressés de l'homme se faire de plus en plus lointains. Il resta assis encore une minute, puis se versa un autre verre.

Il passa dans la petite salle de bains et regarda son reflet dans le miroir. Il sourit, s'aspergea le visage d'eau froide, tenta vainement de se peigner, puis s'empressa de sortir de l'appartement. Il se sentait si seul… presque un exilé. Il avait envie de se mêler à la foule de ses semblables.

Jaeger marcha dans les rues sans trop savoir où il allait. Ses pensées se tournaient sans cesse vers Connor Coffey, qu'on avait payé pour simuler le cambriolage de son appartement. C'était absurde : quelle raison pouvait-on avoir de commanditer un tel geste ? La seule réponse plausible à cette question était celle que Coffey avait lui-même donnée : son employeur anonyme voulait lui secouer les puces. La seconde question était plus simple : à qui le crime profitait-il ? Mais l'unique réponse qu'il pouvait imaginer lui parut assez peu vraisemblable. Sa seule enquête en cours concernait les Aensalords, et ce n'est pas en forçant sa porte que ces derniers allaient le dissuader de poursuivre ses investigations.

Le détective pressa le pas entre les deux immeubles d'une ruelle étroite et émergea sur la Markplatz. Comme dans l'œil d'un cyclone, un silence surnaturel pesait sur le rectangle ombragé de la place alors que, tout près, les avenues explosaient de bruit et de lumière. De jour, la Markplatz était un des points névralgiques de la ville ; elle grouillait de monde, de camions, d'étals de légumes, de parapluies multicolores, de marchands et de badauds. Mais lorsque la nuit tombait, un mur invisible descendait silencieusement et séparait ce vaste espace dallé du reste de la cité.

Alors que Jaeger s'aventurait sur la place, ses pas éveillèrent mille échos humides dans la nuit. À sa droite, la *Frauenkirche*, l'église de Notre-Dame, érigeait sa masse sombre et gothique, gardien spectral sous la clarté lunaire. À l'extrémité gauche de la place s'élevait l'interminable flèche du *Schöner Brunnen*, la Belle Fontaine, qui semblait vouloir poignarder le ciel et déchirer des nuages ; sa surface était gravée de mille visages insondables, ces rois, chevaliers et gnomes qui fixaient les ténèbres hostiles du monde moderne.

Une bourrasque de vent fit tourbillonner les feuilles mortes au-dessus du trottoir comme autant de rêves abandonnés. Aux oreilles de Jaeger, leur bruissement évoquait la respiration sèche d'un vieillard à l'agonie. La fraîcheur soudaine du soir mit fin à sa sombre méditation : il remonta le col de son manteau, pressa le pas et s'enfonça dans la nuit.

La Décharge de Nuremberg, qui portait le nom officiel de *Grossvaters*, occupait un ancien abri antiaérien de la seconde guerre mondiale. Lorsqu'on s'aventurait de nuit au-dessus de la Markplatz et qu'on se dirigeait vers l'est aux abords du château impérial de Nuremberg, on ne pouvait manquer l'entrée de la Décharge. Ce club, en principe ouvert à tous, n'abritait plus qu'un noyau de fidèles dont la loyauté confinait à l'obsession. Ces initiés empruntaient alors à leur gauche une ruelle ténébreuse, poussaient une grille rouillée ouvrant sur un blockhaus de béton, puis descendaient un grand escalier de pierre partiellement éboulé. Au bas des marches, une porte entrouverte irradiait une lumière accueillante. L'ouverture débouchait sur un tunnel étroit creusé à même la roche, qui décrivait un tournant abrupt à son extrémité ; de l'autre côté résonnaient le bruit des conversations et la pulsation de la musique à plein volume. Sur le mur gauche du tunnel, au niveau du regard, on avait grossièrement tracé à la peinture blanche une flèche surmontée de la mention : *Grossvaters noch 10 m.*

Il était encore tôt, du moins selon les critères de l'endroit, mais un nouveau groupe psychédélique devait donner un concert et la salle était comble. Karl Jaeger paya consciencieusement les quatre marks de droit d'entrée et s'engagea dans le tunnel de pierre qui reliait les deux salles principales du club. Là, enterré dans cet ancien abri antiaérien désormais bondé, on entendait moins la musique qu'on ne la ressentait dans la moindre de ses terminaisons nerveuses. Un mur presque solide envahissait si massivement le cerveau qu'on finissait par ne plus le remarquer. On constatait alors avec surprise que le rythme de sa respiration s'était mis en phase avec celui de la musique, parfois par sympathie envers les musiciens, le plus souvent par résignation. L'irruption du silence à intervalles réguliers n'en était que plus agressive.

Jaeger évita de s'approcher de la scène, guère plus grande qu'un timbre-poste, où s'escrimaient les musiciens, et se fraya un chemin jusqu'au fond de la longue pièce étroite. Il trouva par miracle une place libre et s'y installa en affichant ouvertement son intention de ne pas la libérer de sitôt. Sa promenade hygiénique avait dérouillé sa grande carcasse et dissipé ses douleurs. Même sa migraine avait disparu : il ne restait plus qu'une vague sensation lancinante à l'endroit où le ridicule apprenti truand l'avait frappé. De temps à autre, il revoyait les crocs des Dktars luisant dans la pénombre – après tout, il ne s'était écoulé que vingt-quatre heures depuis la fin de son aventure. Heureusement la Décharge, cette boîte que les touristes et les officiels appelaient toujours *Grossvaters,* était un de ses lieux favoris à Nuremberg, l'un des rares qui le détendît.

La foule salua de ses acclamations la fin d'un long solo improvisé et un peu gratuit. La formation était d'un classicisme confinant à l'épure : deux guitaristes, un bassiste, une batterie et un chanteur. Le groupe n'avait pas de nom, mais ses influences étaient évidentes : ces bons vieux Rolling Stones, bien sûr, mais aussi – et c'était une bonne surprise – les psychédéliques Kinks. Plus d'un siècle s'était écoulé depuis que ces deux groupes avaient entrepris d'explorer de nouveaux territoires musicaux, mais leur souvenir perdurait. Ils ne cessaient d'être remis au goût du jour à intervalles réguliers, au gré des caprices tyranniques des producteurs.

Le groupe entama un long morceau assez lent dans lequel Jaeger reconnut *Dark Star*, un ancien succès d'un groupe connu sous le nom de Grateful Dead. Bien sûr, Jaeger n'avait jamais entendu la version d'origine, et, manifestement, le groupe non plus. L'original devait sans doute faire preuve de plus de spontanéité, du moins l'espérait-il. Le bassiste portait un badge *smiley* des années 1970 ; s'il était authentique, il devait valoir plusieurs centaines de dollars. Mais ce devait sans doute être une copie bon marché de cet artefact centenaire.

Il but une pinte de bière et s'absorba dans la contemplation de l'atmosphère confinée, mais assez délirante, de l'endroit. On avait cloué des boîtes d'œufs en carton au plafond pour assurer l'insonorisation ; cinq lampes suspendues nimbaient la foule silencieuse et grave de leurs flaques de lumière pastel – toujours la même clarté exsangue quel que soit le programme. À *Grossvaters*, certaines choses ne changeaient jamais.

Il finit sa bière et en commanda une autre. Le groupe termina *Dark Star*, attendit que les applaudissements retombent, puis se lança dans un instrumental flamboyant que Jaeger ne put identifier. Sans doute un bon cru des Who. Il l'écouta avec plaisir en martelant la table avec sa canette, épousant le rythme de la musique. Lorsque le morceau se termina, il liquida sa bière d'un trait, se leva et se fraya un chemin à travers la foule.

Alors que le guitariste entamait l'intro de *Taxman*, un classique des Beatles, Jaeger entra dans les toilettes et referma la porte derrière lui. Il se retrouva dans un réduit dépouillé et mal éclairé de trois mètres de large. Jaeger fit ce qu'il avait à faire et sourit en parcourant des yeux les obscénités qui ornaient les murs en cinq langues. S'y mêlaient d'autres slogans plus ésotériques tels que « Viva Cosmopolities », « Bird n'est pas mort » et « Vive Flick ». Puis il alla se laver les mains.

Au-dehors, les voix des membres du groupe résonnaient à l'unisson. La musique amplifiée était presque assez forte pour couvrir le double déclic de la porte qui s'ouvrit, puis se referma. Jaeger leva les yeux vers le miroir au-dessus du lavabo et y vit un visage familier qui lui souriait. C'était Connor Coffey, le jeune homme qui avait si brillamment raté le faux cambriolage de son appartement. Jaeger ouvrit la bouche pour exprimer sa surprise devant une telle coïncidence, mais il n'en eut pas le temps : Coffey tira un revolver d'apparence familière de la poche de son blouson en skaï brun. Jaeger fixa l'arme bouche bée, tandis que Coffey braquait posément le canon sur sa nuque.

« J'imagine que vous comptez me faire cadeau de ce revolver, dit Jaeger.

– À cette distance, répondit le jeune homme sans cesser de sourire, il ne restera plus rien de vous, sinon un résidu rougeâtre prisonnier des défauts de ce miroir.

– On ne cesse de dire que les jeunes générations n'ont plus aucun respect. Et dire que je vous ai toujours défendus, vous les jeunes.

– Oh, je n'ai rien contre vous. Mais je tiens à la vie. Même au prix de la vôtre.

– Cent dollars ? Vous allez faire ça pour cent dollars ? Quelle humiliation !

– Non, c'est une affaire totalement différente. Et l'enveloppe était différente, elle aussi. Elle est arrivée il y a une demi-heure à peine. Cinq cents dollars plus cent pour mes frais.

– Oh. Je me sens déjà mieux. »

Jaeger réagit d'une façon instinctive et instantanée : d'un bond soudain, il se jeta de tout son poids dans les jambes de Coffey, tel un rugbyman. Surpris, le jeune homme appuya involontairement sur la détente : le miroir explosa en un déluge de fragments de verre. Le revolver n'avait émis qu'un *pop* anémique que couvrit sans peine la musique suramplifiée.

Jaeger ramassa une de ses jambes sous son corps massif, et la déplia pour se propulser vers le haut ; son épaule frappa le jeune homme au bas du thorax et l'envoya percuter le mur. Ils luttèrent brièvement, amas noueux de bras et de jambes enchevêtrés, chacun tentant frénétiquement de se dégager ; un instant, Jaeger baissa les yeux et se retrouva nez à nez avec le canon poli du revolver. Ses doigts puissants se refermèrent sur le poignet de son agresseur. Il fit deux pas en avant, poussant et tirant à la fois le jeune homme, et frappa violemment sa main contre le rebord du lavabo. Coffey poussa un cri de douleur et lâcha le revolver, qui glissa sur le sol dans un tintement métallique.

Coffey décocha un coup de genou vicieux dans les côtes de Jaeger, qui desserra quelque peu sa prise en grognant. Coffey en profita pour se libérer et plongea vers le revolver. Jaeger lui fit un croc-en-jambe, l'empoigna par le dos de son blouson et l'envoya bouler contre le mur. Le crâne du jeune homme heurta le béton avec assez de force pour l'étourdir. Coffey feula comme un animal et tenta de balancer son genou dans le bas-ventre de son adversaire, mais Jaeger évita le coup et lui décocha un uppercut qui l'atteignit à la pointe du menton. Le jeune homme s'effondra contre le lavabo, inerte. Jaeger resta un instant immobile, hors d'haleine. Les battements accélérés de son cœur se confondaient avec le vacarme démentiel du groupe qui s'escrimait dans la salle voisine.

Coffey réussit à prendre appui contre le lavabo et tira un couteau de sa poche. Jaeger reconnut la couleur orange vif des bataillons parachutistes des forces armées de la Ligue anglo-européenne. Le jeune homme appuya sur un petit bouton situé sur le flanc de l'arme blanche, faisant jaillir une courte lame. L'objet n'était pas bien grand, beaucoup moins qu'un poignard, mais assez pour infliger une blessure mortelle. Et Jaeger aurait parié que la lame luisante était affûtée comme un rasoir. Le détective feignit d'attaquer, puis se jeta sur son adversaire. Le batteur du groupe entama un long solo très technique au moment où Jaeger s'écrasait de tout son poids sur la poitrine du jeune homme, le projetant au sol. Son genou aplatit brutalement la main qui tenait le couteau ; celui-ci disparut en un éclair.

Coffey commençait à réaliser que ses chances de réussite se rétrécissaient comme une peau de chagrin, et qu'il devrait se contenter de s'en sortir en un seul morceau. Avec l'énergie du désespoir, il donna un grand coup de tête dans l'estomac de Jaeger. Celui-ci émit un sifflement de douleur et martela de ses deux poings la tête de son assassin potentiel. Le jeune homme s'affala contre la porte des toilettes ; la serrure se brisa sous son poids, et il s'effondra dans le couloir. Le cri suraigu des guitares électriques couvrit le craquement du bois brisé.

Jaeger s'adossa à l'embrasure de la porte en tentant de reprendre assez de souffle pour se lancer à la poursuite de Coffey. Il manquait de pratique : c'était la première fois qu'il se servait de ses poings depuis quelques rixes avinées (et mémorables) datant de l'époque où il était encore étudiant. Et le jeune homme étalé au milieu des échardes de bois commençait déjà à remuer ! Les guitares attaquèrent un crescendo, puis le silence retomba subitement.

Coffey secoua la tête pour s'éclaircir les esprits et se releva péniblement. Dans l'autre pièce, la foule applaudit le groupe. Personne n'avait remarqué le pugilat.

Jaeger fit une tentative peu convaincante pour s'emparer du jeune homme, mais celui-ci échappa à ses griffes et se précipita vers la grande salle. Maintenant qu'il n'avait plus ni revolver, ni couteau, Coffey n'avait aucune chance face à un adversaire beaucoup plus fort que lui. Jaeger suivit en boitillant l'apprenti tueur qui se frayait un passage dans la foule massée au pied de l'estrade. Une fille portant de grosses lunettes d'écaille poussa un cri lorsqu'il la bouscula brutalement ; un étudiant reçut un coup dans les côtes et brama quelques mots dans un allemand guttural. Coffey fila vers le couloir qui menait à la sortie, percuta de plein fouet un homme d'âge mûr, et disparut dans la nuit, talonné par une ou deux insultes. La foule se referma en maugréant, bloquant le passage au détective.

Jaeger se préparait à jouer des coudes, puis il secoua la tête, écœuré, et préféra laisser tomber. Il était inutile de vouloir se lancer à la poursuite de Coffey : le jeune homme s'était certainement déjà faufilé dans le labyrinthe de ruelles entourant le club. De toute façon, au train où allaient les choses, Coffey finirait bien par montrer le bout de son nez. Tôt ou tard.

Plus tard dans la nuit, un Karl Jaeger quelque peu éméché et non moins nerveux pénétra dans le hall d'un immeuble. Il parcourut des yeux les noms des locataires inscrits sur la plaque. Il n'avait pas fait de nouvel essai depuis bien longtemps. Par manque de courage peut-être : les meurtrissures qu'avait infligées à son âme sa dernière tentative n'étaient pas encore tout à fait cicatrisées. Ses doigts flottèrent au-dessus de la liste, et un nœud familier se forma au creux de son estomac. Fräulein Nati Fernfelder, suivi d'un numéro d'appartement. Il hésita un instant, observant son haleine se condenser dans l'air froid et humide. Il prit son courage à deux mains, haussa les épaules, puis appuya sur le bouton d'appel.

Il y eut un silence, puis un *clic* métallique sonore. L'interphone émit un bourdonnement sourd.

« Oui ? » fit une voix familière, douce, féminine et ensommeillée.

Malgré la distorsion électronique, c'était une voix que Jaeger aurait reconnue entre mille, et qui l'émut plus qu'il ne l'aurait cru.

« Karl ? Tu as une sale tête. Va-t'en. »

Il voulut dire quelque chose, découvrit qu'il en était incapable, s'humecta les lèvres et réussit à coasser d'une voix de grenouille assoiffée :

« Nati.

– Oui ? »

La voix avait repris de la vigueur. À travers le petit écran, Nati semblait excédée. Mais pourquoi s'offusquerait-elle de son air décavé ? N'avaient-ils pas partagé…

« Que veux-tu, Karl ?

– Toi, Nati. Je t'aime toujours. »

Elle inspira profondément, puis il y eut un déclic et l'interphone se tut.

Jaeger appuya à nouveau sur la sonnerie. Pas de réponse. Il laissa échapper un juron et enfonça rageusement le bouton sans relâcher la pression. Au bout d'une ou deux minutes, l'écouteur cliqueta à nouveau.

« Je n'ai rien à te dire, Karl. »

La voix était tendue, mais parfaitement maîtrisée.

« Moi si. Arrête un peu de jouer les princesses. Bon sang, tu penses vraiment que tu peux me mettre hors circuit, comme une vulgaire machine ? Qu'est-ce que tu crois, que ça m'est égal si, tout d'un coup, tu as cessé de t'intéresser à moi ? Quel genre de jeu puéril est-ce là ?

– Désolée, Karl. Je ne suis plus amoureuse de toi. Je le regrette, mais c'est comme ça. »

Sa voix sonnait-elle moins assurée, ou bien se faisait-il des idées ? Il n'y avait qu'une seule façon de savoir si elle était sincère : qu'elle le lui dise en face.

« Nati, il fait froid. Laisse-moi entrer. Il faut qu'on parle, tous les deux.

– Va-t'en, je t'en prie. Nous n'avons plus rien à nous dire. »

Sa voix tremblait légèrement, mais il n'aurait pu dire si c'était de colère ou d'une autre émotion.

« Nous avons déjà essayé, et cela n'a rien donné. C'est fini.

– Bordel, non !

– C'est la vérité ! rétorqua-t-elle durement. Écoute-moi, Karl, un jour j'ai été à toi, mais c'est terminé. Je n'appartiens plus à personne, tu comprends ? Écoute-moi, bon sang ! Quelque chose a tué notre amour, et ça ne reprendra jamais.

– Non !

– Si ! »

Elle resta silencieuse quelques secondes, le temps de reprendre le contrôle de sa voix, mais ne réussit pas tout à fait à se débarrasser de son tremblement.

« Tout est fini entre nous, dit-elle. Mort et enterré. Repose en paix, amen, Karl. Jusqu'à la fin des temps. C'est assez définitif pour toi ? Et ma réponse sera toujours la même, tu m'entends ? Je ne veux plus de toi, et je n'ai jamais eu besoin de toi.

– Tu ne peux pas dire ça.

– Écoute-moi, Karl. Je retourne me coucher, maintenant. Si tu sonnes à nouveau, Anthony risque de piquer une colère. Une très grosse colère. Tu comprends ? C'est assez clair pour toi ? Par pitié, Karl, fiche-moi la paix ! »

Jaeger resta là, le front posé contre le mur rugueux. Les

nuages de sa propre haleine le drapaient comme un linceul de nacre. Il n'avait jamais eu aussi froid de sa vie.

« Nati, fit-il lentement, ça fait deux soirs de suite que je manque de me faire tuer. Mais je n'ai pas peur de la mort. Je me sens si… vide. »

Pas de réponse. Elle était probablement allée retrouver Anthony, qui qu'il puisse être. D'une voix encore plus basse, il dit :

« J'ai besoin de toi, Nati. »

Jaeger resta debout contre le mur dans le silence tragique de la nuit. Il avait beau être au cœur d'une des plus vieilles villes du monde, il ne s'était jamais senti aussi seul. Il fixa les portes en verre qui le séparaient des appartements, mais au-delà de cette frontière transparente, il n'y avait pas un mouvement, pas un signe de vie. Jaeger fourra les mains dans ses poches et se dirigea vers la porte. Nati parla à nouveau, et sa voix retentit comme la sonnerie d'un réveille-matin déchire la délicate étoffe d'un rêve. Il eut le temps de peser chaque mot, de ressentir chacun de ces clous qui scellaient son cercueil.

« Je n'ai pas besoin de toi, Karl. Va-t'en. »

Assis devant un terminal télétype relié à un vaste réseau public, Herr Gert Stahl était totalement absorbé par sa tâche. Le problème qu'il avait à résoudre était des plus ardus ; ce qui lui convenait parfaitement. Cela faisait cinq jours qu'il consacrait toute son attention et son ingéniosité au défi le plus excitant qu'on lui eût jamais lancé. Il se concentra : il ne fallait surtout pas commettre la même erreur que la fois précédente à ce stade. Ses doigts grassouillets effleurèrent finalement le clavier du terminal afin d'entrer ses instructions ; l'ordinateur étudia les données quelques instants avant d'inscrire sa réponse sur l'écran : « Le cavalier prend le fou en six. Mat en sept coups. » Stahl soupira ; il renonça et ordonna à l'ordinateur de remettre l'échiquier en position initiale. Il tenterait à nouveau sa chance dans quelques minutes. Quel bonheur de travailler si tard, et sur son propre terminal ! Il se leva cependant, laissa le salon derrière lui et marcha d'un pas vif vers le petit laboratoire qu'il avait installé dans une chambre inoccupée.

Une grosse bulle de plastique flottait au centre d'un anneau rouge et brillant. À l'intérieur bouillonnait une solution visqueuse. Stahl nota la température, consulta son carnet, laissa échapper un sourire. Ses petits yeux brun sale ne cessaient de passer du contenu de la bulle aux pattes de mouche qu'il avait griffonnées. Tout se passait fort bien. Une fois refroidi, le matériau en ébullition donnerait l'enduit métallique nécessaire à la fabrication du nouveau manteau d'invisibilité, bon compromis entre l'ancien modèle et celui que désirait Herr Jaeger, infaisable. D'après les calculs de Stahl, cette nouvelle cape serait capable d'occulter toute lumière perceptible par les mammifères terriens, et même plus.

Herr Stahl s'autorisa un autre bref sourire. Herr Jaeger serait satisfait. Il tourna les talons et oublia la cape pour se consacrer à nouveau à son problème d'échecs.

Corcail Sendijen échappa de justesse à la mort pour la seconde fois de la soirée lorsqu'il rentra dans la grande salle malodorante qui servait de dortoir à la Compagnie Noire.

Il s'était caché avec soin et avait attendu que D'jebistred, le contremaître, eût terminé sa seconde ronde de la nuit. D'jebistred finit par s'en aller en sifflant et en grondant ; il avançait de sa drôle de démarche, lente et traînante, tout en laissant pendre sa tête afin de goûter l'air fétide avec la pointe de sa langue rose. La porte se referma derrière lui. Personne ne s'était aperçu de l'absence de Corcail Sendijen. Encore préoccupé par ce qu'il avait vu et entendu durant sa patrouille, il ne se montra pas assez prudent lorsqu'il s'avança dans la grande salle.

Et il reçut immédiatement un choc terrible, comme si un marteau-piqueur lui tombait dessus.

La douleur explosa dans ses terminaisons nerveuses, le rendant aveugle et insensible. Quelque chose de lourd et gluant comme une masse de limon s'était abattu sur son dos, l'avait projeté au sol et l'immobilisait maintenant sous son poids.

Corcail Sendijen se mit en boule et roula en avant en fouettant aveuglément le vide de ses griffes. Un de ses tentacules moteurs réussit à atteindre quelque chose de solide : la pression et le poids qui le clouaient au sol diminuèrent. Il effectua un nouveau roulé-boulé et se releva pour faire face à son agresseur.

En un instant, alors que sa respiration se calmait et que sa vision s'éclaircissait, il comprit l'erreur qu'il avait commise en pénétrant dans le dortoir. Tout à sa hâte, il était involontairement entré dans l'espace psychique d'un Tugore en pleine ovulation. Il n'y en avait qu'un dans toute la Compagnie Noire, et c'était certainement le plus imposant de tous. Il était actuellement dans la phase femelle de son cycle, en pleine ovulation et, bien sûr, en chaleur. Il n'y avait pas de mâle de son espèce à moins de vingt mille années-lumière à la ronde, mais son horloge biologique ne s'encombrait pas de ce genre de détails. Ainsi, pour attirer ce bien hypothétique spécimen, la créature s'enduisait de salive de la tête aux pieds toutes les heures, et avait tissé autour d'elle une toile psychique inviolable. Assise en son centre, elle entamait une longue veille de trois jours et, conformément à son instinct, tuerait quiconque entrerait dans ce cercle – à l'exception d'un Tugore mâle. Même D'jebistred et les Aensalords ne se risqueraient pas à la déranger. Elle n'était pas bien grande, un mètre trente environ, mais deux fois plus large et plus lourde que ne l'était Malmo le géant.

Plus furieuse, aussi. Elle s'avança d'un air menaçant en se balançant sur ses énormes pattes de grenouille afin d'atteindre le bord de son espace psychique ; elle lança alors quatre bras épais comme des troncs d'arbres pour s'emparer de Corcail Sendijen. Il entendit grincer les plaques qui lui servaient de mâchoires et le grondement sourd de son estomac, qui évoquait un éboulement monstrueux. Il ne fit pas un geste.

Au moment où les pattes de la bête allaient se refermer sur lui, Corcail Sendijen lança un de ses tentacules, qui atteignit la Tugore au niveau de son œil antérieur. L'esprit assez limité de la créature s'éclaira soudain devant lui comme un spécimen sous la lumière d'un microscope.

Son cerveau évoquait une flaque de goudron d'un noir absolu d'où s'élevait, dans un nuage de vapeur furibonde, un tison ardent. Corcail Sendijen rassembla ses talents d'authentique Adepte, avant d'envoyer un message télépathique de *paix* qui traversa sans mal l'esprit faible et quasiment sans défenses de la Tugore. Au même instant, il comprima les centres moteurs et nerveux de la créature, pinçant certaines glandes, en stimulant d'autres, afin de ralentir sa respiration et les battements de ses multiples cœurs, afin aussi d'agir sur l'enchevêtrement de ses synapses qui, depuis la partie antérieure de son cerveau, dardaient des signaux de haine/rage vers l'autre partie de son cortex, celle qui se chargeait de coordonner ses gestes. *Paix*, lui projeta-t-il. *Calme-toi, détends-toi, tout va bien.*

Les pattes de la Tugore se figèrent au moment où elles allaient s'emparer de lui. Le tison ardent s'immergea lentement dans la marée noire, où il finit par disparaître. À nouveau, la flaque retrouva son calme stagnant et poisseux. La Tugore retombait dans l'engourdissement patient et aveugle qui, chez ceux de son espèce, caractérisait la période de rut.

Corcail Sendijen maintint son lien psychique. Il avait eu de la chance en s'emparant de l'esprit de la créature en chaleur avant que sa colère n'enfle jusqu'à devenir incontrôlable. Dans sa rage aveugle, elle l'aurait certainement mis en pièces avec une facilité déconcertante et aurait massacré bien d'autres innocents avant de se calmer. Même les Aensalords auraient eu du mal à l'arrêter. Elle pouvait tenir tête à dix Aensas armés de leurs pistolets meurtriers, et un combat entre la Tugore et les Dktars serait certainement un spectacle de premier ordre.

Il fronça les sourcils. Bien sûr ! Cette pensée fugace qui venait de lui traverser l'esprit serait peut-être la vengeance que Malmo méritait.

Sans rompre le contact télépathique avec la Tugore, il confectionna une image détaillée de la mort du géant ; les Aensalords ouvraient le feu, Malmo s'écroulait, son corps brisé et secoué de spasmes s'abattait sur le sol de pierre… La créature lui renvoya un écho composé de frayeur et de malaise – cette vision dérangeait profondément la Tugore. Corcail Sendijen lui repassa la scène avec soin et avec un réalisme quasi photographique, mais cette fois-ci il remplaça l'image de Malmo par la Tugore elle-même : ainsi eut-elle l'impression d'être la victime des Aensalords, qui s'écroulait, saignait et mourait. Il perçut immédiatement une poussée d'inquiétude alors que la créature faisait un effort conceptuel considérable – au vu de son intelligence –, un effort qui la mena des généralités au spécifique : si les Aensalords avaient assassiné un membre de la Compagnie Noire de la plus arbitraire des façons, ils pouvaient aussi la tuer *elle*.

Une rage chauffée à blanc s'empara à nouveau de la Tugore ; au moment critique, Corcail Sendijen imprima un ordre inflexible dans sa chair et son sang : *Lorsque tu entendras ma voix, tu lui obéiras. Lorsque tu entendras mon message de haine, tu haïras les Aensas, tu tueras les Aensas, tu haïras et tu tueras tous les Aensas, sinon, c'est eux qui te tueront. Lorsque ma voix t'ordonnera de tuer, tu m'obéiras et tu tueras les Aensas.*

Corcail Sendijen imprima profondément ce schéma dans l'inconscient de la bête, le renforça, puis dépouilla la Tugore de sa colère résiduelle et la renvoya dans les brumes du sommeil.

Enfin, il passa au membre suivant de la Compagnie Noire, qui dormait du sommeil du juste, le toucha afin d'établir sa domination, et répéta le processus.

Lorsqu'il eut fini d'implanter son message dans l'esprit de tous les membres de l'équipe, le soleil n'allait plus tarder à se lever. Corcail Sendijen était épuisé, mais pour la première fois depuis des mois, il éprouvait un sentiment de satisfaction. Il avait accompli quelque chose de concret – il avait semé une petite graine de discorde, créé une bombe à retardement à partir de rien, lui qui n'avait pas d'armes.

La culpabilité qu'il éprouvait à l'égard de Malmo s'en trouva sensiblement atténuée.

Corcail Sendijen s'allongea en attendant que D'jebistred le contremaître vienne tirer la Compagnie Noire de ses rêves fétides et déplaisants.

4.

Karl Jaeger se réveilla avec le sentiment de commettre une grave erreur. Aucune douleur particulière ni tâche spécialement déplaisante à accomplir ne venait confirmer cette impression abstraite, mais il était certain qu'ouvrir les yeux se révélerait laborieux. Et il ne se trompait pas. Il resta immobile quelques instants afin d'évaluer l'ampleur de la gueule de bois qu'il avait bien méritée. Les rayons du soleil matinal filtrés par les rideaux de la chambre poignardèrent ses yeux et augmentèrent la fréquence des pulsations douloureuses qui battaient sous son crâne. Son corps accusait la fatigue des derniers jours. En s'asseyant avec précaution, il entreprit de faire l'inventaire de ses douleurs. Le coup de matraque de Connor Coffey résonnait encore à l'arrière de son crâne, ce que n'arrangeaient par les mille aiguilles chauffées à blanc que son ébriété tardive avait plantées dans sa nuque. Son dos et ses jambes, enfin, ne cessaient de déplorer la façon dont il avait abusé d'eux alors qu'il fuyait les Aensas. Jaeger souffrait encore en bien d'autres endroits, mais il avait autre chose à penser.

À ses côtés était étendue une demoiselle endormie du nom d'Aldonna. C'était la fille aux lunettes cerclées d'écaille qu'il avait rencontrée la veille au soir, à la Décharge. Après sa déconvenue, Jaeger était retourné au club d'une humeur massacrante. Cette attitude avait intrigué la jeune fille au point qu'elle avait terminé sa nuit avec lui. Il ne savait rien d'elle, sinon qu'elle était étudiante – mais de là à savoir dans quelle université… D'ailleurs, il s'en moquait. Connaissait-elle au moins le nom du parfait inconnu avec qui elle avait passé la nuit ? Ses lunettes se trouvaient sur la table de nuit, posées sur son dentier en plastique, qu'elle avait enveloppé dans un mouchoir. Les grosses mèches de ses cheveux ternes encadraient sa bouche édentée, par laquelle elle expirait bruyamment. Elle exhalait une odeur rance de parfum bon marché. Ils avaient sans doute fait l'amour mais, par bonheur, Jaeger n'en avait pas le moindre souvenir.

Il glissa silencieusement hors du lit. Il ne voulait surtout pas réveiller Aldonna, qui qu'elle pût être. En traversant la chambre à pas de loup, il grimaça ; un coup d'œil à l'horloge lui apprit qu'il était presque dix heures et demie. Il ramassa ses vêtements sales et malodorants, pour les laisser retomber aussitôt d'un geste dégoûté. Puis il gagna la salle de bains, où il prit une douche, se brossa les dents, se rasa et peigna ses cheveux blonds. Il n'aimait pas l'image que lui renvoyait le miroir. Son visage paraissait trop vieux, trop ravagé. Il était pourtant bien obligé de se regarder, ne serait-ce que le temps de se raser. Peut-être devrait-il se laisser pousser la barbe.

Lorsqu'il eut fini ses ablutions, il retourna dans la chambre passer des vêtements propres. Aldonna dormait toujours. Jaeger ne se rappelait pas si la jeune femme lui avait dit d'où elle venait, ni combien de temps elle comptait rester à Nuremberg. Il sortit néanmoins son portefeuille de sa poche. Négligeant les petites coupures, il tira un billet de dix eurodollars, le plia avec soin et le glissa sous le dentier de la jeune femme. Toucher ainsi ses dents lui laissa une drôle d'impression. Il espérait qu'elle ne s'offenserait pas en trouvant l'argent. Quoique, c'était peu probable.

Personne à la JAEGER, INC. n'était du genre à lui demander des comptes pour son retard. Quand bien même, ses aventures de l'avant-veille étaient autant de raisons suffisantes. Et les exploits ridicules de Connor Coffey, l'apprenti tueur, leur donneraient matière à réflexion. Il fit la grimace en glissant – pour la première fois depuis bien longtemps – son propre revolver dans la poche de sa veste, vérifia qu'il avait bien pris ses clés et quitta l'appartement le plus discrètement possible.

En refermant la porte, il entendit un bruit évoquant le feulement d'un chat furieux. Puis vint un léger *toc* à l'autre extrémité du vestibule. Une vague odeur de feuilles brûlées lui chatouilla les narines. Apparemment, Connor Coffey était de retour, et cet olibrius visait toujours aussi mal. Ses pas pressés résonnaient maintenant sur les marches de l'escalier de service ; Jaeger lâcha la crosse de son revolver, qu'il n'avait même pas sorti de son holster. Il se demanda s'il ne devait pas lui courir après, mais décida qu'il n'en valait pas la peine. Et pourtant, tôt ou tard, il faudrait bien lui régler son compte. De préférence avant qu'il ne gagne en efficacité.

Jaeger attendit que sa respiration se calme en fixant bêtement la porte de son appartement.

« Oh, et puis merde… » dit-il à haute voix.

Il sortit ses clés et rouvrit la porte. Il alla se préparer un léger cocktail, puis traversa le salon en direction de l'Éclair Noir. Il s'assit dans son fauteuil en vinyle, l'inclina légèrement et but une gorgée. Puis il haussa les épaules et posa son verre sur une petite table ronde avant de mettre l'Éclair Noir sous tension. Il s'endormit presque instantanément. Un instant de grisaille précéda le début du rêve.

Jaeger portait une longue robe de chambre en soie rouge sur laquelle on avait brodé des fleurs en fils d'or et d'argent. Il était allongé sur une litière à baldaquin portée par quatre serviteurs herculéens. Ils cheminaient sur une route de campagne tranquille, poussiéreuse et criblée de nids-de-poule. D'un côté s'élevait une falaise de granit qui les dominait de toute sa masse ; de l'autre, des champs de blés de la même couleur que la route. Jaeger en avait assez de regarder défiler lentement ce paysage immuable. Il laissa retomber sa tête sur les oreillers moelleux et s'assoupit, caressé par la brise chaude.

Il se réveilla un peu plus tard au son de la voix de Kanoyu, son conseiller en chef, qui se confondait en excuses :

« Pardon, Votre Radiance, dit-il dans son habituel murmure obséquieux. Nous venons de tomber sur un spectacle qui m'a paru susceptible de vous distraire.

– Ici ? » demanda Jaeger, sceptique. « Et puis, où sommes-nous exactement ?

– En ce moment, à une trentaine de kilomètres d'Edo. Et nous venons de croiser un vieillard qui dit s'appeler Shuin.

– Shuin ? Le soi-disant sage qui a causé tant de soucis aux barons il y a quelques années ? Je le croyais mort.

– C'est bien lui, répondit Kanoyu. Et de toute évidence, il est bien vivant.

– J'aimerais lui parler, reprit Jaeger en bâillant. Les dieux seuls savent pourquoi.

– Je vous l'amène sur le champ », fit Kanoyu en effectuant une brève révérence.

Jaeger le congédia d'un geste irrité et se laissa à nouveau aller à la torpeur. Il écouta les voix qui murmuraient à quelques mètres de là. Kanoyu revint un peu plus tard.

« Le voilà. »

Jaeger se releva sur un coude et dévisagea le vieil homme que son conseiller lui présentait. Il avait bien l'apparence de l'emploi : vénérable et fragile comme un arbre mort, aussi sec qu'un sarment ; ses yeux perçants et son visage placide marqué par les rigueurs de l'existence ployaient sous le poids des années. Mais Jaeger n'allait pas s'en laisser conter. Il était l'Empereur, et avait déjà rencontré bien des hommes tels que lui.

« Ainsi, vous êtes Shuin ? dit-il.

– Oui, mon Empereur, dit le vieillard.

– Et je présume que vous avez atteint le sommet de votre accomplissement spirituel ? »

L'homme ne répondit pas. Jaeger se mordit la lèvre supérieure.

« L'accomplissement spirituel est-il quelque chose de pénible ?

– Je ne peux vous répondre, fit Shuin en haussant les épaules. Pour certains, ce n'est pas plus compliqué que de changer l'eau des fleurs. D'autres y consacrent toute leur vie et meurent alors qu'ils commencent à peine à entrevoir le chemin à suivre. L'illumination vous frappe, aussi imprévisible que la foudre.

– Cette discussion n'a rien de bien captivant, Kanoyu », dit Jaeger d'une voix sèche.

Le conseiller pâlit.

« Si loin d'Edo, répondit-il, on doit se contenter de distractions moins sophistiquées. »

Jaeger l'ignora et se tourna à nouveau vers le vieillard :

« Alors, vénérable vieillard, comment avez-vous trouvé la lumière ? demanda-t-il.

– J'ai étudié dans un temple tout près de mon village. Durant près de dix ans, maître Ryoki a fait mon enseignement. Chaque jour, il venait me poser des questions complexes, voire absurdes. Et à chaque fois, je tentais de lui fournir la réponse que, m'imaginais-je, il attendait de moi : tout aussi complexe, tout aussi absurde et irrémédiablement fausse. En effet, comme je l'appris beaucoup plus tard, il n'y avait pas de réponses à ses questions. Lorsque je tentais néanmoins de lui en donner une, il me dévisageait quelques secondes sans trahir la moindre émotion. Puis il me giflait violemment. Cette scène s'est répétée chaque matin durant dix ans. Un jour, il m'a posé la question et, pendant que je préparais silencieusement ma réponse, il me gifla avant que j'aie pu prononcer un seul mot. Et c'est à cet instant que mon esprit s'est ouvert comme un ciel nuageux laisse filtrer la clarté du soleil après la tempête. C'est ainsi que j'ai atteint mon accomplissement spirituel.

– Vous êtes un sage qui ne manque pas d'à-propos, dit Jaeger. C'est assez nouveau en soi pour être distrayant. Quoique, cet effet de nouveauté est assez bref, et je commence déjà à m'en lasser. Dites-moi, comment puis-je parvenir à l'illumination ? Je n'ai pas dix années à y consacrer. »

Shuin eut un faible sourire.

« L'Empereur a déjà atteint la plénitude. »

Jaeger se tourna vers Kanoyu, qui évita de croiser son regard.

« Je proteste ! Et vous affirme catégoriquement, non sans quelque déception d'ailleurs, que tout empereur que je suis, je n'ai pas trouvé la lumière.

– Je me vois forcé de vous contredire, Votre Radiance. Vous l'avez trouvée. »

Jaeger bailla à nouveau.

« En ce cas, vous me traitez de menteur. Kanoyu, quelqu'un a-t-il déjà osé me traiter de menteur, que ce soit dans mon dos ou, plus incroyable encore, devant moi ?

– Non, Votre Radiance, répondit le conseiller d'une voix rauque et tremblante.

– Il faut que vous emmeniez ce sage et que vous vous occupiez de lui.

– Il aura la tête tranchée, Votre Radiance », fit Kanoyu d'une voix pleine de crainte.

Jaeger ne répondit pas. Il tira un poignard argenté au manche d'ivoire et de jade et entreprit de se curer les ongles. Quelques minutes plus tard, il entendit le bruit sourd de la hache qui s'abattait sur le cou frêle de Shuin le sage. Jaeger fixa l'ongle qu'il était en train de tailler. La vie de Shuin et son ongle. Tout cela n'était qu'un immense néant qui, pourtant, faisait son bonheur. Et, dans un éclair fulgurant et extatique, l'Empereur Jaeger toucha la lumière.

C'est alors qu'il se réveilla. Dans son rêve, il avait atteint son accomplissement spirituel, comme bien d'autres fois où il avait fait appel à l'Éclair Noir. Ce sentiment d'illumination se fanait déjà, son intensité s'en allait comme de la neige poudreuse emportée par le vent. Jaeger se leva, s'étira, prit le verre qu'il avait laissé sur la table et le vida d'un trait. Alors qu'il se tournait pour s'en préparer un autre, il vit que la fille, Aldonna, se tenait derrière le fauteuil. Elle avait remis son dentier, mais n'avait pas pris la peine de se rhabiller.

« Bonjour, dit-il.

– Je pensais que tu aurais envie de moi avant de partir, répondit-elle. En tout cas, j'ai envie de toi.

– C'est gentil de ta part, mais il faut vraiment que j'y aille. Je t'ai laissé de quoi prendre un taxi sur la table de nuit. Tu veux boire quelque chose ?

– Non, merci. J'ai bien trouvé le billet. Je te remercie. » Elle fit le tour de l'Éclair Noir. « Nous aussi, nous avions un Kurasu dans notre famille, il y a quelques années de cela. Puis mon père l'a échangé contre un Peugeot. Je peux m'en servir ?

– Bien sûr », fit Jaeger d'une voix absente.

Il se demandait encore pourquoi l'Éclair Noir avait programmé ce rêve en particulier. Avait-il puisé à la source inconsciente de ses soucis actuels ? Voulait-il lui faire comprendre que la réponse à toutes ses questions était sous ses yeux, aussi simple à trouver qu'un ongle à couper, et qu'il lui suffisait d'un vague éclair de lucidité pour résoudre tous les dilemmes du monde ? Il refusait de le croire, car ce n'était qu'un mensonge. S'il choisissait d'écouter l'Éclair Noir, il n'aurait qu'à rester chez lui sans rien faire en attendant que la solution lui tombe du ciel. Or ce dont il avait réellement besoin, c'était de travailler dur, mentalement et physiquement. Qu'allait-il bien pouvoir faire de l'Éclair Noir ?

Jaeger se surprit à chantonner l'air de Scott Joplin qui le hantait alors qu'il fuyait les Aensas. *The Maple Leaf Rag*, un de ses préférés. Cela lui fit penser à Nati et aux horreurs qu'elle lui avait dites la nuit précédente. Il haussa les épaules et tenta de refouler ces souvenirs douloureux. Lorsqu'il se tourna à nouveau vers Aldonna, elle se tenait devant l'Éclair Noir.

« C'était comment ? demanda-t-il.

– Étrange. J'ai déjà fait un rêve comme celui-ci. J'étais suspendue à un pied de vigne au-dessus d'une gorge. Tout en haut de la falaise, il y avait un immense tigre qui m'empêchait de remonter. Et il y en avait un autre au sol, au-dessous de moi, donc je ne pouvais pas non plus descendre. Au-dessus de ma tête, il y avait deux souris, une noire et une blanche, et elles rongeaient mon pied de vigne. Droit devant moi, sur une petite avancée rocheuse, poussait un fraisier sauvage. J'ai cueilli une fraise et l'ai mangée. Elle était si bonne ! Je ne pensais plus à rien d'autre. Puis je me suis réveillée.

– Facile », commenta Jaeger.

Lui aussi avait déjà eu cette vision. L'Éclair Noir suggérait à la jeune fille de se concentrer sur l'instant présent, de prendre le plaisir et le bonheur là où ils se trouvaient et d'ignorer les tigres qui attendaient de la dévorer. Mais ceux-ci seraient toujours là, et leur patience était sans limite. Il restait bien peu de temps pour cueillir les fraises de la vie. Si Jaeger avait vraiment cru à cette histoire de symboles, il l'aurait interprété de cette façon : le premier tigre représentait la menace des Aensas, que même Aldonna devait ressentir d'une façon ou d'une autre. L'autre tigre incarnait les problèmes qui occupaient son subconscient. Jaeger sourit amèrement en réalisant qu'il était lui-même la fraise du rêve : une miette de plaisir sans conséquences qui s'enfuyait déjà. C'était un rôle dont il commençait à se lasser.

« Je crois que je comprends, dit Aldonna. Mais je ne sais pas ce que je dois en faire. »

Elle retourna dans la chambre et s'habilla rapidement.

« Retourne à la Décharge, ce soir.
– Tu y seras ? »
Il soupira.
« C'est sans importance. Tu es prête ? »
Elle acquiesça. Ils quittèrent l'appartement et prirent l'ascenseur ensemble, mais, une fois dans la rue, ils partirent chacun de leur côté. Jaeger marcha quelques centaines de mètres et héla un taxi, qui le déposa devant son bureau.

Marga Geier, Hans Weissmann et Gert Stahl étaient assis autour du bureau de la réception et jouaient au bridge à trois mains. Tous levèrent des yeux surpris lorsque Jaeger poussa la porte.
« Bonjour », dit-il.
Il retira sa veste et la jeta sur un des canapés.
« Bonjour, Karl », reprit Weissmann, l'air soucieux.
Marga Geier se leva et se dirigea vers lui. Herr Stahl continua de fixer ses cartes.
« À quelle heure est mon rendez-vous avec les gens de l'IC ? demanda Jaeger.
– Trois heures et demie, Karl, répondit Marga Geier. Hans m'a dit ce qui vous est arrivé. Qu'allez-vous faire ?
– Je pense que je vais m'asseoir et jouer tranquillement au bridge. Et de toute façon, Hans ne sait pas tout. Que vous a-t-il raconté ? »
La jeune femme parut gênée.
« Pas grand-chose, en fait. Que vous avez survécu de justesse à une mission en territoire aensa. Vous n'avez pas l'air en forme, Karl. Je n'ai pas cessé de me faire du souci, la nuit dernière.
– Moi non plus, dit Jaeger.
– Comment vous sentez-vous aujourd'hui, Karl ? demanda Weissmann.
– Mieux. Un peu mal en point, c'est tout. »

Il ramassa sa veste et se dirigea vers la porte qui communiquait avec son bureau. Il s'arrêta net et se tourna alors vers Herr Stahl.

« Battez les cartes, je vous prie. J'ai besoin de jouer autre chose que ma vie. »

Weissmann appuya sur le bouton d'ouverture de la porte. Jaeger la franchit et la tint ouverte pour Weissmann. Ils parcoururent ensemble l'étroit couloir menant au bureau de Jaeger.

« Hans, quelqu'un a tenté de m'éliminer », dit Jaeger.

Il ouvrit la porte de son officine. Pendant qu'il allumait la lumière et s'installait derrière son bureau, il raconta à son ami les événements des dernières quarante-huit heures.

Weissmann, lui, avait pris la chaise réservée aux clients, face au bureau.

« Mais pourquoi, Karl ? Pourquoi voudrait-on te tuer ? »

Jaeger secoua la tête et se dirigea vers son fauteuil.

« Je ne sais pas, Hans, je n'y comprends rien. Il faudra que tu sortes du Fichier central le dossier de ce Connor Coffey, mais je suis prêt à parier que tu ne trouveras rien. Il est pire qu'un amateur. Il dit que quelqu'un l'a embauché, et, qui que soit ce mystérieux employeur, il aura certainement choisi quelqu'un qui n'est pas fiché. Reste à savoir pourquoi il ne s'est pas tourné vers un professionnel. En tout cas, c'est ce que j'aurais fait à sa place. »

Hans Weissmann se frotta les mains, puis se leva et parcourut la pièce de long en large d'un air absent. Il se serait passé la main dans les cheveux s'ils avaient été encore assez nombreux pour justifier ce geste.

« C'est absurde, conclut-il. C'est de la folie. On se croirait dans un vieux film américain. On n'attaque pas les gens dans des night-clubs respectables. On ne tire pas sur les gens devant la porte de leur appartement. Ces choses-là n'arrivent pas dans la réalité, *nicht wahr* ?

– Et pourtant, répondit Jaeger d'un ton las, c'est arrivé. »

Weissmann fit un geste d'incompréhension.

« Mais pourquoi ? Il n'y a pas de mobile. Tu m'as dit toi-même que cet homme ne s'intéressait pas à ton argent. Il prétend n'avoir aucun grief personnel contre toi et travaille pour quelqu'un qu'il ne connaît même pas.

– Exact.

– C'est absurde, déclara Weissmann d'un ton définitif. Je n'y comprends rien.

– Moi non plus. »

Weissmann secoua la tête et finit par passer une main sur son absence de cheveux.

« Karl, as-tu commis quelque… indiscrétion ces derniers temps ? Avec la femme ou la maîtresse d'un autre, par exemple ? Quelque chose qui, s'il parvenait aux oreilles d'un tiers, pourrait inspirer un… crime passionnel ?

– Pourquoi ne vas-tu pas aider Stahl à battre ces satanées cartes ?

– Bon, alors, connais-tu quelqu'un qui puisse avoir assez de raisons de te haïr pour tenter de t'assassiner ? Peut-être quelqu'un que tu aurais rencontré au cours d'une de tes missions précédentes ?

– Pour autant que je sache, tous ceux qui pourraient m'en vouloir à ce point sont encore dans les camps de travail où ils purgent leur peine conformément aux lois de ce pays. Et personne ne va s'amuser à me tuer pour une vulgaire histoire de fesses. » Jaeger ôta ses pieds du bureau et les fit retomber sur le sol avec un bruit mat. « Hans, as-tu renvoyé mon avance à Herr Schiller, comme je te l'ai demandé hier ?

– *Jawohl.* Je la lui ai transmise avant 16 heures.

– C'est la seule possibilité que je puisse envisager, mais c'est un peu tiré par les cheveux. Un homme comme Schiller ne serait pas du genre à me descendre pour une poignée d'eurodollars. » Jaeger grimaça son incrédulité. « Non, ça ne tient pas debout. Je présume que je lui dois néanmoins un rapport, et je vais le faire aujourd'hui même. »

Jaeger resta silencieux quelques instants, le regard dans le vide. Weissmann cessa de tourner comme un lion en cage et se rassit. Jaeger étudia un rapport posé sur son buvard ; c'était l'analyse de l'échantillon de son propre sang, transmise par Herr Stahl la veille.

« Intéressant, dit Jaeger. Intéressant, mais inutile, je présume. »

Ce rapport confirmait les soupçons de Jaeger : l'état de panique intense qu'il avait connu en territoire aensa était d'origine artificielle. Fuir ainsi n'était pas dans ses habitudes ; courir pour sauver sa peau ne le dérangeait pas, et, en son temps, il avait déjà eu recours à cette technique assez rudimentaire. Mais toujours avec les idées claires. La substance que Stahl avait découverte dans le sang de Jaeger était une drogue d'usage assez commun, qu'employaient les militaires – entre autres – pour créer une impression de peur et de détresse quasi insupportable chez ceux qui avaient résisté à toutes les méthodes d'interrogatoire. À forte dose, la victime devenait un animal aveugle hurlant son angoisse – et cet effet était irréversible. Mais Jaeger n'en avait absorbé qu'une faible dose, par voie cutanée. Il soupira de compassion pour ceux qui n'avaient pas eu la même chance que lui.

« Plutôt efficace, dit Weissmann ; ce produit tétanise n'importe quelle proie. Sauf toi, bien sûr. »

Jaeger leva les yeux de sa feuille et les posa sur son ami. Weissmann restait silencieux ; il semblait fixer un spectacle quelconque qui se déroulait bien loin de ce bureau.

« Il doit exister un produit susceptible de contrer l'effet de cette drogue, dit-il. J'ai pris sur moi de demander à Herr Stahl de nous en procurer. »

Jaeger fronça les sourcils.

« Pourquoi, Hans ? Ne me dis pas que tu comptes retourner en territoire aensa ? »

L'intéressé vira au cramoisi, mais ne répondit pas. Les deux hommes se levèrent et quittèrent le bureau. Ils retournèrent à la réception, s'assirent devant la table et jouèrent au bridge jusqu'à l'heure du déjeuner. Stahl et Weissmann battirent Geier et Jaeger à plate couture. Ce dernier n'arrivait pas à se concentrer sur les cartes.

Herr Maximilian Schiller habitait une grande demeure isolée à mi-chemin entre Nuremberg et Ansbach. Jaeger fut contraint de proposer au taxi le triple du prix de la course pour qu'il accepte de le conduire aussi loin, plus un bonus substantiel pour qu'il daigne l'attendre – son entretien avec Schiller tournait au vinaigre avant même d'avoir commencé, se dit-il. Bien sûr, il pouvait toujours gonfler sa note de frais pour couvrir ce qu'il venait de lâcher au taxi, mais autant déshabiller saint Pierre pour habiller saint Paul. Il fit la grimace et descendit de voiture. Le vent gémissait tristement entre les sapins dans l'atmosphère chaude et poussiéreuse.

« L'endroit rêvé pour un meurtre », dit-il à voix haute.

Le manoir des Schiller avait été bâti dans une de ces régions peu développées et sous-peuplées qui restent étrangement inviolées malgré la proximité des conurbations les plus vastes et les plus tentaculaires. Des kilomètres de campagne verdoyante, de villages poussiéreux et assoupis, de collines arrondies et de forêts de sapins s'étendaient autour du manoir. Sans le passage occasionnel d'une voiture ou d'un stratojet, on se serait cru face à une demeure baronniale du XVIe siècle. Mais Jaeger savait que cet extérieur rétro était des plus trompeurs. La façade couverte de boiseries était authentique : le bois et la pierre provenaient d'une vieille demeure millénaire de Nuremberg. Mais sous ce vernis d'ancienneté se cachait une coque en acier renforcé de fibres de verre. D'après un rapport publié localement dans un tabloïd informatique, la maison était si solide qu'elle pouvait résister à n'importe quelle catastrophe, sauf peut-être une frappe nucléaire directe. Jaeger se demanda si Schiller était fait du même bois. Quelle lugubre armature d'acier se cachait derrière ses allures de respectable homme d'affaires ?

Il allait sans dire qu'une fortune aussi considérable que celle de Schiller ne pouvait s'acquérir par des moyens légaux. La question était de savoir jusqu'à quel point l'homme d'affaires avait outrepassé les limites de la malhonnêteté tacitement admise par une société aussi avide de réussite que la leur.

Jaeger sonna à la porte, mais personne ne vint lui ouvrir : le panneau coulissa automatiquement, révélant une petite antichambre et une porte intérieure en acier. Jaeger promena un regard las sur le décor impersonnel, haussa les épaules et entra dans le sas. Le panneau se referma derrière lui avec un déclic lourd de signification, laissant Jaeger seul dans la moiteur des ténèbres. Il entendit un bourdonnement si léger qu'il ne l'aurait pas perçu si ses poils ne s'étaient hérissés. Il se sentit inspecté jusqu'à la moelle par des dizaines de systèmes de sécurité dernier cri. Heureusement, il avait laissé son revolver au bureau : Schiller était un paranoïaque notoire, et Dieu sait quelle eût été sa réaction si Jaeger avait été armé.

Un instant plus tard, la porte intérieure pivota sur ses gonds. Un long couloir brillamment éclairé l'attendait de l'autre côté. Jaeger venait à peine d'y pénétrer que ses oreilles enregistrèrent un important changement de pression – la maison devait être pressurisée, sans doute pour protéger son propriétaire des germes et des virus. Ou des poisons à transmission aérienne.

Jusque-là, Jaeger n'avait pas croisé le moindre être humain. Il se demanda si Schiller avait des serviteurs, ou si la demeure était entièrement mécanisée. L'idée que ce magnat pût vivre seul dans cette immense maison peuplée de spectres mécaniques, traitant ses affaires par holophone et tirant les ficelles de son empire, avait quelque chose d'inquiétant.

La porte au bout du couloir s'ouvrait sur une bibliothèque-bureau sphérique très lumineuse et tapissée d'un bout à l'autre d'une épaisse moquette rouge. Depuis la porte, on avait l'impression de regarder à l'intérieur d'une balle de tennis évidée par un scarabée qui aurait décidé d'y élire sa demeure. Mais aucun scarabée n'aurait pu s'offrir cet ameublement si somptueux, cette bibliothèque débordant de livres et de manuscrits rares, et ces tableaux de maîtres accrochés aux murs.

« Entrez, Herr Jaeger », proposa Schiller.

Jaeger répondit à l'invitation et gagna l'énorme bureau de Schiller, situé au centre exact de la sphère. Les deux hommes se saluèrent d'une poignée de main solennelle, puis Schiller désigna d'un hochement de menton la seule autre chaise de toute la pièce.

Comme par magie, une bouteille apparut sur la table.

« Schnaps ? demanda l'homme en se versant un verre.

– Non, merci.

– Ah », fit Schiller d'un ton pensif, comme si Jaeger venait de lui dispenser une perle de sagesse.

Il ne ressemblait pas à l'image que Jaeger s'en était faite. C'était un homme grand et robuste d'une bonne cinquantaine d'années au visage mal dégrossi, au nez bulbeux et au crâne presque chauve. Il évoquait plutôt un portefaix des docks ou un camionneur, ou encore – se dit Jaeger en remarquant que son pull à col roulé marron, quoique de coupe simple, était fait du tissu le plus doux et le plus coûteux qui soit – à un général d'armée en retraite prêt à entreprendre son jogging, conformément aux conseils de son médecin. Schiller n'avait pas l'air pressé d'en venir aux faits, comme s'il ne demandait qu'à passer son après-midi à boire du schnaps en parlant de la pluie et du beau temps. Les millionnaires ont tout leur temps, se dit Jaeger. Tout le temps du monde.

« Peut-être avez-vous déjà reçu le remboursement de mon acompte ? » demanda Jaeger.

Schiller eut un geste de dérision, peut-être inconscient, du bout du petit doigt. Cela n'avait pas la moindre importance.

« Je suis arrivé à la conclusion que je ne pourrai pas remplir ma mission, continua le détective, mais je pense que je peux au moins vous dire pourquoi.

– Ah », fit Schiller en guise de réponse.

Jaeger se lança dans un rapport aussi succinct que possible. Il voulait à tout prix éviter de prendre cette voix pédante et dénuée d'humour, si typiquement germanique, qu'il lui arrivait d'adopter dans des circonstances similaires – peut-être était-ce un souvenir de ses années d'université. Il raconta toute l'histoire à Schiller, allégée néanmoins des événements bizarres qui s'étaient produits depuis son retour à Nuremberg. Schiller ne semblait pas particulièrement troublé par le récit de la fuite éperdue de Jaeger, ni par la description des Dktars aux crocs luisants, mais ses yeux en perpétuel mouvement scrutaient les moindres recoins d'ombre de la pièce, ou s'attardaient sur son verre d'un air suspicieux, comme s'il redoutait quelque poison. Peut-être était-il toujours ainsi…

Lorsque Jaeger eut fini son histoire, Schiller reposa soigneusement son verre sur la surface luisante du bureau – d'où il disparut immédiatement – et secoua la tête d'un air désapprobateur.

« Herr Jaeger, vous me décevez.

– Vous m'en voyez désolé, répondit le détective non sans ironie.

– J'en attendais davantage de vous. »

Il fit à nouveau ce geste négligent du petit doigt, comme pour renvoyer d'un même élan Jaeger, ses semblables et tout ce monde dégénéré dans le néant de son mépris.

« Mais j'aurais dû m'en douter. Vous n'êtes pas assez dur, Herr Jaeger. Plus personne ne l'est aujourd'hui. Une génération de bons à rien efféminés, voilà ce que vous êtes. De mon temps, on bottait les fesses de la vie, et c'était elle qui nous cédait, pas le contraire.

– Je n'ai pas à jouer les durs pour être efficace », répondit Jaeger.

Il balaya la remarque d'un sifflement.

« Quelle importance ? On m'a dit que vous étiez un dur.

– Arrêtez votre numéro, rétorqua Jaeger. Toute cette mystique du détective dur à cuire n'est qu'une illusion. Cela fait partie du boulot, parce que c'est ce qu'attendent les clients, mais ce n'est que de la poudre aux yeux. Vous êtes trop malin pour tomber dans le panneau. Vous n'avez pas embauché John Wayne. Vous m'avez pris parce que je fais mon boulot.

– Pas cette fois.

– Non, mais c'est parce que vous m'avez confié une mission qui, d'après moi, était impossible à remplir. J'ai dit que j'étais efficace, mais je ne suis pas un surhomme. Je m'en suis sorti vivant, et c'est déjà une belle prouesse.

– C'est vrai que les deux autres ne sont jamais revenus, remarqua Schiller. Vous n'avez peut-être pas tout à fait tort. »

Jaeger le dévisagea. Il y eut un long silence.

« Espèce de salopard, finit par dire le détective. Vous saviez dès le départ que vous m'envoyiez au casse-pipe, et vous m'avez laissé partir sans même m'avertir du danger.

– Si je vous l'avais dit, vous n'y seriez pas allé. Et puis, si vous étiez un homme, un vrai, vous sauriez faire face à tous les dangers.

– Je devrais vous arracher la tête. Ça, c'est dans mes cordes.

– Maintenant, *qui* parle comme un dur à cuire d'opérette ?

– Pour vous, je ferai une exception, espèce d'ordure.

– Vous savez, fit Schiller d'un ton affable, lorsqu'on fait fortune, on découvre vite que la richesse peut vous protéger de bien des choses. Par exemple, des gens qui vous lancent des insultes. J'en ai perdu l'habitude.

– Eh bien reprenez-la vite fait, parce que je n'en ai pas fini avec vous. »

Schiller se pencha sur son bureau et répondit avec une soudaine intensité. Son regard fuyant se posa sur Jaeger.

« Assez discutaillé. Allez-vous y retourner, oui ou non ? Je triple vos gages.

– Non.

– Alors vous êtes un lâche.

– Oh, oui. Bien sûr. Certainement.

– Ah, Jaeger, fit Schiller d'un ton triste, vous n'êtes pas assez dur. J'aurais dû trouver quelqu'un qui ait un peu plus d'estomac.

– Ce n'est pas une question d'estomac ou de dureté, vieux fou. Ce qu'il faut pour réussir cette mission, c'est un cerveau en état de marche et une chance de tous les diables, et c'est bien parce que je dispose des deux que j'ai pu m'en sortir vivant. Qu'aurait fait votre super-héros à ma place ? Il aurait assommé les Dktars d'un direct dans le groin ?

– Je ne sais pas, Jaeger, mais laissez-moi vous dire une bonne chose. Si j'avais vingt ans de moins, ou même dix, c'est *moi* qui y serais allé. Moi, et personne d'autre. »

Schiller avait l'air parfaitement sincère, ainsi penché sur son bureau comme un prêcheur sur sa chaire. Peut-être pour la première fois, le magnat avait cessé de faire semblant et laissait parler son cœur.

« Ne me demandez pas comment, mais j'aurais fait le boulot d'une façon ou d'une autre. Dans ma jeunesse, j'ai effectué des tâches bien plus dures et bien plus dangereuses. Parce que je n'ai jamais pu supporter l'échec et ne l'accepterai jamais, vous m'entendez ? »

Le visage gras de Schiller était congestionné et luisant de sueur. C'était l'apparence qu'il devait avoir juste après son jogging, ou après un entraînement dans son gymnase de luxe, suivie d'une séance de sauna de luxe, ou après avoir pratiqué le karaté avec des robots préprogrammés. Bref, tout ce que peut tenter un homme riche et proche de l'hystérie pour lutter contre l'érosion de l'âge. En le voyant, Jaeger pensait aux vieux généraux qu'on montrait dans les spectacles en stéréop – il avait les mêmes yeux d'agate qui ne cillaient pas, mais qui se voilaient parfois de nuages ; ces yeux qui ne faisaient pas de lui un aigle, tout juste un vieillard myope.

« En ce monde, murmura Schiller, il faut attaquer sans répit jusqu'à la victoire. C'est comme ça qu'on devient un homme. »

Il y eut un silence.

« Vous savez, fit Jaeger d'un ton léger, la fortune peut avoir un autre effet. Elle permet de vieillir en se vautrant dans le confort tout en se plaisant à croire qu'on est toujours un dur. En admettant qu'on l'ait jamais été. »

Schiller se figea comme un bloc de glace.

« Et comme vous êtes riche, continua Jaeger, certains vous laissent faire votre grand numéro de macho. Même si vous finissez par croire à vos petits rêves de gloire, parce que, de toute évidence, vous êtes complètement cinglé, personne ne vous contredira puisque vous êtes plein aux as. Ça doit être agréable, non ? »

Plus blanc qu'un iceberg, Schiller répliqua d'une voix venimeuse :

« Herr Jaeger, ne vous est-il jamais venu à l'esprit que les gens pleins aux as, comme vous dites, peuvent tout se permettre ? Surtout lorsqu'ils sont chez eux, dans leur maison insonorisée perdue en pleine cambrousse ?

– Vous êtes trop malin pour faire une telle bêtise. »

Schiller y réfléchit une minute, puis reprit :

« N'est-ce pas ? »

Il se détendit et se laissa tomber sur son fauteuil comme

s'il avait oublié toute l'affaire. Lorsqu'il reprit la parole, sa voix était presque aimable.

« J'imagine que notre conversation touche à sa fin, et notre association avec, n'est-ce pas ? »

Jaeger se leva.

« Nous sommes d'accord.

– En ce cas, au revoir. »

Sur le bureau apparut une assiette avec des toasts et du fromage, accompagnés d'une tasse de chocolat fumant. Schiller se désintéressa totalement du détective.

Une fois à l'extérieur, Jaeger se fit la réflexion que l'entrevue s'était encore plus mal passée que prévu. De toute évidence, lorsque Schiller l'aurait grillé auprès de tous ses collègues millionnaires, ses affaires en prendraient un sacré coup. Il n'avait même pas pris la peine de demander à Schiller si c'était lui qui avait envoyé Coffey – à quoi bon ? Le déplacement avait été une perte de temps à tout point de vue.

En s'approchant du taxi, il étouffa une exclamation et partit en courant.

Il avait oublié que le compteur tournait toujours.

À trois heures et demie, Jaeger se trouvait de nouveau dans son bureau. Il avait repris son calme et n'avait plus qu'à faire semblant d'être débordé de travail. Weissmann lui avait trouvé le dossier Coffey. Jaeger avait raison : à l'exception de quelques contraventions mineures, le casier du jeune homme était vierge. Jaeger jeta la fiche dans la corbeille à papier avec une moue de dédain.

L'interphone bourdonna ; la voix de Marga Geier lui susurra :

« Herr Jaeger, trois messieurs demandent à vous voir. Trois messieurs du Congrès International. Ils ont pris rendez-vous.

– Merci, Marga. Faites-les entrer. »

Weissmann les précéda et introduisit les trois hommes, comme un berger anxieux mène un troupeau imprévisible. Jaeger se leva, Weissmann les présenta, et tout le monde se serra la main. Herr Stahl entra brièvement avec un nouveau rapport et fut présenté à son tour. Et il y eut une nouvelle tournée de poignées de main.

Jaeger se racla discrètement la gorge.

« En quoi puis-je vous être utile, messieurs ? »

Il jaugea ses visiteurs avec l'œil de l'expérience. Ce M. Huston de la Monocité du Nord-Est était grand et grisonnant. Son visage en lame de couteau lui donnait un air peu amène. L'autre représentant de la LUNA, Healey, était petit, rond et très formel. Le visage gris de Teresky, l'attaché de la Confédération Slave, paraissait emprunt d'amertume, mais l'homme, quoique mince, avait une musculature imposante. Il s'assit à part des deux autres.

Healey toussa en croisant ses doigts replets.

« Au nom du Bureau de la Sécurité du CI que nous représentons, outre nos pays respectifs, bien entendu, nous souhaitons nous assurer vos... services pour une période indéterminée. Nous savons que vos honoraires habituels...

– Un instant, je vous prie. »

Jaeger toisa brièvement Healey, puis l'écarta de la conversation d'un seul regard. Cet homme était un bureaucrate pompeux et stupide, reconnaissable et détestable au premier coup d'œil. Healey parlait comme un maquereau détaillait le tarif des occupantes d'une maison de passes. *Nous assurer vos... services*! Ben voyons. Jaeger préféra l'ignorer. Il s'adressa aux deux autres.

« Messieurs, j'ai du mal à vous croire. » Il se pencha légèrement en avant. « Le Bureau de la Sécurité du CI dispose d'un vaste réseau d'agents, tous bien entraînés. Pourquoi auriez-vous besoin de moi ?

Healey toussa et allait répondre, mais Huston l'interrompit en douceur ; le gros homme lui décocha un regard assassin.

« Pour une tâche particulière, il faut des talents particuliers, Herr Jaeger », annonça Huston. Son visage se fendit d'un sourire, mais ses yeux restèrent ternes. « Peut-être avez-vous les compétences requises pour venir à bout de cette tâche. Par le passé, vous avez prouvé que vous aviez le don d'accomplir les missions les plus improbables. Nous espérons qu'il en sera de même cette fois-ci. »

Jaeger l'étudia du regard pendant quelques secondes en se demandant s'il changerait d'avis après une entrevue avec Herr Schiller. Les yeux froids de l'attaché étaient fermes et ne cillaient pas.

« Quel est votre problème, messieurs ? » demanda Jaeger.

Tout en prononçant cette phrase, il se mit à détester la lassitude qu'elle laissait transparaître.

Huston jeta un bref coup d'œil à Hans Weissmann. Jaeger comprit la signification implicite de ce regard.

« Hans, dit-il, veux-tu bien nous faire du café ? Je ne tarderai pas à en avoir besoin, et ces messieurs non plus. » Il désigna la porte d'un hochement de tête. « Je te sonnerai lorsque nous serons prêts. »

Weissmann sourit, opina du chef et quitta la pièce. Hudson regarda la porte se refermer en se caressant le menton.

« Herr Jaeger, je n'ai pas à vous rappeler que tout ce qui sera dit dans cette pièce est couvert par le traité des Secrets Officiels ratifié par la Charte mondiale. »

Jaeger leva un sourcil. Ils avaient décidé de sortir l'artillerie lourde.

« Je garderai le silence, messieurs. Vous n'avez pas à vous inquiéter sur ce point. Et je ne suis pas non plus un espion à la solde de l'Est. »

Un sourire bref et assez lugubre étira les lèvres d'Huston.

« Nous le savons déjà. Avant de venir vous trouver, nous avons pris toutes nos précautions. Et d'après votre dossier, vous avez déjà rempli des missions confidentielles pour le gouvernement. Ce qui laisse présumer que vous êtes digne de confiance. »

Jaeger eut un sourire tout aussi rigide.

« Merci. Alors, que puis-je faire pour vous ? Ou plutôt, qui dois-je tuer à votre place ? »

Pour la première fois, Teresky remua sur sa chaise. Ses yeux mélancoliques se posèrent sur Jaeger.

« Qui devez-vous tuer à notre place ? Peut-être le maître des Aensas, peut-être quelqu'un d'autre. Ou personne. Cela dépendra.

– De quoi ?

– Des circonstances. De ce que vous découvrirez. De la façon dont vous vous acquitterez de votre mission. Et si vous restez en vie assez longtemps pour vous en soucier. »

À la mention du maître des Aensas, le visage du détective s'était assombri. De l'eau coulerait sous les ponts avant que ces nuages ne se dissipent.

« Que voulez-vous que je fasse ? demanda-t-il. Qu'est-ce que les Aensalords viennent faire là-dedans ?

– En gros, répondit Huston, nous voulons que vous vous introduisiez en territoire aensa pour effectuer une petite mission de reconnaissance. Nous voulons éclaircir quelques points de détail. »

Le visage de Jaeger se tordit d'une grimace que les autres ne remarquèrent pas. Il se demanda quel dieu dément venait de prendre le contrôle de sa vie. Comment, on lui demandait de remettre ça ? Jamais !

« Pourquoi moi ? demanda-t-il. Pourquoi ne pas envoyer un des vôtres ? Vous devez avoir des commandos entiers d'hommes plus compétents que moi pour ce job. »

Huston renifla de dérision, Healey se tortilla nerveusement sur sa chaise, et Teresky partit d'un rire évoquant un roulement de tonnerre.

« Oh, mais nous l'avons fait ! dit le Slave. Ces derniers mois, nous avons envoyé sept hommes triés sur le volet pour espionner les Aensas. Pas un seul n'en est revenu. Ils ont disparu sans laisser de traces. »

Huston secoua la tête.

« Enfin, nous avons trouvé les deux derniers près du Schwäbisch Gmünd. Du moins ce qu'il en restait. Seules les analyses de laboratoire ont permis d'établir leur identité.

– Oui, merci de cette précision, reprit Teresky. J'avais oublié. Ces pauvres bougres ne risquaient pas de nous faire un rapport. Ainsi, nous avons perdu sept hommes et ne sommes toujours pas plus avancés. »

Jaeger se mordit la lèvre d'un air songeur.

« Et vous êtes pressé d'envoyer le numéro huit à l'abattoir. Pourquoi ? Que voulez-vous savoir à propos des Aensalords ? »

Healey, secoué de tics nerveux, interrompit leur échange.

« Huston, je crois qu'il est temps de réfléchir. Nous ne savons rien de cet homme, et c'est une affaire de la plus haute importance… »

Huston le foudroya d'un regard glacial. Healey se rencogna dans sa chaise en marmonnant quelque chose d'inaudible.

Jaeger sourit faiblement ; il commençait à se faire une vague idée des relations entre les trois hommes. Depuis longtemps, la Monocité du Nord-Est et la Mégalopolis du Sud étaient rivales au sein même de la LUNA. L'hostilité que Jaeger avait cru déceler n'avait rien d'étonnant compte tenu de leurs origines respectives. Les deux hommes, issus de deux cités en perpétuel conflit, étaient des ennemis héréditaires. Décidément, les anciens schémas ethniques refusaient de mourir !

Quant à Teresky, il conservait la maladresse typique de la politique de la Confédération Slave, bien qu'il eût l'air d'éprouver une certaine sympathie envers Huston et envers Jaeger lui-même. Ce qui était difficilement explicable lorsqu'on ne savait pas qu'il venait de Varsovie, et non d'une ville comme Moscou, qui avait beaucoup plus de raisons d'en vouloir à l'Europe de l'Ouest dans son ensemble.

Huston croisa les jambes avec impatience.

« Je n'ai pas besoin de vous rappeler comment les Aensalords sont arrivés sur notre planète, et les faits qu'on a pu observer après leur atterrissage ?

– Non.

– Bien, remarqua Huston avec un sourire. Maintenant, oubliez tout ce qu'on vous a dit et examinons ce qui s'est vraiment passé. »

Il se leva et fit les cent pas, mais d'une façon plus détendue comparée à la cavalcade frénétique d'Hans Weissmann. Tout en sillonnant la pièce, Huston parlait d'une voix égale. Jaeger en conclut qu'il tentait d'évaluer la personnalité du détective en examinant le contenu de son bureau. Jaeger se demanda s'il aurait le culot d'ouvrir l'une des armoires pour étudier ses dossiers vides.

« Quelques semaines après notre premier contact officiel avec les Aensalords, qui eut lieu hors de l'atmosphère terrestre, quelque part au-dessus de Mars, je crois, on n'a cessé de rapporter des apparitions d'ovnis dans le monde entier. Bien sûr, cela n'était pas nouveau en soi : cela faisait des siècles qu'on nous imposait régulièrement des psychoses tournant autour d'une invasion de soucoupes volantes sans qu'elles débouchent sur quoi que ce soit de concret. Mais ces rapports-là provenaient majoritairement de notre propre réseau de surveillance, l'un des meilleurs au monde. Nos satellites espionnent le moindre mouvement à la surface du globe, qu'il suive un schéma géométrique ou non. Donc, si notre réseau de détection prétendait avoir repéré des ovnis, c'est qu'il avait repéré des ovnis ; il ne s'agissait pas d'une nouvelle mode passagère. Nous nous sommes donc inquiétés. »

Huston grimaça alors qu'un souvenir déplaisant traversait son esprit.

« Puis un de nos vaisseaux a disparu sans laisser de traces alors qu'il effectuait une simple patrouille de routine au-delà de la Lune. C'était impossible. S'il y avait eu un accident, il aurait laissé des traces faciles à enregistrer, surtout si près de chez nous. Cela ne pouvait donc qu'être le fait d'une interférence extérieure. » Un muscle tressaillit sur sa joue. « Et bien, sachez que nous sommes passés à un cheveu d'une guerre totale. Heureusement pour nous, nous ne savions pas *qui* accuser. Nous pouvons louer la chance qu'aucun crétin de bureaucrate n'ait pété les plombs et appuyé sur le mauvais bouton. Durant les quinze jours qui ont suivi le premier contact, les relations diplomatiques mondiales ont été tendues à l'extrême. Bien sûr, la Confédération Slave en a conclu que nous préparions un mauvais coup…

– Et bien sûr, la LUNA en a conclu que la Confédération Slave préparait un mauvais coup, fit sèchement Teresky.

– Précisément, renchérit Huston. Personne ne s'est imaginé qu'une troisième partie pouvait être responsable. Il faut dire qu'à l'époque, il n'existait pas de troisième partie. C'est une forme d'attitude provinciale, je présume. L'apparition des Aensalords fut un choc pour nos deux nations. Pendant des décennies, on nous a répété que le danger viendrait forcément de l'Est… » Il jeta un bref coup d'œil à Teresky. « Ou de l'Ouest, selon le point de vue. »

Les yeux de glace de Teresky se teintèrent d'ironie.

« Merci. »

Huston sourit brièvement avant de reprendre :

« De rien. Toujours est-il que cette histoire a provoqué un certain tumulte, heureusement cantonné aux cercles diplomatiques les plus élevés. Comme souvent dans ce genre de cas, l'homme de la rue est resté dans l'ignorance de ce qui se passait.

– En effet, acquiesça Jaeger. C'est la première fois que j'en entends parler.

– Normal. Tout était classé top secret, à ne pas divulguer

sous peine de mort et ainsi de suite. » Huston se caressa le menton. « Avez-vous vu les télécasts montrant notre première conférence avec les Aensalords ? Oui ? En ce cas, vous savez qu'ils sont tombés sur notre planète par hasard, au terme d'un long voyage à but commercial, qu'ils ne pensaient pas qu'une des planètes de notre système puisse être habitée, et que ce contact à proximité de Mars marquait leur première incursion dans notre système solaire. Eh bien, c'était du vent ! Deux mois avant de se laisser apercevoir aux alentours de Mars, ils ont mené des recherches intensives sur notre planète et ses habitants. En deux mois, ils avaient disséqué notre monde jusqu'au noyau, allant jusqu'à kidnapper des humains pour les interroger… en l'occurrence ces pauvres bougres du vaisseau du CI. Ils savaient très bien où ils mettaient les pieds. »

Jaeger se frotta le haut du nez, plongé dans ses pensées. « Pourquoi ? Que cherchent-ils ? »

Huston grogna de dérision.

« Vous souvenez-vous de cette conférence à Denver, la capitale de la LUNA ? Puis celle de Moscou, et de Londres, et toutes les autres ? Et bien, ce n'était que de la poudre aux yeux. Tout ce qu'il y avait à dire fut énoncé une semaine plus tôt, lors d'une rencontre entre les Aensalords et le Bureau de la Sécurité du CI. Ce n'était pas vraiment une conférence, plutôt la réception d'un ultimatum.

– Je vois bien les Aensas dans ce rôle. Rendez-vous sans condition, sinon… »

Huston acquiesça.

« Avec leur puissance de feu et leurs équipements, les Aensalords pouvaient détruire notre civilisation tout entière, ou du moins la réduire à sa plus simple expression. Mais nous disposions de vaisseaux et d'armes atomiques rudimentaires, et nous aurions vendu chèrement notre peau. De plus, un tel conflit aurait enlevé à la Terre toute sa valeur économique pour un bon siècle. Et cela ne correspondait pas à leurs desseins. » Il haussa les épaules. « Ainsi, chacun resta sur ses positions. Puis les Aensalords nous ont demandé de nous acquitter du… comment avez-vous dit ? demanda Huston en regardant Teresky.

– *Danegeld*, répondit le Slave. C'est le nom du tribut que les Anglais du Xe siècle versaient aux envahisseurs venus du Nord.

– Oui, acquiesça Huston en se rasseyant sur sa chaise. Merci. Si nous acceptions de leur fournir ce qu'ils voulaient, ils n'auraient plus aucune raison de nous attaquer, et tout le monde serait content. Sinon, nous pouvions dire adieu à la planète Terre. »

À cette idée, Jaeger serra la mâchoire.

« Les pots-de-vin. L'argent de la protection. Un *bakchich*. Toujours la même histoire ; cela ne finira donc jamais. » Il soupira. « Qu'ont-ils demandé ?

– Un bien étrange tribut, dit Huston. Ils voulaient qu'on mette à leur disposition un territoire de quinze kilomètres carrés, répondant à des spécifications climatiques et géographiques bien précises, protégé contre toute interférence extérieure, et qui leur appartienne pleinement. Ils désiraient aussi quelques concessions en matière de métaux précieux et de métaux fissibles, mais l'essentiel de l'accord portait sur ce territoire.

– Pourquoi ? demanda Jaeger en levant un sourcil.

– On n'en sait rien ! répondit Healey en desserrant le nœud approximatif de sa cravate. C'est bien ça le problème ! Personne n'en a la moindre idée ! »

Jaeger secoua la tête d'un air lugubre.

« Minos de Crète voulait des jeunes filles, les Danois de l'or, Hitler a pris les Sudètes. Et maintenant, les Aensas ont leurs quinze kilomètres carrés en sol allemand. Pourquoi ? Ils auraient aussi bien pu piller la Terre entière. »

Huston acquiesça.

« Cela fait des années que nous piétinons. Si vous avez plus de chance que les têtes pensantes du CI, dites-le nous. Nous avons fait évacuer la population de la zone qui convenait le mieux à leurs spécifications et les avons laissés s'y installer. Leurs vaisseaux de guerre, trois monstres bardés d'armes, se sont installés en orbite permanente autour de la Terre pour s'assurer que nous nous acquittions de notre part du marché ; et voilà, les jeux étaient faits. Bien sûr, nous avons muselé les médias sur ce sujet. Ce premier contact à proximité de Mars avait déclenché les émeutes des Trente Jours ; Dieu sait ce qui se serait passé si le public avait découvert cette menace permanente qui, depuis ce jour, plane *littéralement* au-dessus de sa tête. Les Aensalords se sont montrés coopératifs ; ils ne voulaient pas que des problèmes locaux viennent bouleverser leur solitude tant désirée. »

Healey toussa discrètement.

« Pour la dernière fois, je proteste officiellement face à cette rupture des règles élémentaires de sécurité.

– Pour la dernière fois, fermez-la », gronda Huston.

Healey eut un geste irrité, puis battit en retraite en voyant Teresky lui décocher un regard de Slave furieux.

Il y eut un silence plutôt bref. Finalement, Jaeger prit la parole :

« Ainsi, messieurs, dites-moi donc ce que je viens faire dans tout ça ? »

Teresky ouvrit sa mallette, farfouilla dans son contenu, puis en tira un petit flacon de verre contenant quelques gouttes d'un liquide bleu brillant.

« Voilà où vous intervenez, monsieur Jaeger, dit Teresky.

– Qu'est-ce que c'est ?

– Ceci, fit Huston en désignant le flacon, est probablement la substance la plus dangereuse qui existe sur Terre. C'est le genre de produit dont les militaires rêvent depuis des siècles. Ce qui a fait les choux gras des paranoïaques du monde entier. Mais, même dans leurs pires cauchemars, ils n'auraient jamais rien pu concevoir de tel. Et les Aensas en ont fait une réalité. Je vais tout vous expliquer. Il y a cinq ans, de vagues rapports ont évalué les effets d'une nouvelle drogue qui se serait mise à circuler dans des milieux clandestins. Un an plus tard, les rapports avaient triplé. Impossible d'ignorer ces rumeurs, bien que la drogue elle-même n'ait jamais été isolée ou même identifiée. Et depuis, les estimations concernant le nombre d'usagers de cette drogue n'ont cessé d'augmenter dans des proportions extravagantes.

– Et donc… ? fit Jaeger.

–… Donc, la voilà, dit Teresky. Elle semble bien inoffensive, n'est-ce pas ? Avez-vous jamais pu constater les effets du venin de cobra ou du curare sur un être humain ? Oui ? Eh bien, les effets de ce produit sont infiniment pires. On dépasse largement le simple cadre de l'addiction. Une fois introduite dans un organisme, elle entraîne immanquablement la mort, à moins de prendre à intervalle régulier des doses de cette même drogue.

– Ainsi, donc…

– C'est malin, n'est-ce pas ? » Huston eut un sourire sans joie. « Voilà bien le genre de traîtrise que seul les Aensas peuvent concocter. De ces plans démentiels dont on tire des histoires à sensation pour faire peur aux gamins. » Soudain, son visage ne fut plus qu'un masque tendu et très, très las. « Elle forge un lien indestructible entre sa victime et celui qui la fournit. Ce produit engendre une addiction immédiate, bien sûr, mais les motivations pour en obtenir davantage dépassent ce simple cadre. Si la dose suivante n'est pas administrée à temps, toutes les dix-huit heures environ, la mort s'ensuit très vite. Il n'existe ni substitut ni possibilité de désintoxication. Et, contrairement aux drogues conventionnelles, il est possible de l'ingérer involontairement. Elle est soluble dans l'eau et totalement insipide. »

Teresky prit la parole :

« Cette drogue est une arme politique au pouvoir insensé. Il est facile de la dissoudre dans l'eau ou la nourriture d'un personnage important pour s'assurer de son dévouement, et ce sans que personne n'en sache rien. Ou, si vous voulez jouer les assassins, il vous suffit d'en administrer une dose à votre victime ; si elle ne peut pas s'en procurer à nouveau, le tour est joué. Il paraît aussi qu'une goutte à peine diluée dans de l'eau fait un excellent sérum de vérité – bien que le sujet ne risque pas d'en sortir intact : son cerveau n'y résistera pas. Croyez-moi, cette petite fiole vaut toute une armée. »

Une lueur amusée dansa dans les yeux de Jaeger.

« La coupe qui contient la ciguë est plus meurtrière que le plus tranchant des glaives… »

Teresky eut un sourire sans joie.

« Exactement. Il suffit de considérer la Renaissance italienne, où l'empoisonnement fut élevé au rang d'art, comme tout le reste. Mais cette drogue est pire que tout ce qu'ils connaissaient. Je doute que Socrate eût approuvé un poison qui tue l'âme avant le corps. »

Jaeger se mordillait le pouce.

« Vous y voyez une arme politique, mais quelle peut être son efficacité ?

– Absolue, répondit Huston. Trop efficace, en fait. »

Healey eut sa petite toux irritante, se prépara à dire quelque chose, regarda Huston et préféra se taire. Ce dernier continua d'une voix douce :

« Ces cinq dernières années, ils ont tenté de se servir de cette drogue pour aliéner la machine politique mondiale, ce avec détermination et efficacité. » Sa voix se fit glaciale et sans appel. « Et ils sont en passe de réussir.

– Bien sûr, renchérit Teresky, il est impossible de déterminer avec exactitude *qui* sont les victimes de cette drogue, mais nous présumons qu'elle touche un nombre croissant d'officiels. Par exemple, chaque mois, on ne cesse de nous enjoindre de ne pas déranger les Aensalords. Bientôt, nous ne pourrons plus ignorer le problème sans entrer ouvertement en conflit avec nos propres diplomates. Et le taux de mortalité chez les hauts fonctionnaires n'a cessé d'augmenter. Nous y voyons l'influence de cette drogue.

– Au fait, remarqua Huston, tout ceci relève du secret d'État. Peut-être allez-vous devoir vous munir d'une capsule de cyanure logée dans votre dent creuse, ou quelque chose comme ça.

– Ou quelque chose comme ça », convint Jaeger.

Il passa un pouce le long de son menton ; les éléments du puzzle commençaient à s'emboîter.

« Et vous avez déterminé que l'origine de cette drogue est…

– … Le territoire des Aensalords, affirma Huston. Oui. Il n'y a pas le moindre doute possible. D'après nos biochimistes, elle ne peut être extraite d'une substance terrestre. Question de protéines complexes ou quelque chose dans ce goût-là. Je ne suis pas un scientifique. Mais croyez-moi, elle provient de l'enclave aensa.

– Comment la font-ils sortir de leur territoire ?

– À la façon des trafiquants conventionnels : via une chaîne humaine. D'une main à l'autre. Pour la défaire, il faudrait partir du point de départ ou d'arrivée ; inutile de décrocher des maillons immédiatement remplaçables. Mais cette fois-ci, nous y sommes partiellement arrivés. » Huston eut un rire bref et amer. « Cela nous a pris deux ans et a mis un tiers de notre personnel sur les dents. Malheureusement, nous n'avons pu descendre en bout de chaîne, c'est-à-dire repérer ceux qui aident les Aensas à renverser le Congrès International ; par contre nous avons pu déterminer la source de cette chaîne, à savoir l'enclave aensa. C'est de là que rayonnent les filières qui s'étendent sur tout le continent, dirigées par un homme qui dispose d'une aura de respectabilité. Il s'agit de Schiller, l'éditeur munichois. »

Jaeger réussit à cacher sa surprise. Schiller !

« Que comptez-vous faire ? demanda-t-il.

– Rien. Nous le surveillons depuis quelque temps déjà.

Nous savons qu'il vous a embauché, mais serions bien incapables de dire pourquoi. Nous pourrions facilement briser son extrémité de la chaîne, mais cela ne servirait à rien : les Aensas n'aurait qu'à en former une autre. De plus, nous donnerions l'alarme aux grosses légumes, et il faudrait des preuves solides pour incriminer Schiller. Non, nous devons obligatoirement détruire la chaîne d'un bout à l'autre ; nous éliminons soit les drogués, soit la source elle-même. Et c'est là que vous intervenez.

– C'est bien ce que je craignais. Et que devrai-je faire ? »

La voix de Teresky se teinta d'une inhabituelle note de sympathie.

« Nous vous avons réservé une tâche autrement plus ardue que celle dont Schiller vous a chargé. »

Huston avait la mine sombre et lugubre. Sa voix était calme, mais suggérait une tension sous-jacente jugulée par une volonté de fer.

« Nous voulons que vous retourniez en territoire aensa, découvriez l'origine de la drogue et la détruisiez, si c'est possible. Si vous acceptez, vous signerez probablement votre arrêt de mort ; mais si vous échouez, vous ne serez ni le premier, ni le dernier. Nous jouons notre va-tout en montant une opération visant simultanément les deux extrémités de la chaîne, en employant tous les moyens et tous les effectifs dont nous disposons. Vous êtes notre première vague, et notre seule chance d'agir de façon furtive. Si vous échouez, nous tenterons d'envoyer une patrouille armée, puis en dernier ressort nous lancerons une bombe atomique à faible rayon d'action sur la base. »

Jaeger leva un sourcil.

« Et les trois cuirassés aensas en orbite autour de la planète ? Ils vont vous regarder faire sans réagir ? »

Teresky se pencha en avant, et sa voix se fit pressante.

« Herr Jaeger, par bien des aspects, un gouvernement est semblable à un être humain, et le nôtre est à l'agonie. Un homme à l'article de la mort, qui sait qu'il a perdu la partie, est susceptible d'agir de façon totalement irrationnelle. Il fera tout pour se cramponner à sa dernière parcelle de vie. Notre monde se meurt. Il sent que le contrôle échappe peu à peu à ses doigts engourdis par la drogue et, s'il le faut, il est prêt à risquer un ultime affrontement avec les vaisseaux aensas, quitte à en subir les conséquences, plutôt que de les laisser prendre le pouvoir. » Il s'interrompit. Il avait l'air hagard et fiévreux d'un homme pris entre deux feux. « Une flotte composée de nos meilleurs navires de guerre est actuellement stationnée derrière la Lune, bien que les Aensas l'aient probablement repérée. Si nous lâchons notre bombe atomique sur la base des Aensalords, notre flotte se lancera à l'assaut des cuirassés aensas et tentera de les détruire avant qu'ils ne puissent riposter. Vu l'avance technologique des Aensas, ce sera l'équivalent d'une meute de chiens affrontant trois tigres ; nous n'avons pas beaucoup de chances de l'emporter, mais ce n'est pas tout à fait impossible. Si notre flotte gagne, tout va bien. Sinon… » Il haussa les épaules et fit un geste éloquent. « Bang. »

« Et c'est ce qui va se passer, renchérit Huston d'un air nerveux, à moins… » Il fit la grimace. « Acceptez-vous cette mission, Herr Jaeger ? Vous êtes notre seul espoir, aussi mince soit-il. »

Jaeger serra les poings à s'en faire blanchir les phalanges. Il dut fixer un long moment son bureau avant de pouvoir lever les yeux sans trahir la peur qui s'y était amassée. Il actionna l'interphone.

« Mademoiselle Geier, dit-il, voulez-vous bien préparer un contrat standard, la version courte, avec mes honoraires et mon avance habituels, je vous prie ? Merci. »

Il coupa l'interphone et regarda ses visiteurs en fronçant les sourcils. Puis, d'un air las, il se massa l'arête du nez entre le pouce et l'index.

« Il faut vraiment que je sois cinglé, mais j'accepte. Bien, messieurs, maintenant que nous sommes d'accord... » Jaeger jeta un coup d'œil à Healey. « ... je boirais bien un petit verre. Pourquoi pas du café ? Avec un doigt de whisky, si vous voulez.

– Pourquoi pas du whisky avec un doigt de café ? répondit Huston en lui rendant son sourire.

– Au diable le café », fit Teresky.

Corcail Sendijen enroula ses tentacules autour de la barre de traction et se propulsa en avant. L'énorme wagon se mit à trembler. Il déploya ses grandes griffes et les referma de la même manière autour de la barre, puis poussa à nouveau. Derrière lui, une bande de créatures hétéroclites – dotées d'ailes ou d'écailles, caparaçonnées, protoplasmiques, poilues, couvertes de fourrure ou entièrement lisses, pourvues de sabots ou de pattes, avec toutes les variations possibles entre les deux, de zéro à huit yeux, munies de tentacules, de doigts ou de pseudopodes – luttaient elles aussi pour faire démarrer le wagon. Il y eut un cri d'alarme ; la Compagnie Noire se tourna de conserve vers D'jebistred le contremaître et les captifs perçurent le flot de ses pensées : *-plus-vite-vite-vite-maintenant-plus-vite...* Tous redoublèrent d'efforts. Le wagon se mit à osciller par à-coups.

C'était au tour de Corcail Sendijen de tenir le volant ; ce qui voulait dire qu'il était chargé de diriger le wagon en se servant de sa propre masse comme contrepoids. Ce qui signifiait aussi que, s'il se trompait dans ses estimations, il finirait écrasé contre le mur par le poids du véhicule lancé à vive allure. Si l'on tenait à garder en vie, ou du moins en état de travailler, l'un de ses esclaves de seconde zone, il ne fallait pas lui confier une tâche comme celle-ci. Mais les Aensalords n'attachaient pas grande importance à ce genre de détails. Ils ne manquaient pas d'esclaves, tous originaires de mondes différents. Néanmoins, Corcail Sendijen entendait bien survivre à cette expérience, ne serait-ce que pour tenir tête à D'jebistred qui l'avait désigné sur un caprice.

Le wagon s'engagea péniblement sur les rails et descendit le tunnel en gagnant peu à peu de la vitesse. Maintenant, les pousseurs devaient courir pour pouvoir le suivre. Ils ne tarderaient pas à le lâcher pour le laisser continuer son chemin – et Corcail Sendijen serait alors seul à bord, lancé sur la voie étroite, empêchant le wagon de dérailler en balançant adroitement son corps d'un côté ou de l'autre du container. Le wagon ne comportait que deux roues ; il pouvait facilement basculer en avant ou en arrière et, à une telle vitesse, tout accident lui serait certainement fatal.

Aïe ! Le wagon bondit en avant : ils l'avaient lâché. Corcail Sendijen était maintenant livré à lui-même. Le premier virage s'amorçait déjà. Se pencher vers la droite, attention, attention, un peu plus à droite, mais pas trop, sinon le wagon sera déséquilibré. Doucement. Le vent de la course frappait Corcail Sendijen de plein fouet, comme pour l'arracher à son perchoir. Caresser le frein. Voilà. Juste assez pour que le wagon reste à la bonne vitesse, mais qu'il en garde le contrôle. Pas si facile. Attention, un autre tournant…

Corcail Sendijen se pencha lentement sur la gauche. Le wagon négocia le virage, frémit, mais resta sur les rails. Il arrivait à l'endroit le plus dangereux du voyage, celui où le tunnel se rétrécissait. Les yeux de Corcail Sendijen se plissèrent jusqu'à n'être plus que deux fentes dorées. C'était là, deux jours plus tôt, que le dernier conducteur – une créature ailée au bec écarlate et aux yeux d'émeraude – avait échoué ; alors qu'il tentait de rétablir l'assiette du monstre, le mur l'avait aspiré, et il était mort presque instantanément. L'essentiel était de rester en place, solide comme le roc, tout au long de ce passage. Solide comme le roc.

Corcail Sendijen raffermit sa prise sur la barre de maintien en se recommandant à tous les dieux de son panthéon.

Il tenta de se persuader qu'il était une statue de pierre, mais ne réussit qu'à resserrer l'étau qui enserrait ses tripes. Les murs du tunnel défilaient comme un sirop noir. Il appuya doucement sur le frein – simple friction d'une plaquette de métal contre le bord des roues. Le paysage reprit peu à peu de sa définition. Dans une dernière gerbe d'étincelles, le wagon vint heurter le tampon en douceur et s'immobilisa.

Alors que Corcail Sendijen mettait pied à terre, un immense tuyau de métal aux nombreuses articulations sortit du plafond pour plonger dans les tonnes de minerai que charriait le wagon, puis aspira le tout avec diligence. Le chargement de terre et de roche allait rejoindre le générateur principal, qui était quelque part là-dessous, et un système complexe transformerait le tout en une matière directement convertible en énergie destinée à alimenter les machines avides des Aensalords.

Haletant, Corcail Sendijen attendit que le reste de la Compagnie Noire le rejoigne afin de ramener le wagon à son point de départ. Heureusement, c'était une opération qu'ils n'effectuaient qu'une fois par jour. En attendant, Corcail Sendijen claqua un tentacule contre ses griffes de combat (le Dix-Huitième Geste des Rites : l'expression du mépris le plus pur avec de déplaisants sous-entendus sexuels) et fixa l'immense wagon. Cette façon de procéder était tout à fait absurde. N'importe quelle autre race douée d'intelligence aurait entièrement automatisé le trajet : ainsi, le système eût été cent fois plus productif et aurait épargné des pertes inutiles parmi les esclaves ainsi que leur temps de travail. Mais les Aensalords ne mangeaient pas de ce pain-là : pas question d'automatiser ce qui pouvait l'être. Il fallait compter sur leur perversité naturelle pour que tout travail soit effectué dans les conditions les plus difficiles et les plus désagréables possibles. Et ils semblaient s'enorgueillir de ce gaspillage de vies appartenant à des êtres dissemblables. De plus, si les soupçons de Corcail Sendijen se révélaient justifiés, ils avaient probablement une autre raison, beaucoup plus importante…

Il se mit à faire les cent pas avec impatience devant le wagon immobile. Il l'étudia de près. Ses roues étaient usées à force de subir la friction des galets de frein ; il était temps de les remplacer – les yeux de Corcail Sendijen se plissèrent et il se pencha en avant. Un tentacule caressa les marques d'usure. Celles-ci étaient certes importantes la nuit dernière, lorsqu'ils avaient cessé le travail, mais elles n'étaient pas si profondes. Et ce n'était pas un seul trajet qui avait fatigué à ce point le métal. Ces fissures ne s'étaient pas creusées toutes seules. Mais personne ne s'était servi du wagon entre-temps. À moins que…

Avant qu'il ne puisse poursuivre cette observation fort instructive, la Compagnie Noire apparut à l'autre bout du tunnel. Corcail Sendijen haussa les tentacules et se tourna pour recevoir les admonestations mentales de D'jebistred le contremaître, prince au milieu de sa cour.

5.

Dans le taxi qui le ramenait à son appartement, l'esprit de Jaeger tournait comme un moteur au ralenti. Le discours des hommes du CI – et la facilité avec laquelle ils avaient démonté pièce par pièce le monde qu'il connaissait – le laissait songeur. Désormais, tout un univers de responsabilité pesait sur ses épaules. Des responsabilités écrasantes. En fait, se dit Jaeger pour la dixième fois, le sort de l'humanité tout entière reposait maintenant sur ses épaules. Une idée à laquelle il n'arrivait pas à se faire.

Lorsqu'il était sorti de son bureau pour se rendre chez Schiller, la Markplatz était quasiment déserte. Il n'avait vu qu'une voiture de sport grise et basse dont le moteur tournait avec un petit bruit de crécelle. Les phares du coupé s'étaient allumés au moment même où Jaeger s'installait à l'arrière du taxi. Coïncidence ou non, le véhicule avait pris la même direction que le taxi. Jaeger avait examiné la voiture de sport avec une curiosité toute professionnelle. On l'avait déjà pris en filature par le passé. Mais ses soupçons retombèrent lorsque l'engin tourna brutalement dans une rue à angle droit. Il soupira d'un air dédaigneux ; s'il voulait vraiment sauver l'humanité, il avait intérêt à se remettre les idées en place.

Une fois au sommet de la colline, le taxi tourna en direction de Die Burg, le château impérial de Nuremberg, dont la masse grise et lugubre se dressait sous les feux des projecteurs installés sur les toits des maisons avoisinantes. Une rue étroite et sinueuse menait à la cour du château.

Arrivé à destination, Jaeger paya le chauffeur en silence. Avec la pluie pour seule compagne, il traversa la petite cour de son immeuble, puis emprunta l'étroit escalier. Il préférait ne pas prendre le lent ascenseur ; il avait de toute façon besoin d'exercice. Cette idée le fit rire : voilà la solution ! Il n'avait qu'à monter et descendre quelques centaines de fois l'escalier, et il serait fin prêt pour affronter les Aensas.

Il pénétra dans son appartement, alluma la lumière, puis referma la porte. Le plafond irradiait une clarté diffuse. L'appartement était petit, mais confortable et rassurant ; lorsque Jaeger rentrait des bureaux de JAEGER, INC. après une mission particulièrement déprimante, il avait envie de se retrouver au calme. Et aujourd'hui plus que jamais, il avait besoin d'un environnement propice à la réflexion. Il constata, non sans quelque déception, qu'Aldonna n'était pas restée l'attendre.

L'un des murs était consacré à sa bibliothèque et à ses propres toiles – des huiles représentant des paysages, et quelques portraits miniatures, dont un croquis de Nati d'une ressemblance remarquable. De grandes fenêtres aux volets tirés perçaient la cloison opposée. Jaeger regarda un instant l'Éclair Noir, mais il décida qu'il avait eu son comptant de rêves et de cauchemars. Il alla ouvrir les volets, puis resta longtemps immobile, à regarder les formes spectrales des immeubles nimbés de brouillard et de lumière vacillante dans le bruissement de la pluie. Sur son ordre, la chaîne omni entama le *Prélude à l'après-midi d'un faune*, de Debussy, alors qu'il s'installait dans un confortable fauteuil.

Les premières notes des cors solitaires résonnaient à peine dans la pièce quand un rectangle fixé au mur se mit à pulser d'une lumière rouge en émettant un bourdonnement sourd. Le détective étouffa un juron et activa le petit écran de la stéréop en appuyant sur un bouton noir situé à l'écart des commandes ordinaires. L'image jaillit, d'abord sombre, mais elle s'éclaircit rapidement, dévoilant le dernier palier de l'escalier, avant l'appartement de Jaeger. Les gadgets qu'on voyait dans les drames populaires sur la stéréop le laissaient d'habitude froid : la plupart étaient ridicules ou totalement inutiles. Mais cet appareil-là – une caméra de télévision miniature cachée dans le mur de l'escalier relayée par une autre dissimulée près de l'ascenseur, toutes deux régies par un système télémétrique sans fil – était bon marché et si facile à installer qu'il avait fini par craquer.

Ce système pouvait se révéler fort utile. Compte tenu des fréquentations que lui imposait son métier, il valait parfois mieux pouvoir identifier ses visiteurs avant de leur ouvrir sa porte ; Jaeger y mettait un point d'honneur. Il était le seul occupant de cet étage, hormis la vieille dame à l'autre bout du vestibule ; lorsque l'alarme bourdonnait, c'était forcément pour lui. La plupart du temps, il n'y avait pas de quoi s'inquiéter. La plupart du temps…

Cette fois-ci, ce n'était pas une fausse alerte.

Jaeger pouvait voir deux hommes grimper les marches quatre à quatre. Dans les mains du premier luisait le canon poli d'un pistolet-mitrailleur, tandis que le manteau du second laissait entrevoir la bosse caractéristique d'un revolver. Il fallait réagir vite. Le détective bondit vers un placard ; il n'avait que quelques précieuses secondes pour se préparer. Luttant contre la tétanie qu'induit l'angoisse, Jaeger farfouilla dans le meuble et en tira quelque chose qui ressemblait à un pardessus taillé dans une étoffe mince et brillante. Des pas claquèrent sur les dernières marches de l'escalier. Jaeger grimaça, enfila la cape d'invisibilité et l'ajusta sur ses épaules, tel Siegfried dans sa chape de nuages ; il n'était maintenant plus que le miroir déformant des murs qui l'entouraient, un miroir d'un mètre quatre-vingt-dix de haut. Jaeger appuya sur l'interrupteur que Stahl avait installé dans l'une des manches et disparut. Pour un œil non averti, l'appartement était vide.

Il se drapa du mieux possible dans la cape, puis plongea la main dans sa poche pour sortir son revolver. Mais, à son grand étonnement, il ne put l'y trouver. Un instant, il agita en vain la main dans son fourreau de tissu, puis poussa un juron. Il ne portait plus son arme en permanence depuis si longtemps qu'il avait dû oublier de la remettre dans sa poche au retour de son entrevue avec Schiller. Le revolver était donc toujours dans le tiroir de son bureau, à deux kilomètres à peine. Autrement dit, à l'autre bout du monde.

Voilà qui compliquait sérieusement la situation. Son seul atout restait l'invisibilité que lui conférait la cape. Mais c'était largement insuffisant pour affronter deux hommes armés jusqu'aux dents dans un espace aussi restreint. De tueur invisible, il devenait proie invisible.

Jaeger jeta un regard nerveux en direction de la porte. Mieux valait ne pas rester dans la ligne de tir. Il se déporta vers la droite en marchant sur la pointe des pieds. La musique de Debussy continuait à envahir la pièce, imperturbable. Des pas lourds résonnèrent dans le couloir. Jaeger saisit une grosse canne à pommeau d'argent dans le porte-parapluies et la glissa sous sa cape, où elle disparut à son tour.

Durant quelques secondes, le silence retomba dans la pièce ; les deux hommes avaient atteint la porte. Le détective sentit la peau de son visage se tendre. Des frissons parcouraient sa colonne vertébrale de haut en bas.

Il y eut un bruit étouffé, la porte trembla sur ses gonds, puis la serrure se détacha du panneau et s'abattit sourdement sur le tapis. Le métal fumait encore. Il y eut deux claquements secs, et les loquets magnétiques se tordirent. La porte s'ouvrit en grand sur un pistolet-mitrailleur, immédiatement suivi de son propriétaire : un géant blond aux yeux bleus, au visage taillé au couteau et à la peau piquetée de taches malsaines. Un silencieux prolongeait le canon de son pistolet-mitrailleur. L'arme et son porteur avaient l'air aussi laids que dangereux. Pour rien au monde Jaeger n'avait envie de faire leur connaissance.

D'un coup d'œil circulaire, le blond passa la pièce en revue, puis il se dirigea vers la chambre, frôlant le détective au passage, lequel retenait son souffle, immobile comme une statue. L'autre homme apparut à son tour ; il n'avait pas dégainé son revolver, mais tenait une grosse grenade à main que l'adjonction d'une minuterie transformait en bombe à retardement rudimentaire ; son autre main exhibait une longue seringue hypodermique – à moitié pleine d'un liquide bleu et luisant.

De toute évidence, c'était lui le cerveau de la bande. Jaeger l'examina de près. C'était un homme aux cheveux sombres, vêtu d'un pull et d'une veste, avec des yeux et un nez crochu vaguement balkaniques. Peut-être turc. Jaeger n'avait jamais rencontré ce duo fort peu engageant.

Le blond s'arrêta près du système omni, baissa les yeux, puis monta le volume ; les accords de Debussy résonnèrent dans toute la pièce. Pour couvrir le bruit qu'ils allaient faire ? Il ouvrit grand la porte de la chambre et y entra d'un pas vif pour en ressortir un instant plus tard en secouant la tête d'un air perplexe. Il se mit alors à scruter les murs en fronçant les sourcils comme s'il cherchait un passage secret ou une cachette.

Mais Jaeger avait cessé de s'intéresser à lui pour se concentrer sur le Turc – ou plutôt sur ce que celui-ci avait en main. Il fronça les sourcils en examinant la seringue, puis se tourna vers la grenade et sourit férocement. À en croire les attachés du CI, une fois diluée, cette drogue faisait un sérum de vérité très efficace. Il ne tenait qu'à lui de détourner à son profit le plan diabolique des deux intrus.

L'homme au pistolet-mitrailleur sondait les murs en tapant dessus d'un air soupçonneux ; le Turc s'était planté en travers de l'entrée et n'avait pas l'air de vouloir en bouger. Son acolyte coupa l'omni ; après un dernier coup de cor, le *Prélude à l'après-midi d'un faune* se termina dans un ultime couinement et laissa place à un silence assourdissant. Jaeger se demanda s'il pourrait se glisser dans l'entrée sans alerter le Turc ; impossible, il n'y avait pas la place. Bon sang, il faudrait bien qu'il respire tôt ou tard, et vu la poisse qui lui collait à la peau ces derniers jours, ils l'entendraient certainement.

En constatant que sa proie n'était pas dans les parages, le Turc se détendit quelque peu et laissa retomber la bombe et la seringue. Résigné, Jaeger haussa les épaules, s'approcha de lui, le jaugea d'un coup d'œil, puis abattit sa canne sur son crâne. Il y eut un craquement sourd ; le Turc chancela un instant avant de s'abattre sur le dos. Il resta là, à fixer le plafond, le front maculé de sang ; la bombe roula sur le tapis et buta contre le pied d'une table, tout près de la fenêtre.

À peine le Turc avait-il libéré l'entrée que Jaeger se précipitait dehors. Immédiatement, des balles fracassèrent le chambranle dans un déluge de copeaux, mais le détective était déjà loin. Le géant partit à sa poursuite. Jaeger passa devant l'escalier ; son adversaire dut croire qu'il dévalait les degrés et se rua dans cette même direction. Quelques secondes plus tard, le Turc réapparut ; il marchait d'un pas mal assuré, mais avait l'air décidé et brandissait son arme d'un poing moins ferme qu'il ne l'aurait voulu. Il se dirigea vers l'ascenseur et disparut dans la cabine. Jaeger soupira et attendit quelques instants avant de retourner dans son appartement. La porte était fichue, ses serrures désormais inutilisables. Il éteignit sa cape d'invisibilité et la retira en contemplant son salon d'un air pensif. Une porte s'ouvrit. Jaeger fit volte-face canne levée, mais ce n'était que sa vieille voisine. Elle fronçait les sourcils d'un air scandalisé.

« Herr Jaeger, dit-elle, je ne sais qui appeler, le gérant ou la police. Je n'ai jamais entendu un vacarme pareil. Vous devriez avoir honte de réveiller une vieille dame au beau milieu de sa sieste. Si vous continuez de faire un tel raffut, je vous ferai jeter à la rue.

– Bonne idée, rétorqua Jaeger. On rencontre de drôles de gens dans cet immeuble, et je n'aime pas la promiscuité. »

La vieille dame écarquilla les yeux, ouvrit la bouche pour dire quelque chose, puis se ravisa et préféra rentrer dans son propre appartement en claquant la porte derrière elle. Jaeger secoua la tête et entra dans le salon en refermant ce qui restait de sa propre porte. Le visiophone sonna.

Il traversa la pièce pour décrocher. Le visage de Connor Coffey apparut sur l'écran.

« Salut, lui dit Jaeger. Vous arrivez trop tard. Vos petits copains sont déjà repartis.

– Quoi ? » s'étonna Coffey.

Il avait l'air sincèrement inquiet.

« Laissez tomber, ça serait trop long à expliquer. Dites, vous comptez vraiment me tuer par visiophone ? Comment allez-vous procéder ? En m'hypnotisant pour me convaincre de sauter par la fenêtre ?

– Qu'est-ce que vous racontez ? Je n'ai plus l'intention de vous tuer.

– Vous m'en voyez fort aise, répondit le détective d'un ton dédaigneux.

– Non, en fait, je vous ai appelé pour vous embaucher.

– Vous connaissez déjà l'adresse de mon bureau, rétorqua-t-il, méprisant. Alors soyez gentil, prenez un bottin et appelez-moi aux heures ouvrables. Tenez, pourquoi pas demain ? D'ici là, je trouverai bien le temps de vous fracasser le crâne d'un coup de chaise. »

Coffey semblait soucieux.

« Écoutez-moi, fit-il avec précipitation. Je ne peux pas attendre demain. Il faut que je vous voie dès maintenant. J'espérais que vous ne m'en voudriez pas d'avoir essayé de vous buter. Je faisais mon travail, c'est tout. Et vous êtes le seul vers qui je puisse me tourner. »

Jaeger le considéra d'un air incrédule.

« Je ne vous en veux pas pour si peu, Coffey, dit le détective d'un ton neutre. Je présume que vous avez eu une enfance difficile ou quelque chose comme ça. Peu importe que vous ayez plusieurs fois tenté de me tuer. Ma philanthropie n'a pas de limite.

– Bon sang, vous allez m'écouter, oui ou non ?

– Qu'y a-t-il ?

– Regardez », dit le jeune homme.

Il leva une feuille de papier devant la caméra afin que Jaeger pût la lire. Une seule ligne proprement tapée disait : *Nous n'avons plus besoin de vos services.* En dessous, une main rageuse avait griffonné : *Tu es mort, pauvre pomme. Mort et enterré.*

« Vos employeurs ont enfin eu une lueur de lucidité, dit Jaeger.

– C'est ça, oui. J'ai besoin de votre aide, et vite. Vous voulez bien ?

– Vous êtes prêt à payer ?

– Bien sûr. Cela dit, je ne roule pas sur l'or. »

Jaeger sourit.

« On vous a offert cinq cents eurodollars pour me tuer.

– Il ne m'en reste que deux cents.

– Va pour deux cents.

– Je n'ai pas l'intention de marchander. Amenez-vous, et vite. »

Le détective opina, nota l'adresse de Coffey et raccrocha. Le jeune homme vivait dans la vieille ville, près de l'appartement de Nati. Jaeger haussa à nouveau les épaules, plia la cape d'invisibilité sous son bras et sortit héler un taxi. Quelques minutes plus tard, il était à pied d'œuvre. Mais alors qu'il descendait du taxi tout en réglant la course, il remarqua la même voiture de sport gris métallisé stationnée de l'autre côté de la rue, face à l'immeuble de Coffey. Jaeger savait qui se trouvait dans ce véhicule, d'où ils venaient et la raison de leur présence ici. Il traversa la rue dans la direction opposée.

Connor Coffey habitait à quelques pâtés de maisons à l'ouest de la résidence de Nati Fernfelder, dans une demeure ornée de boiseries accolée au donjon principal du château. Bâtie aux alentours de l'an 1200 pour abriter un prêteur sur gages, puis un gardien, et maintenant Coffey. Jaeger se demanda s'il fallait y voir un signe quelconque concernant le devenir de l'espèce humaine au cours du dernier millénaire ; il cracha par terre, se força à détourner les yeux de l'immeuble de Nati, puis entra après avoir décliné son identité au jeune homme. Il gravit l'escalier et frappa à la porte.

« Jaeger ? fit une voix nerveuse de l'autre côté du panneau.

– Votre question est stupide : si j'étais le tueur, je répondrais par l'affirmative. Alors à vous de vous décider. »

Coffey entrouvrit la porte, jeta un coup d'œil par l'embrasure, puis l'ouvrit tout à fait.

« Si vous étiez là pour me tuer, vous n'auriez pas dit une chose pareille.

– Je n'en suis pas si sûr, répondit Jaeger en entrant dans une pièce sombre et nauséabonde. Cela s'est vu.

– Asseyez-vous. Nous n'avons pas beaucoup de temps devant nous. »

Jaeger pensa à la voiture de sport, mais ne dit rien.

« Voilà la lettre, dit Coffey en lui tendant le message de ses précédents employeurs.

– Est-elle semblable aux autres ?

– Dans les moindres détails. Sauf qu'il n'y avait jamais d'inscriptions manuscrites sur les autres. Il faut vraiment qu'ils aient confiance en eux. J'ai gardé l'enveloppe. Je me suis dit que vous pourriez y trouver des empreintes digitales ou quelque chose comme ça.

– Bien sûr. En mettant de côté les empreintes des employés de la poste, celles du facteur qui vous l'a apportée et les vôtres, et surtout le fait que vos employeurs puissent avoir eu la bonne idée de prendre leurs précautions, ça devrait être un jeu d'enfant… Est-ce qu'il y avait de l'argent dans l'enveloppe en plus du message ? »

Coffey le regarda avec surprise.

« Comment le savez-vous ? Oui, ils m'ont envoyé un autre billet de cinq cents eurodollars. Pouvez-vous retrouver son origine ?

– Montrez-le moi. »

Coffey tira de sa poche le billet de banque bleu pâle. Jaeger le prit, le plia et le fourra dans sa propre poche.

« Hé ! s'écria Coffey. Je croyais que vous ne vouliez que deux cents billets !

– À ce moment-là, je croyais que vous n'en aviez que deux cents.

– Oui, en plus de celui-ci.

– Ce sera pour mes frais, fit Jaeger en haussant les épaules. Bien. Je vais attendre l'arrivée de vos amis, et à nous deux nous allons leur casser la figure, puis nous n'aurons plus qu'à leur faire cracher le nom de leur employeur, et vous serez hors de danger.

– Comment savez-vous… »

La sonnette coupa Coffey en milieu de phrase. Jaeger sourit.

– Donnez-moi votre flingue », dit-il.

Coffey se leva et répondit d'un air angoissé.

« Laissez-les monter, affirma le détective. De toute façon, ils savent que je suis là. Et moi aussi, j'ai deux mots à leur dire. »

Quelques instants plus tard, Coffey alla ouvrir la porte et laissa entrer le géant blond et le Turc aux yeux fuyants. Jaeger braqua le revolver du jeune homme sur le duo.

« Prenez un siège, messieurs, dit-il. Je voudrais vous parler d'une petite note. Celle du serrurier qui va devoir refaire ma porte. »

Les deux hommes s'installèrent sur un canapé qui avait

vu des jours meilleurs. Sans les quitter des yeux, le détective lança à l'adresse de Coffey :

« Vous connaissez ces deux affreux ?

– Jamais vu. »

Jaeger se tourna à nouveau vers les truands.

« Avant d'en venir aux choses sérieuses… »

Il fut interrompu par un coup qui érafla sa nuque. Coffey l'avait manqué de justesse. Jaeger se leva et se retourna d'un seul mouvement, surprenant le jeune homme en train de soulever un lourd presse-papiers, lequel interrompit son geste à mi-chemin. Le détective pivota à nouveau, et cette fois-ci ce fut au tour des deux affreux de s'immobiliser alors qu'ils tentaient de s'emparer de leurs armes ; Jaeger se précipita alors vers la porte.

« Quel con, ce môme », cracha-t-il en se jetant à plat ventre sur le parquet du palier.

Une grêle de balles siffla au-dessus de sa tête avant d'aller fracasser le plafond de la cage d'escalier. Jaeger roula sur lui-même, atteignit les premières marches et les dévala quatre à quatre. Des exclamations et des jurons lui parvinrent depuis l'appartement.

Dieu seul sait comment, Jaeger atteignit le palier suivant sans se rompre le cou. Il ne s'arrêta que pour passer la cape sur ses épaules et l'activer. Il loua la présence d'esprit qui l'avait incité à l'emporter. C'était probablement son unique chance. Alors qu'il s'éloignait du bâtiment au pas de course, il entendit un coup de feu, et une balle érafla le ciment tout près de son talon. Des pas précipités résonnèrent dans l'escalier. Jaeger plongea dans la cour, s'arrêta à nouveau et regarda autour de lui. Quel chemin devait-il prendre ? Devant lui, la ruelle sinueuse qui débouchait sur la rue en contrebas ; s'il passait par là, il serait à découvert et les autres n'auraient plus qu'à tirer au jugé. Un risque qu'il préférait ne pas courir. Derrière lui, il y avait l'ancien tunnel relié aux douves asséchées de l'autre côté du palais impérial. À sa droite, une rue dallée descendait abruptement vers le Sinwellturm, la tour de garde circulaire qui surplombait la ville entière ; mais celle-ci était bien trop éloignée pour lui servir d'abri. À sa gauche, un sentier menait aux jardins du château, mais il se terminait en cul-de-sac. Mieux valait ne pas y penser. Alors, par où devait-il passer ? Il fallait se décider, *maintenant*! Jaeger se mordit la lèvre en se forçant au calme. Le tunnel. Oui, le tunnel.

Il se retourna et courut silencieusement vers l'entrée du tunnel. Le blond émergea du bâtiment, hésita, puis vida son chargeur en direction de la Sinwellturm sans même prendre la peine d'ajuster son tir. Parfait, se dit Jaeger, ils ne peuvent tirer sur ce qu'ils ne voient pas. En fin de compte, il avait peut-être une chance de s'en sortir.

C'est alors que l'homme se tourna dans la direction qu'avait pris Jaeger et ouvrit à nouveau le feu. Une balle vint se loger dans les circuits délicats de la cape.

Jaeger se mit à clignoter comme un ver luisant à l'agonie. Son poursuivant cria quelque chose alors que le détective plongeait dans la bouche du tunnel. Une balle ricocha sur les pierres, juste derrière lui. Le mécanisme était mort, et ses chances de survie avec lui ; Jaeger était désormais visible comme le nez au milieu de la figure. Sans cesser de courir, il retira la cape et la laissa tomber, puis, baissant la tête, il continua sa course folle.

Le malfrat atteignit l'embouchure du tunnel et scruta les ténèbres. Il attendit que le Turc vienne le rejoindre et profita de ce répit pour mettre un nouveau chargeur dans le magasin de son pistolet-mitrailleur. De grosses langues de brouillard montaient peu à peu des douves et s'aventuraient dans le tunnel. Le tireur jura entre ses dents.

« Hé, Limal ! lança-t-il. Comment veux-tu viser juste dans cette purée de pois ? »

Le Turc ne répondit pas. L'autre soupira et braqua son arme droit devant lui pendant que son collègue sortait à son tour son revolver. Puis tous deux s'engagèrent prudemment dans le tunnel.

Lorsque le nuage de brouillard avait enveloppé Jaeger quelques instants plus tôt, il l'avait accueilli comme son sauveur ou, du moins, comme une lueur d'espoir. S'ils voulaient l'abattre, ses poursuivants seraient obligés de s'approcher tout près de lui. Il fallait donc qu'il les piège avant. Mais comment faire ? Il s'engagea sur la passerelle de bois qui enjambait les douves asséchées. L'étroitesse du pont n'en faisait pas un endroit idéal pour une embuscade, surtout à deux contre un, mais Jaeger n'avait pas le temps d'atteindre l'autre rive avant que les deux sbires ne jaillissent du tunnel. Le détective se pencha par-dessus la balustrade pour regarder en contrebas. À travers l'épais brouillard, il distinguait à peine le fond du fossé, douze mètres plus bas. Il haussa les épaules : les piliers de bois lui fourniraient bien assez de prises pour qu'il puisse descendre tranquillement.

Jaeger escalada maladroitement la balustrade et entama sa séance de varappe ; peu après, il se laissait tomber sur le sol et se cachait dans l'ombre d'un pilier. C'est alors que le duo fit son entrée en scène. Ils examinèrent la situation avec soin et en tirèrent la conclusion qui s'imposait. Le Turc attendrait sur la passerelle en surveillant les alentours pendant que le blond passait son pistolet-mitrailleur à la ceinture, se hissait par-dessus la rambarde et descendait à son tour.

Le tueur se laissa tomber de la dernière poutre, atterrit sur l'herbe humide et fit un signe à son équipier. Il sortit son arme, s'accroupit et attendit un instant avant de se redresser lentement. Il fit un pas en avant, s'immobilisa, attentif au moindre mouvement. Un autre pas. Le visage de Jaeger se fendit d'un sourire lugubre. L'autre contourna le pilier… et la main du détective, détourée par la lumière glauque d'un projecteur enfoui sous un linceul de brume, s'abattit violemment sur le poignet du tueur, juste derrière le pouce crispé sur la crosse de son arme. Un os se brisa avec un craquement sec ; le pistolet-mitrailleur disparut, avalé par la nuit.

« Hé, lança le Turc, tu l'as eu ? »

Pas de réponse, sinon le grognement de douleur de son équipier.

La brute sauta sur Jaeger, qui pivota légèrement pour projeter son coude dans la poitrine du tueur, qu'il atteignit juste en dessous du sternum. L'homme partit en arrière en gémissant telle une bête blessée. Une lueur mauvaise s'alluma dans l'œil de Jaeger ; il leva la main et le gifla brutalement.

Il y eut une détonation étouffée : le Turc ouvrait le feu, sans se soucier de savoir s'il atteignait sa proie ou son acolyte. Jaeger se tordit la cheville en se jetant sur le côté, leva la main qui tenait toujours le revolver de Coffey et tira, deux fois. La première balle déchiqueta la rambarde de bois. La seconde frappa le Turc en dessous du nez et traversa son crâne avant de ressortir par la nuque. Aussi mort que la gloire de la cité qui l'entourait, le tueur tituba et s'effondra contre le garde-fou. Le cadavre resta un instant suspendu entre ciel et terre, puis la gravité reprit ses droits et il s'abattit à côté de Jaeger avec un affreux bruit mat.

Le détective grogna sa satisfaction, puis se tourna à nouveau vers le géant blond ; le moment le plus dangereux était passé, et il avait repris le contrôle de la situation. Ce qui, à l'aune des jours précédents, était une première. Il aurait bien voulu avoir un petit entretien avec la moitié encore vivante du duo de tueurs, mais l'homme avait eu sa dose d'émotions. Avec un gémissement sourd, il tourna les talons et quitta les lieux à bride abattue. Jaeger lâcha un juron et entreprit de le poursuivre, mais au bout de quelques mètres sa cheville douloureuse le força à ralentir l'allure et à boitiller lamentablement. Il continua tant bien que mal en tentant de ne pas se laisser distancer.

Un instant plus tard, le blond atteignit un escalier de

pierre dont il gravit les marches quatre à quatre en direction du château. Jaeger le suivit plus lentement, avec mille précautions. Il contourna la Sinwellturm et Tiefe Brunnen, et repartit en direction du tunnel. Lorsque le détective atteignit la cour, sa proie avait déjà quitté Die Burg et traversé la rue. Sous les yeux de Jaeger, il obligea sa grande carcasse à s'encastrer dans le coupé gris. Le moteur toussota, puis rugit, et l'engin partit dans un crissement de pneu avant de disparaître dans le lointain.

Jaeger secoua la tête. Cette course-poursuite, depuis sa sortie peu élégante de l'appartement de Connor Coffey jusqu'au départ précipité du géant, n'avait guère duré plus de cinq minutes. Jaeger se félicita de ne pas avoir ameuté tout le voisinage. Il pouvait toujours retourner dans le bâtiment, mais le jeune homme ne l'avait certainement pas attendu. Encore que, se dit-il, avec un abruti pareil… Le détective resserra les pans de sa veste inefficace à contenir les rafales du vent glacé. Il marcha un moment en direction de chez lui, mais héla bientôt un taxi.

La voiture venait de déposer Jaeger, qui fouillait ses poches à la recherche de ses clés, lorsqu'une langue de flammes jaillit du flanc de son immeuble, colorant la nuit de nuances embrasées ; l'écho de l'explosion résonna au-dessus des toits de Nuremberg et se perdit dans le lointain. Ce n'était pas une grosse déflagration ; le souffle ne renversa même pas Jaeger – mais il le secoua quand même un peu. Un panache de fumée noire apparut au-dessus du premier étage et dériva paresseusement dans la nuit. Jaeger leva un regard furibond vers le haut. La bombe du Turc. Bon sang ! Il n'avait pas eu le temps de s'en occuper. Il avait présumé que les deux affreux auraient ramassé leur jouet avant de débarrasser le plancher. Il serra les dents et pensa à la dépouille du Turc, gisant sur l'herbe humide du fossé, le crâne en miettes et les os fracassés. Il soupira et regarda la fumée s'échapper du trou qui, jadis, avait été son appartement. Voilà qui ne plairait guère à sa compagnie d'assurances…

Des pas claquèrent sur les pavés. Jaeger fit la grimace. Il était épuisé. Peut-être allait-il se laisser abattre par ce nouvel arrivant. Probablement Connor Coffey, qui venait tenter sa chance une fois de plus. Après tout, quelle importance s'il mourait ?

C'était Nati. Les yeux écarquillés d'effroi, elle se mordait les phalanges en regardant le trou béant dans le mur. Elle fixa soudain Jaeger comme si elle le voyait pour la première fois, comme si quelque chose avait changé dans son attitude. Elle éclata en sanglots et se jeta dans ses bras. Il étreignit son corps, sentit sa douce chaleur, et leurs lèvres enfin se rejoignirent.

Il la tint longtemps serrée contre lui, ignorant les cris et les sirènes qui se rapprochaient. Qu'importe ! Karl Jaeger était sorti de scène. Il ferma les yeux et ne pensa plus qu'à Nati.

Quelque chose dans la poche du coupe-vent de Nati s'enfonçait dans ses côtes. Il s'en saisit en riant doucement. C'était un morceau de papier dans lequel était enveloppée une petite fiole en plastique ne contenant plus qu'une minuscule goutte de liquide d'un bleu translucide. Sur le papier, on pouvait lire : *Nous n'avons plus besoin de vos services.* Nati sanglotait contre sa poitrine. Jaeger sentit les larmes tièdes de la jeune femme imprégner sa chemise. Il ferma les yeux pour écouter les sirènes qui déchiraient la nuit.

Karl Jaeger émergea des bas-fonds à cinq heures du matin. Lorsque la police et les pompiers avaient daigné le relâcher, il s'était rendu tout droit dans ces quartiers où rôdent les épaves et les exclus. L'endroit idéal pour trouver des réponses. Il avait entamé ses recherches dans les bars tape-à-l'œil, les rades et les pharmacies de l'avenue « chaude » de

Nuremberg, puis avait continué par les bidonvilles étouffants, pour finir dans la couronne de magasins et d'usines douteuses qui encerclait la ville ; monde d'ombres insipides que finissent toujours par générer les plus belles créations humaines, telle une tumeur cancéreuse sur un corps sain.

La densité de population était la seule différence notable entre cet endroit et l'enfer. Les âmes s'y concentraient comme des poissons morts dans une grande boîte puante. Certains riverains de l'Enfer étaient des hommes grands et stoïques, avec un visage dur. Vêtus d'une combinaison graisseuse standard, ils effectuaient leur service de nuit dans les nombreuses usines du secteur. C'étaient encore les mieux lotis. La grande majorité du peuple des ombres avait moins de chance. L'espérance de survie dans cette jungle infecte était maigre pour les pauvres, les drogués, les déments, les alcooliques, à qui des prédateurs donnaient la chasse avant d'être traqués à leur tour par de plus gros poissons. Et c'était parmi ces derniers que Jaeger entendait trouver celui qui pourrait répondre à ses questions.

À cinq heures du matin, par une froide matinée d'automne, Jaeger émergea des bas-fonds ; les rides de son visage s'étaient creusées, son portefeuille vidé, et il savait désormais que ce n'est pas parce que l'on obtient des réponses à ses questions que l'on est forcément plus avancé.

C'était bien Schiller qui avait commandité la tentative d'assassinat : plusieurs individus tarifés avaient identifié le géant blond. Il faisait partie des « hommes de main » du magnat. Le Turc avait une réputation, celle d'un homme qui aurait fait n'importe quoi pour n'importe qui contre de l'argent. Un mercenaire qui ne monnaierait plus ses services au plus offrant.

À quoi rimait toute cette histoire ? Jaeger n'arrivait toujours pas à démêler le vrai du faux. Pourquoi Schiller irait-il l'embaucher pour espionner les Aensalords dans leur citadelle alors qu'il était déjà dans la course et savait mieux que quiconque ce qui s'y passait ? Et pourquoi vouloir faire tuer ce même espion dès son retour ? Pour l'empêcher de parler, peut-être ? Il n'arrivait pas à discerner la moindre logique dans ce puzzle ; il lui manquait forcément une pièce.

Jaeger secoua la tête en boitillant dans la nuit. Au diable cette affaire… L'air charriait ce froid pénétrant qui annonçait l'hiver tout proche, promesse que le pire restait à venir. Les phares des voitures se diluaient dans un brouillard persistant qui déposait des gouttelettes sur le front de Jaeger et humidifiait ses sourcils broussailleux. Le détective frissonna et pressa le pas.

Il pénétra dans la vieille ville bordée de murailles, passa devant son bureau et continua son chemin le long de la Koenigstrasse. Schiller ! Qu'allait-il faire de lui ? Jaeger jura à voix basse. Si sa mission concernait l'autre extrémité de la chaîne, il aurait su quoi faire. Il aurait trouvé un moyen de coincer Schiller afin de remonter les maillons. Mais sa tâche était autre : il devait trouver la source de cette drogue extraterrestre et la détruire – et ce avant qu'un gouvernement mondial pris de panique ne déclenche un Ragnarok nucléaire. Le compte à rebours était enclenché ; à chaque seconde, la nervosité du gouvernement augmentait, sa prudence diminuait, et ses doigts se crisperaient inévitablement sur la détente à un moment ou à un autre. Une fois de plus, Jaeger réalisa que tout dépendait de lui. Tout. Il était le seul à pouvoir empêcher la confrontation entre une race humaine plongée dans une ignorance béate et les trois monstres en orbite autour de la Terre, qui attendaient tels des prédateurs tournant autour de leur proie.

Et il y avait Nati. Le CI accepterait-il de lui donner un peu de ce poison bleu ? Il le fallait. Sinon, Nati mourrait. Tout simplement.

Rideau.

Il frissonna à nouveau, un peu plus violemment cette fois, et ses épaules s'affaissèrent. Sauver le monde était un travail bien solitaire dont Jaeger se serait volontiers passé.

Très loin de là, à bord d'un vaisseau caché derrière la Lune, le colonel John Robert Devaney regardait une image télémétrique des vaisseaux aensas. Le vaste écran stéréop de sa salle de commandement brillait d'un vert apaisant ; son rayonnement jetait des ombres étranges dans la pièce et transformait le visage du colonel en un masque grotesque qui ne reflétait aucune de ses pensées.

Sur l'écran, les vaisseaux aensas sillonnaient l'espace. Ils semblaient si petits et inoffensifs ; Devaney avait l'impression de pouvoir les écraser d'un simple coup de poing. Mais ce n'était qu'une illusion holographique : en réalité, chaque cuirassé aensa était deux fois plus imposant que son propre vaisseau. Ils ressemblaient à leurs maîtres : longs, minces et noirs. Et, pour autant qu'il le savait, tout aussi dangereux.

Devaney regardait l'écran stéréop, mais ses pensées vagabondaient sur la Terre. Ce qu'on appelait jadis l'État du Maine, et qui désormais faisait partie de la Monocité LUNA du Nord-Est, avait été le théâtre de son enfance, passée à jouer sur les plages et les bords de mer rocailleux. Il attendait maintenant l'ordre d'attaque. Il appuya sur un bouton qui modifia l'image sur l'écran, et scruta le cosmos à la recherche de son étoile fétiche, celle qui scintillait au milieu de la ceinture d'Orion, mais elle se cachait derrière la masse rousse de la Lune. Désormais, la chance n'était plus un facteur déterminant pour lui, ni pour personne ; depuis longtemps, la raison avait été bannie de ce paysage. Il ne restait plus que l'espoir. L'espoir et le devoir.

Devaney revint à l'image des vaisseaux aensas. Pour la première fois depuis vingt-cinq ans, il marmonna une prière.

Corcail Sendijen ouvrit les yeux et flaira l'air ambiant. À ses côtés, les autres membres de la Compagnie Noire tressaillaient, gémissaient ou ondulaient dans leur sommeil, selon leur nature. L'air vibrait de bruits sourds – ronflements, sifflements, gémissements, bouillonnements, feulements –, et l'odeur de tant de corps disparates dans un espace si réduit était presque suffocante. Rien d'autre ne bougeait dans la pénombre. Corcail Sendijen savait que toutes les pitoyables créatures qui l'entouraient étaient profondément endormies, plongées dans leurs rêves étranges; c'était maintenant le moment de passer à l'action.

Il se leva lentement. Tout doucement; il devait guetter le moindre signe de conscience dans les esprits primitifs qui composaient la Compagnie Noire. Rien? Alors en avant! Un tentacule jaillit sur sa droite et tâtonna à la recherche d'un espace vide; Corcail Sendijen fit glisser son poids dans cette direction et projeta ses tentacules sensitifs supérieurs. Il se mit en équilibre sur ses membres moteurs, et se fraya un chemin au milieu des formes recroquevillées de ses compagnons.

Corcail Sendijen sentit un mouvement; une conscience quelconque qui s'approchait de l'équipe. Il se recroquevilla instantanément, repliant sous lui ses interminables tentacules. La silhouette familière de D'jebistred le contremaître apparut sur la petite passerelle d'acier qui encerclait le dortoir. Le contremaître fit sa ronde d'un pas lent, et ses pieds nus grincèrent désagréablement sur les plaques de métal. Corcail Sendijen se plaqua au sol et suivit D'jebistred de ses yeux réduits à deux fentes tandis que ses griffes tressaillaient nerveusement.

D'jebistred s'arrêta un instant, enserra la rambarde des seize doigts de ses mains courtaudes et se pencha au-dessus de l'équipe. Ses yeux ternes parcoururent l'amas de créatures endormies. Corcail Sendijen ferma les yeux, se détendit et attendit que le regard du contremaître passât sur lui. La salle était trop faiblement éclairée pour qu'il puisse voir autre chose que des ombres ; or, D'jebistred n'était pas assez intelligent pour percevoir le moindre signe de conscience parmi toutes ces silhouettes. Lorsque le contremaître tourna les talons, Corcail Sendijen ouvrit des yeux furibonds et envoya un message de mort et d'envie de meurtre à D'jebistred. Bien que celui-ci ne fût pas assez sensible pour le percevoir, une partie des émotions exprimées devait avoir atteint son subconscient ; le contremaître eut un spasme nerveux, jeta un regard inquiet autour de lui, puis s'en alla d'un pas lourd en marmonnant quelque chose d'incompréhensible.

Corcail Sendijen compta sans hâte jusqu'à mille ; D'jebistred devait être loin, maintenant. Il déroula ses tentacules, se dressa à nouveau sur ses pattes motrices, puis s'approcha du mur à la manière d'une araignée. Il ne tarda pas à escalader la passerelle et à disparaître.

En général, lorsque Corcail Sendijen partait en exploration, il passait par le puits de ventilation pour rejoindre la surface ; mais cette nuit, il voulait arpenter les niveaux inférieurs. L'usure des roues du wagon avait éveillé ses soupçons. Il prit position tout près de la voie ferrée – un point stratégique – et attendit. L'air ne tarda pas à s'emplir d'un bourdonnement sourd et les rails se mirent à vibrer. Il avait vu juste : on se servait bien du wagon la nuit ! Mais qui, et pourquoi ?

Le wagon apparut à l'autre bout du tunnel et s'avança lentement. Corcail Sendijen battit en retraite et alla se cacher dans un coin d'ombre. Le wagon continua son chemin. Il plissa les yeux et lâcha un feulement muet : c'était bien des Aensas qui poussaient le wagon – des Aensas d'une classe sociale inférieure –, pendant qu'un fier Aensalord arpentait les rails pour surveiller leur travail. Les Aensas semblaient peu désireux de risquer leur vie sur le wagon comme le faisaient les membres de la Compagnie Noire ; après tout, ils étaient des êtres bien plus évolués. C'est pourquoi ils poussaient le wagon lentement et avec un maximum de précautions.

Corcail Sendijen leva lentement la tête ; il lui fallait absolument savoir ce qu'ils transportaient. Ses griffes se raidirent et ses yeux se rétrécirent sous l'effet d'une haine irrépressible.

Le wagon luisait d'une clarté bleuâtre.

Corcail Sendijen le regarda passer, puis ramena ses pattes sous lui et se lança à sa poursuite. Il devait apprendre où le wagon emmenait la drogue. Peut-être allait-il trouver l'occasion qu'il n'avait cessé d'attendre depuis de longs mois.

Le tampon mit fin à la course du wagon. Corcail Sendijen enregistra les événements avec autant de précision que le lui permettait l'éloignement. Une pompe de métal tomba du plafond et aspira le précieux liquide bleu. Il avait cru jusqu'alors que le pipeline s'arrêtait au générateur principal, mais il supposait à présent qu'il devait y avoir un embranchement menant à un immense réservoir enterré sous la citadelle. Brillant, si tant est que le terme pût s'appliquer aux Aensas.

Corcail Sendijen s'enfonça plus profondément encore dans l'ombre. Ces Aensas avaient plus d'un tour dans leur sac, il fallait le reconnaître. Mais le temps que Corcail Sendijen avait passé à les observer avait fini par porter ses fruits. Il avait déjà accompli la moitié de sa mission ; il ne lui restait plus qu'à trouver la source…

Alerté par un bruit derrière lui, Corcail Sendijen fit volte-face, et déploya ses griffes dans le même mouvement.

La masse écailleuse de D'jebistred le contremaître se dressait dans le tunnel, rigide comme une statue de fer. À ses côtés se tenait un jeune et mince Aensalord aux yeux brillants. Le pistolet qu'il tenait était un modèle que Corcail Sendijen avait déjà vu. Et il était braqué sur sa poitrine.

Le contremaître souriait.

6.

« Quelle merde ! tonna Jaeger en abattant le pommeau d'argent de sa canne contre le rebord de son bureau. Cette histoire commence vraiment à me sortir par les yeux ! S'ils voulaient me mettre en colère, c'est réussi. »

Hans Weissmann avait l'air soucieux.

« Ton appartement a-t-il subi de gros dégâts ?

– Non », répondit Jaeger avec un geste d'impatience.

Il avait raconté à son ami les événements de la nuit dernière, mais en omettant de parler de Nati et, surtout, de la façon dont Schiller manipulait la jeune femme. Comme si le problème des Aensas et celui de sa propre survie ne suffisaient pas, il devait maintenant trouver un moyen de fournir Nati en drogue. C'était trop pour un seul homme : il fallait qu'il se confie à quelqu'un. Pourtant, lorsque viendrait le moment d'agir, il devrait se débrouiller seul ; il ne le savait que trop bien.

« Eh bien, si tu as évalué les dégâts, je peux envoyer la note à ta compagnie d'assurances, au fisc, et… »

Jaeger l'interrompit d'un geste excédé. Il n'arrivait pas à croire que des détails aussi triviaux pussent coexister avec les difficultés auxquelles il devait faire face.

« Un mur éboulé, les fenêtres en miettes, de la suie sur les meubles… Les tableaux et les livres n'ont pas trop souffert. L'Éclair Noir est intact. Vraiment, ce n'est pas une catastrophe nationale. J'ai passé le reste de la nuit chez... une connaissance. Mais... »

Weissmann eut un sourire complice.

« Qu'a conclu le SPEG ? demanda-t-il.

– Pas grand-chose : de toute façon, je ne peux pas les impliquer dans cette affaire. J'ai invoqué l'explosion d'un accumulateur solaire. » Il ricana. « Je doute qu'ils aient avalé la couleuvre, mais c'est tout ce qu'il y avait au menu. Comment auraient-ils pu deviner la vérité ? Au moins, ma parole vaut encore quelque chose. » Un sourire lugubre fendit son visage. « C'est une des raisons pour lesquelles je suis de si mauvais poil ce matin. Cela m'en coûte de l'avouer, mais je ne comprends rien à toute cette histoire. À ce stade, je devrais commencer à entrevoir la vérité, mais quelque chose ou quelqu'un m'en empêche. Quelle que soit la route que j'emprunte, je tombe sur un cul-de-sac. »

Il se massa l'arête du nez et fronça les sourcils. Pourquoi Schiller aurait-il tenté de le tuer une première fois s'il voulait l'interroger ensuite ? Il aurait dû procéder en sens inverse. Non, ce n'était pas qu'un produit de son imagination : cette affaire défiait toute logique.

Herr Stahl entra, vint se placer devant le bureau et cligna des yeux. Son regard passa sur Jaeger sans manifester la moindre trace d'intérêt. Le détective lui adressa un sourire d'encouragement en attendant qu'il prenne la parole. En vain. Jaeger haussa les épaules et lui tendit une feuille de papier pliée en quatre. Herr Stahl la déplia sans se presser et y jeta un coup d'œil distrait. Le détective tambourina des doigts sur son bureau et parla d'une voix qui n'entendait pas être contestée :

« Herr Stahl, je souhaiterais que tout ceci soit disponible pour midi. Cela vous convient-il ? »

Stahl grogna quelque chose, regarda à nouveau la feuille, acquiesça lentement et quitta la pièce. Jaeger soupira.

« Que comptes-tu faire, Karl ? » s'inquiéta Weissmann.

Un sourire contrit crispa les traits du détective.

« J'imagine qu'il est temps d'arrêter de laisser le premier venu me prendre pour un punching-ball. Je vais forcer mes adversaires à abattre leurs cartes, tous en même temps. » Il parcourut un dossier et tendit un bristol à son ami. « Hans, veux-tu bien demander à Marga de contacter monsieur Huston, du CI, à ce numéro ? Je dois lui parler d'urgence. Dans l'heure, si possible. »

Weissmann prit le bristol et quitta la pièce. Il avait toujours l'air soucieux.

Jaeger caressait du bout des doigts le pommeau de sa canne en regardant la foule qui évoluait sur la Koenigstrasse. Il en avait plus qu'assez de servir de cible ; il était temps de rendre coup pour coup. En tout cas, il était sûr d'au moins une chose : il ne pouvait rester à Nuremberg, où ses ennemis finiraient bien par l'avoir – ils n'auraient qu'à empoisonner ses repas ou l'air de son appartement, ou lui envoyer un vrai tueur à gages, ou lui foncer dessus en voiture, ou poser une autre bombe chez lui. Ce n'était qu'une question de temps. Il fallait réagir, frapper là où personne ne l'attendait, mener l'offensive jusqu'à la victoire – ou la mort. Mais comment procéder ? Ses adversaires étaient bien plus puissants que lui, et il n'avait que peu d'atouts dans son jeu. Comment percer une défense aussi serrée ? Il valait mieux changer radicalement de stratégie et compter sur l'effet de surprise.

Alors qu'il étudiait la question, son visage s'assombrit et ses sourcils dessinèrent une ligne broussailleuse au-dessus de ses yeux. Il avait déjà essayé d'infiltrer la citadelle des Aensalords ; certes, il avait échoué lamentablement, cependant il s'en était sorti vivant, ce qui était non seulement une chance, mais aussi une source constante d'étonnement. D'autres hommes, des soldats rompus à ce genre d'exercice, avaient emprunté le même chemin ; mais ils avaient échoué et étaient morts. Il fallait donc admettre que c'était impossible. Ses doigts se crispèrent sur le pommeau de la canne. Quand on ne peut pas se faufiler par l'entrée de service, pourquoi ne pas carrément démolir la grande porte ? L'attaque frontale est parfois la meilleure. Très bien : il ferait donc irruption dans la citadelle avec perte et fracas. Mais il lui faudrait ruser ; trouver un moyen de déséquilibrer l'adversaire, avec pour seules alliées la chance et l'intuition. Si son coup de bluff fonctionnait, il aurait peut-être une chance. Dans le cas contraire, les charognards qui hantaient les alentours du Schwäbisch Gmünd auraient droit à une ration spéciale. Et il n'aurait plus à se soucier des vaisseaux aensas et de leurs armes destructrices qui planaient au-dessus de sa tête.

Il fronça un peu plus les sourcils. À supposer qu'il parvînt à forcer l'entrée de la citadelle, que ferait-il ensuite ? Comment trouverait-il la source, alors que même les avions espions du CI avaient échoué à la localiser ? Il se frotta pensivement le nez. Il la trouverait coûte que coûte. Dans chaque mystère il y a une part d'invisible, un élément que personne ne remarque parce que l'esprit humain fonctionne en vertu de schémas préétablis. L'homme du commun est incapable de se dégager de ces schémas et, par voie de conséquence, il est inapte à appréhender la signification cachée des choses.

Cependant, Jaeger n'avait pas de telles œillères ; il gardait l'esprit ouvert et préférait autant que possible fonder son raisonnement sur la logique pure. Lorsqu'il était en mission, il essayait de vider son esprit des préjugés qui font d'ordinaire obstacle à la raison. Ainsi devait-il son formidable taux de réussite à sa mise en pratique de la théorie du rasoir d'Occam, théorie selon laquelle rien n'est impossible en dépit des apparences. Cette ouverture d'esprit lui avait souvent permis de voir la forêt dans son ensemble, là où d'autres n'avaient vu que quelques arbres. Si quelqu'un lui disait que, demain, le soleil ne se lèverait pas à l'est, Karl considérerait cette proposition comme excessivement improbable, mais pas totalement impossible. Avec les équipements appropriés, il était certainement possible d'interrompre la rotation de la Terre et de la faire repartir en sens inverse. C'était certes hautement *improbable*, mais pas *impossible*. Voilà pourquoi il allait découvrir le secret des Aensas, cette part d'invisible qui l'obnubilait… À condition de vivre assez longtemps.

Jaeger chassa le problème de son esprit. Il aurait tout le temps d'y réfléchir plus tard ; pour l'instant, il avait d'autres priorités. Il regarda le téléphone posé sur son bureau et caressa les boutons du bout des doigts. La texture lisse du plastique lui rappelait la douceur satinée de la peau de Nati. Nati ! Bon sang, c'était *elle* sa priorité. Il fallait trouver un moyen de convaincre Huston que sauver cette jeune femme était plus important que de sauver la Terre entière. Ça n'allait pas être facile.

Ce matin-là, ils étaient restés allongés côte à côte dans la roseur de l'aube. Elle lui avait raconté comment les hommes de Schiller l'avaient attaquée chez elle, dans son propre appartement, le matin qui avait suivi l'évasion spectaculaire de Jaeger du territoire aensa. À la description qu'elle en fit, Jaeger reconnut ses agresseurs : le géant blond et le Turc. Les regrets qu'il nourrissait encore à propos de la mort de celui-ci disparurent alors complètement. Quant à l'autre brute, le détective se jura de se lancer à sa poursuite dès qu'il en aurait le temps. Les deux malfrats avaient injecté cette saloperie bleue dans les veines de la jeune femme. Le même jour, une lettre lui était parvenue, l'informant de ce qu'elle devait faire pour se procurer sa dose quotidienne : il lui suffisait de mettre Jaeger à cran, de lui saper le moral ou de lui pourrir la vie, les deux en même temps si possible. Son manque étant plus fort que ses sentiments, elle s'était acquittée de sa tâche avec zèle. Inutile de préciser qu'Anthony n'existait pas. Puis, lorsque le blond et le Turc avaient échoué presque aussi lamentablement que Connor Coffey, Schiller s'était débarrassé de Nati sans l'ombre d'un remords. Une idée frappa soudain le détective : il était probable que Schiller fût lui-même une victime de la drogue. Mais, même réduit en esclavage par les Aensas, l'homme n'en restait pas moins haïssable.

Jaeger écouta le récit de Nati avec une angoisse croissante. Ils restèrent allongés dans l'air matinal qu'une brise légère dispensait par la fenêtre ouverte. Des gouttes de sueur se condensaient pourtant sur le front de Jaeger. Cette étrange nuit avait vu son amour se mêler de crainte à l'idée de ce qui attendait Nati s'il ne… Quoi ? Que pouvait-il bien faire ? Il n'en avait aucune idée ; son esprit culpabilisait encore et encore d'avoir failli à sa mission, de cet échec qui réduisait l'espérance de vie de Nati à dix-huit heures.

La sonnerie du visiophone interrompit le flot des souvenirs. Il cliqua sur l'intercom ; Marga Geier l'avertit que Huston était au bout du fil avant de lui passer la communication. L'écran révéla le visage las de l'attaché.

« Bonjour, Huston, dit le détective.

– Comment allez-vous, Jaeger ? répondit le représentant de la LUNA.

– Écoutez-moi bien. J'ai besoin de la drogue des Aensas. Schiller a tenté de m'atteindre par l'intermédiaire de ma petite amie. Ils lui ont injecté cette saloperie, puis lui ont coupé les vivres. Il me faut une dose avant dix-sept heures ce soir. »

L'expression de Huston se fit encore plus triste et plus lasse.

« Je suis désolé, Karl, mais nous n'en avons pas, et je n'ai aucun moyen de m'en procurer. Croyez bien que si c'était possible… »

Un froid glacial inonda l'estomac du détective.

« Et la fiole que vous m'avez montrée ? Avec ça, elle pourrait tenir vingt-quatre heures de plus.

– Elle est partie aux labos, et tout ce qui circule va directement aux utilisateurs. Personne ne se laissera déposséder de sa dose, ni par vous, ni par moi, ni par qui que ce soit. »

Jaeger sentit monter en lui une vague de colère écarlate. Il se sentait futile, impuissant.

« Écoutez, Huston, s'écria-t-il, je ne vous en demande pas une tonne, juste... »

Huston leva une main pour l'interrompre.

« Ne vous énervez pas, Jaeger. Je n'ai pas l'intention d'en discuter, du moins pas au visiophone. Je vous retrouve à quatorze heures dans votre bureau. Je verrai ce que je peux faire. »

Jaeger ne dit rien ; il raccrocha d'un geste furieux. Huston n'était pas son seul espoir, mais c'était de loin le meilleur.

Jaeger quitta précipitamment son bureau. Il était déjà midi et quart. Il n'interrompit sa course que pour dire à Marga Geier qu'il s'absentait deux heures et que Huston arriverait probablement aux alentours de quatorze heures. Puis il s'en alla en courant.

Il réédita son voyage dans les bas-fonds de Nuremberg en empruntant le même itinéraire ; il parcourut les mêmes rues, dépassa les mêmes immeubles crasseux, croisa les mêmes épaves humaines. Mais il n'eut pas autant de chance que l'autre nuit : personne ne put répondre à ses questions. Personne n'avait de drogue bleue, pas même une goutte. Un jeune truand en avait bien entendu parler, mais ne savait comment s'en procurer. Huston avait raison : le réseau de Schiller la distillait en quantités infimes, à peine suffisantes pour maintenir en vie les esclaves des Aensas. Jaeger pouvait toujours subtiliser leur dose aux malheureuses victimes de la drogue, quitte à en tuer une ou deux en cours de route, mais chacune d'entre elles ne lui fournirait qu'une dose ; à supposer qu'il connût leur identité, et qu'elles ne l'eussent pas déjà consommée. À l'approche de l'après-midi, le malaise de Jaeger allait croissant. Les épaves qu'il croisait lui renvoyaient sans cesse l'image des yeux de Nati, de la détresse et de la confiance désespérée qu'il lisait en eux. Il se sentait coupable de la souffrance que la jeune femme devait déjà ressentir. S'il ne trouvait pas très vite une dose…

La panique s'empara de lui ; une vague de terreur insupportable et de rage impuissante inonda son esprit, balayant tout sur son passage, aussi bien son expérience professionnelle que le bon sens le plus commun. Il n'aurait jamais réagi ainsi si sa propre existence avait été menacée de la sorte ; il savait se contrôler en toutes circonstances. Mais Nati souffrait, toute seule, et il ne pouvait rien faire d'autre que se battre contre des moulins à vent.

Jaeger ne sut jamais exactement ce qui se passa ensuite, mais il dut retrouver le chemin de son bureau ; et lorsqu'il recouvra quelque peu ses esprits, il constata qu'il avait Schiller en ligne sur son holophone et que, aussi étrange que cela puisse paraître, il le suppliait de lui donner une dose de poison bleu pour Nati. Jaeger ne devait jamais se rappeler de la façon dont il aborda ce sujet assez délicat, mais la réaction de Schiller fut aussi claire que prévisible, si toutefois Jaeger avait pu y réfléchir un peu plus posément.

Le visage du magnat se referma comme la porte d'un caveau.

« Vous voulez me coincer ! murmura-t-il d'un ton horrifié.

– Non ! cria Jaeger. Écoutez-moi un instant, bordel ! Je me contrefous de vos trafics, c'est bien clair ? Je m'en fiche ! Allez-y, empoisonnez le monde entier si ça vous chante, ça m'est bien égal ! Tout ce que je veux, c'est… »

Schiller ne voulait pas en démordre.

« Oh, vous êtes malin, c'est sûr, murmura-t-il. Mais je suis plus malin que vous. »

Il se mit à hurler d'une voix rendue folle, énonçant chaque mot avec soin comme un touriste idiot tenterait de communiquer avec un indigène.

« Je ne sais pas de quoi vous voulez parler. Vous comprenez, Jaeger ? Je ne suis pas un trafiquant de drogue. J'enregistre notre conversation et, actuellement, mes avocats en ont la primeur. JE N'AI RIEN À VOIR AVEC UN TRAFIC DE DROGUE QUELCONQUE ! Je ne comprends rien à ce que vous me racontez ! Je ne sais quel piège diabolique a surgi des profondeurs fétides de votre cerveau, mais il est voué à l'échec. Un homme dans ma situation sait se prémunir contre ce genre de ragot. JE NE SAIS PAS DE QUOI VOUS PARLEZ !

– Écoutez, Schiller, essaya le détective, je prendrai toutes les photos que vous voudrez… »

Mais c'était trop tard.

« Inutile d'insister, Jaeger, ça ne marche pas. »

Le détective éclata alors de fureur et balbutia d'une voix à peine cohérente :

« Ainsi, vous refusez de m'en donner ! Alors je vais venir la chercher, espèce de salopard ! Je vous tuerai ! Je vous briserai en deux si vous tentez de m'en empêcher !

– Comme je vous l'ai dit, susurra Schiller, soudain calme et velouté, j'enregistre cette conversation. Vous venez de me menacer de mort, en des termes très clairs… ce qui me donne toute latitude de vous faire abattre comme un chien si vous tentez quoi que ce soit contre moi. De plus, si vous essayez de vous introduire dans ma demeure – c'est-à-dire, si vous posez le pied dans ma propriété alors que je viens de vous l'interdire expressément et de façon officielle –, j'aurai une seconde raison tout aussi valable de vous faire descendre. Alors maintenant, vous pouvez toujours venir, Jaeger ! Nous vous attendons de pied ferme. »

Schiller sourit et coupa la communication.

Jaeger ouvrit son tiroir et en sortit son revolver. Il se sentait engourdi, déjà mort. Il soupesa l'arme, vérifia qu'elle était chargée, et la glissa dans sa poche. Il se leva, et ce n'est qu'à ce moment qu'il se rendit compte de la présence de Huston. Celui-ci se tenait dans l'embrasure de la porte et le regardait.

« Bon sang ! fit-il. Je n'arrive pas à y croire. »

Jaeger allait passer devant l'attaché du CI, puis s'arrêta, frappé d'une inspiration subite. Il s'empara des revers de la veste de Huston et le souleva presque de terre. Son visage était rouge, ses yeux farouches, son expression terrifiante.

« Huston ! s'écria Jaeger. Écoutez, il faut que vous lanciez un assaut contre la demeure de Schiller. Nous devons agir dès maintenant ! Il s'attend à me voir débarquer, mais pas à une descente en force. Si nous pouvons investir ce manoir, nous pourrons récupérer une bonne quantité de drogue.

– Non, fit fermement Huston sans même chercher à se dégager. Je suis désolé, Jaeger, mais c'est absolument hors de question. Votre coup de fil inconsidéré lui a certainement mis la puce à l'oreille : il sait que nous l'avons dans le collimateur. Ça suffit pour aujourd'hui : je ne vais pas abattre mes dernières cartes. Ce n'est pas le bon moment. »

Jaeger le relâcha.

« En ce cas, j'irai seul.

– Je ne vous laisserai pas faire, même si, pour cela, je dois vous faire arrêter par les policiers du CI. Écoutez-moi, Jaeger ! »

Huston saisit sa manche. Jaeger virevolta comme s'il voulait frapper le représentant. Les deux hommes s'affrontèrent du regard un bref instant.

« Je ne veux pas me battre contre vous, fit Jaeger d'une voix râpeuse, alors ne m'y forcez pas. Je n'ai pas le temps de jouer. Il ne me reste plus que quelques heures pour sauver Nati !

– Vous n'avez plus rien ! cria Huston. Il est probablement déjà trop tard. Alors écoutez-moi ! »

Jaeger cessa de se débattre.

« Ce délai de dix-huit heures n'est qu'une moyenne, une estimation. Il varie grandement d'un individu à l'autre. Pour certains, il se limite à seize, quinze, voire douze heures. Tout dépend de votre propre métabolisme, entre autres facteurs. Pour une femme petite et mince telle que Nati, le délai estimé sera beaucoup plus réduit. Vous devez comprendre et admettre qu'elle est probablement déjà morte et que, quoi que vous ayez pu faire, vous n'auriez rien pu y changer. »

Mais Jaeger venait de repartir, traînant Huston à sa suite comme un jouet à roulettes.

« Écoutez-moi, haleta Huston. Cette fille compte beaucoup pour vous. Je comprends ça. Mais vous devez penser à tout le reste. À la Terre entière et à la vie que nous mènerons tous une fois que nous serons sous le joug des Aensas. Ou sinon, pensez…

– Je ne veux pas y penser. Inutile de me faire une leçon de morale. On m'a assez bassiné là-dessus au lycée. Et au SPEG. Ça suffit. »

Il parcourut des yeux la petite salle d'attente sans jamais poser son regard. Soudain, le détective prit le bras de l'attaché et l'entraîna vers la porte.

« Venez. Il doit bien y avoir quelque chose à faire.

– Il n'y a *plus rien* à faire, insista l'homme du CI. Il vaut mieux que vous l'acceptiez. C'est la réalité, que vous le vouliez ou non.

– Elle n'habite pas loin. Nous appellerons un docteur. Peut-être que des sédatifs l'aideront à surmonter la crise.

– Il n'y a plus rien à faire, Jaeger », insista Huston.

Mais Jaeger ne voulait rien entendre. Une fois dans la Koenigstrasse, il héla un taxi qui les mena à l'appartement de Nati. Jaeger jeta un gros billet au nez du chauffeur et repartit sans écouter ses remerciements stupéfaits. Il traîna Huston vers les portes en verre, les ouvrit, puis se précipita vers l'appartement de Nati. Il l'appela ; pas de réponse. Il enfonça la porte sans se rendre compte qu'il pleurait. Il s'engouffra dans le salon, Huston sur les talons. La pièce était vide. Le détective alla jeter un œil dans la salle de bains, puis dans la chambre. C'est là qu'il la trouva ; et il étouffa un sanglot en la voyant. Nati. Nati gisait sur le lit, les yeux révulsés, le visage marqué par une souffrance si inhumaine que Jaeger dut détourner le regard. Au-dessus du corps, le mur portait une grosse tache rouge à l'endroit où, folle de douleur, elle s'était fracassé la tête. Ses doigts crispés ressemblaient à des griffes recourbées au bout de ses bras tendus. Du sang poisseux maculait ses cheveux jadis si beaux. Jaeger s'approcha pour la toucher. Jamais l'hiver ne serait aussi froid que sa peau.

« Allons-nous-en », dit Huston.

Jaeger regarda l'attaché à travers le rideau de ses larmes. Il voulut parler, mais les mots lui manquèrent.

« Bien sûr, fit Huston. Je suis désolé. Il faut partir. Le CI s'occupera d'elle. Mieux vaut que ce ne soit pas le SPEG qui la découvre ainsi. Venez, retournons à votre bureau. Nous appellerons un docteur, pour vous.

– Laissez-moi, répondit Jaeger d'une voix faible. Vous ne pouvez pas me foutre la paix ? Peut-être que je peux encore…

– Jaeger, dit Huston avec la plus grande fermeté, elle est morte.

– Non », rétorqua Jaeger en se dégageant.

Huston refusa de le lâcher.

« Jaeger, *elle est morte.* »

Les épaules du détective s'affaissèrent, ses yeux devinrent vitreux.

Il laissa Huston l'entraîner hors de cet endroit ensanglanté.

« Les flics du CI ont fini ? » demanda l'ouvrier en combinaison grise.

Un garde en uniforme bâilla. Encore deux heures à tirer avant la relève. Il se demanda s'il tiendrait aussi longtemps sans s'endormir. Il regarda le petit homme et acquiesça.

« Ouais, fit-il d'une voix pleine d'ennui, ils sont partis il y a une demi-heure. Je les ai entendus marmonner. Ils n'ont rien glané. De toute façon ils ne trouvent jamais rien. Effrayant, non ?

– Comme vous dites, fit le petit homme en se tournant vers son compagnon. Ça ne m'étonne pas vraiment. »

L'autre ouvrier sourit.

« On parle des policiers du CI. Ces types sont payés pour éviter les ennuis. Ils ne trouveraient pas une saucisse dans une choucroute.

– Allez, au boulot », reprit le petit homme.

Le garde hocha la tête et les laissa entrer dans l'appartement. L'ouvrier tira de sa poche une feuille de papier jaune.

« Il faut que vous signiez ça et notiez nos heures d'arrivée et de sortie. »

Le garde obtempéra sans rien dire.

Les deux employés entrèrent dans l'appartement. Ils ignorèrent l'élégance discrète des meubles, les feuilles de papier incongrues que les hommes du CI avaient déposées sur le tapis et l'écœurante odeur de la mort qu'ils côtoyaient chaque jour. Ils arrivèrent dans la chambre et s'arrêtèrent un instant sur le seuil à la vue du cadavre froid de Nati Fernfelder.

« Rien de bien méchant, dit le plus grand.

– Je croyais que c'était une mission spéciale.

– Moi aussi.

– Allez, on n'a plus qu'à l'emporter. Je me souviens de ce type d'il y a, quoi ? quinze jours. Il était allongé sur son lit, comme elle, mais sa main était restée accrochée au montant. Ses doigts étaient si raides que j'ai dû les scier. Et ses jambes étaient trop largement écartées pour qu'on les fasse passer par la porte ; avec un autre type, on a passé l'après-midi à le remettre en état avant de pouvoir l'emballer et l'emmener.

– Celle-ci ne nous causera pas tous ces problèmes.

– Nan, pas de problèmes. J'me demande pourquoi elle a fait ça.

– Pas moi. C'est tous des dingues.

– Prends-la par les pieds et balance-la par terre. »

Pas de réponse ; Karl Jaeger était seul. Le spectre avait disparu.

Jaeger se réveilla, assis dans l'Éclair Noir. Il s'étira tandis que le rêve finissait de se faner. Il scruta les ténèbres chaudes de son appartement et resta encore quelques minutes assis dans le fauteuil rembourré de l'Éclair Noir. Puis il se leva, passa au bar et remplit un verre de cubes de glace avant de changer d'avis et de les verser dans l'évier. Il reposa le verre, et retourna à l'Éclair Noir, qu'il remit en marche. Il s'endormit sur l'instant.

Il refit le même rêve. Jaeger, vêtu de haillons, était assis sur le sol de sa petite hutte. À côté de lui dormait sa jeune et belle épouse. Elle était très malade, et Jaeger n'avait pas d'argent pour lui acheter des médicaments. Il l'aimait plus que tout. Il avait vendu tout ce qu'il possédait pour se procurer de quoi calmer sa douleur. Il avait même dévalisé des étrangers sur la grande route. Mais si les médicaments avaient apaisé ses souffrances, ils n'avaient pas guéri la jeune femme. Maintenant, il n'avait plus un sou et plus un seul espoir. Son épouse ne tarderait pas à lui faire ses adieux. Il la regarda à travers un brouillard de larmes.

La jeune femme leva les yeux. La douleur avait creusé des rides profondes sur sa peau jadis pleine de vie, mais son visage débordait d'amour. Lorsque Jaeger toucha son front, il le trouva brûlant. Ses lèvres étaient sèches et craquelées, et pourtant elle tenta de sourire.

« Je t'aime tellement », lui dit-elle, et sa voix évoquait le bruissement des insectes dans la nuit d'automne.

« Je t'aime, Keishi, dit Jaeger.

– Je t'aime tant. Je ne veux pas te quitter. Je t'en prie ! Ne me chasse jamais de ton cœur comme cette maladie me chasse de ta compagnie. »

Jaeger secoua la tête.

« Ne dis pas ça, pleurnicha-t-il. Comment peux-tu croire que je cesserai un jour de chérir ta mémoire ? »

Keishi sourit à nouveau, plus faiblement cette fois-ci.

« Je sais comment sont les hommes. Et je te connais, Karl. Après mon départ, ne va pas prendre une autre femme. Je ne le supporterais pas. Je reviendrais sous la forme d'un fantôme pour te hanter.

– Tu es malade, ma femme. Repose-toi maintenant. »

Moins d'une heure plus tard, Keishi rendit son dernier soupir et mourut paisiblement. Jaeger s'effondra de douleur, en état de choc. Il se réveilla quelques heures plus tard, appela le prêtre du village et prépara des funérailles dignes de ce nom. Pour les payer, il devint travailleur sous contrat et travailla laborieusement pendant dix-huit mois pour rembourser sa dette. Durant tout ce temps, il respecta la dernière volonté de son épouse. Mais alors que sa servitude touchait à sa fin, il rencontra une autre femme et en tomba sincèrement et profondément amoureux. Au bout d'une autre année et demie, lorsqu'il eut regagné de quoi lui offrir un minimum de sécurité, ils se fiancèrent. Keishi avait quitté ce monde trois ans auparavant.

Immédiatement après les fiançailles, le fantôme de sa première femme se manifesta et lui reprocha de n'avoir pas tenu sa promesse. Jaeger tenta de raisonner le spectre en disant qu'il ne pouvait se condamner à passer le reste de sa vie sur terre en solitaire. Mais l'esprit ne voulut rien entendre et continua de le tourmenter.

Comme par magie, le fantôme semblait fort bien informé des affaires de Jaeger, autant privées que professionnelles. Keishi pouvait répéter mot pour mot des conversations entières et relater dans les moindres détails non seulement ce que Jaeger avait fait, mais aussi ses plus intimes pensées. Jaeger la supplia de le laisser en paix, mais elle refusa de l'écouter. Il ne pouvait plus dormir, ni prendre ses repas dans le calme et la contemplation. Le spectre apparaissait à intervalles irréguliers, laissant l'infortuné dans un état de frayeur et d'angoisse constantes.

Finalement, un ami, qui s'inquiétait de l'état déplorable de Jaeger sans en connaître la cause lui conseilla d'aller trouver un sage qui habitait le village voisin. Le vénérable Shuin avait la réputation de pouvoir résoudre les dilemmes les plus inextricables. Au bord du désespoir, Jaeger accepta de faire le voyage afin de le consulter.

Celui-ci lui parla en ces termes :

« Si je comprends bien, votre première femme morte est revenue sous forme d'un spectre, comme elle vous en avait menacé. Elle semble connaître vos moindres faits et gestes et vous reproche, selon ses termes, votre infidélité. Quoi que vous disiez, quoi que vous fassiez, quoi que vous offriez à votre nouvel amour, le spectre le sait. Voilà un esprit bien sage. Vous pouvez être fier de le connaître. La prochaine fois qu'elle vous apparaît, tentez de conclure un marché avec elle, car on ne peut tromper un spectre aussi intelligent. Vous devez admettre devant elle que vous ne pouvez rien lui cacher. Puis dites-lui que si elle peut répondre à une seule et unique question vous romprez vos fiançailles et resterez célibataire jusqu'à la fin de vos jours. »

Jaeger hésita.

« Quelle question dois-je lui poser ?

– Prenez une grosse poignée de graines de soja et demandez-lui combien vous en avez en main. Si elle est incapable de répondre, cela prouvera qu'elle est un produit de votre culpabilité, une émanation de votre imagination, et elle ne vous dérangera plus. »

La nuit suivante, Jaeger attendit avec impatience l'arrivée du spectre. Lorsque Keishi finit par se montrer, il exécuta les instructions du sage. Il flatta le fantôme en lui disant que rien de ce qu'il pouvait dire ou faire ne lui était étranger.

« En effet, répondit-elle. Y compris cette entrevue que tu as eue avec Shuin. Tu ne peux rien me cacher.

– Oui, fit nerveusement Jaeger. Et comme c'est probablement vrai, dis-moi combien de graines j'ai en main ? »

Pas de réponse ; Karl Jaeger était seul. Le spectre avait disparu.

Corcail Sendijen s'accroupit et feula en voyant D'jebistred le contremaître et l'Aensalord qui lui faisaient face. Vous parlez d'une déveine ! Pouvait-il se débarrasser des deux en même temps ? Peut-être en bondissant soudainement ? Mais il se souvint que la créature qui tenait l'arme était dépourvue de système nerveux ; et son canon était braqué sur lui tel un œil noir et sinistre.

D'jebistred le contremaître fit un pas en avant. Ses yeux pâles luisaient, et une langue grasse frétillait entre ses crocs ivoirins en léchant ses lèvres grises et craquelées. Il fixait Corcail Sendijen avec une expression affamée, maléfique, et ses mains rabougries se crispaient, avides. D'jebistred se retourna et lança une série de phrases-pensées vers l'Aensalord.

« – tuer – lui/ça – maintenant – moi – oui ? – »

Sa soif de sang était presque tangible.

L'Aensalord regarda le contremaître avec dégoût ; il leva à contrecœur sa main délicate – les Aensalords avaient horreur de ce mélange grossier de télépathie et de gestuelle qu'employaient les créatures inférieures. L'Aensalord dévisagea son vis-à-vis et décocha une rafale de phrases-pensées bien plus acérées que les pathétiques efforts de D'jebistred.

« – pas – maintenant – plus – tard – interroger – maintenant – qu'espionne-t-il ? – pourquoi ? – tu – sais ? – »

D'jebistred détourna les yeux sans masquer sa frustration, haussa les épaules avec impatience et fixa le sol d'un air boudeur. L'Aensalord tourna vers Corcail Sendijen des yeux pensifs, orbes sans pupille brillant d'une lueur dorée.

Corcail Sendijen plissa les yeux et lui rendit son regard. Sa seule chance résidait dans sa capacité à simuler l'incompréhension.

L'Aensalord envoya une sonde mentale dans l'esprit de Corcail Sendijen ; celui-ci laissa filtrer quelques pensées confuses typiques de la mentalité des créatures inférieures afin que l'Aensalord pût les examiner ; sa véritable conscience battit en retraite derrière un bouclier mental impénétrable. Il était un Adepte et, de fait, pouvait sans peine tenir tête à l'être qui lui faisait face. La télépathie ne mènerait celui-ci nulle part.

L'Aensalord secoua la tête, étonné, et passa au mode d'expression oral pour lancer en galactique standard :

« Qui es-tu ? La mort se fait rarement attendre, tu sais... »

Corcail Sendijen le regarda d'un air neutre ; l'Aensalord ne devait surtout pas se douter qu'il était bien plus qu'un simple ouvrier. Il passa au langage moderne, la langue universelle commune aux différentes races interstellaires. Corcail Sendijen ne répondit toujours pas. L'Aensalord parla alors dans sa propre langue, toute en carillons et bourdonnements rauques, puis en slanchi, un autre langage courant dans le monde des affaires intergalactiques, qu'il parlait de façon rapide et brouillonne ; toujours sans effet. L'Aensalord tenta même quelques mots en Terrestre, le langage artificiel conçu après le premier contact avec les Humains. À nouveau, il émit des phrases-pensées :

« – que – fais – tu – là ? – réponds – vérité – rapidement… »

Corcail Sendijen plissa les yeux. Là, il était coincé. Il ne pouvait pas jouer les ignorants ; D'jebistred savait qu'il comprenait le langage-pensée. Ce n'était pas le moment de se trahir : il pouvait sentir les yeux brûlants de D'jebistred posés sur lui.

Corcail Sendijen leva un tentacule agile et envoya un flot lent de phrases-pensées à l'Aensalord, non sans brouiller sa syntaxe et rendre le texte aussi grossier que possible :

« – perdu – faim – (intraduisible) – saison – besoin – compagne – doit – trouver – savez ? – où/quand – (intraduisible) – saison – œufs – besoin – compagne – où/quand – perdu – »

L'Aensalord le dévisagea avec suspicion ; Corcail Sendijen aurait presque pu entendre cliqueter les rouages de son esprit. Ainsi, cet être primitif était en pleine phase d'accouplement ? Ce qui, à titre documentaire, était faux ; comme les humains, le peuple de Corcail Sendijen n'avait pas de saison spécifique pour la reproduction. Son seul rut l'aurait mené dans les couloirs à la recherche d'une compagne ? C'était possible. Mais il pouvait tout aussi bien mentir. L'indécision tiraillait l'esprit de l'Aensalord, bien que son regard sensé n'en trahît rien. Il leva légèrement le canon de son arme.

Corcail Sendijen sentit un subit afflux sanguin le long de la petite corne chitineuse qui saillait sur son front, signe involontaire de préparation avant un assaut désespéré. Ses griffes de combat étaient douloureuses à force de tension. Cet Aensa allait tirer ; qu'un dieu, n'importe lequel, le ratatine ! Trouver la mort maintenant, alors qu'il allait parvenir à ses fins…

L'Aensalord prit sa décision, et son doigt crispé sur la gâchette se détendit ; une rafale de phrases-pensées assaillit D'jebistred.

« – emmène – le – pour – interrogatoire – salle – niveau – bas – interrogatoire – plus – tard – garde – le – immobilisé – mais – pas – de – mal – »

D'jebistred décrypta le message, grogna d'amertume, puis se détourna, visiblement déçu.

Corcail Sendijen poussa l'équivalent d'un soupir de soulagement. Au moins avait-il gagné du temps. Il agita un tentacule vers l'Aensalord en décrivant le Seizième Geste du Rituel (obscène). L'être parut décontenancé, puis envoya « – que – fait – il ? – » au contremaître, qui se contenta de hausser les épaules. L'Aensalord grogna ses soupçons, puis désigna d'un geste impérieux l'autre bout du tunnel ; D'jebistred s'y dirigea d'un pas pesant tout en gardant un œil sur son prisonnier.

Corcail Sendijen se sentait mieux ; il avait remporté une petite victoire. Il effectua à nouveau le Seizième Geste du Rituel, puis suivit D'jebistred le contremaître d'un pas allègre dans le tunnel. L'arme de l'Aensalord était toujours braquée sur son dos.

7.

Le sol défilait lentement sous ses pieds, à quelques dizaines de mètres en contrebas. Karl Jaeger plissa les yeux pour se protéger des rayons du soleil éblouissant qui se reflétaient sur le pare-brise en plastique ; le rugissement constant de l'hélijet résonnait à ses oreilles. Le petit biplace frappé des couleurs du CI était piloté par un homme compétent, taciturne et visiblement totalement indifférent à la nature de sa cargaison. On lui avait donné des ordres, il les exécutait et se fichait pas mal du reste. Ce qui convenait parfaitement à Jaeger, qui était d'humeur introspective et avait largement de quoi s'occuper l'esprit.

Le centre urbain de Schwäbisch Hall apparut en contrebas, tel le dernier avant-poste de la civilisation humaine avant le Chaos. L'endroit respirait la solitude, la futilité et la pitoyable bravoure d'un ballon malmené par les vents. En quelques minutes, le paysage avala la cité ; les dernières traces de béton et de verre disparurent dans le lointain, ne laissant derrière elles que la mélancolie de l'automne, savant mélange de tons verts et bruns – herbe décatie et feuilles agonisantes. Le monde s'endormait lentement, paisiblement, avant les premières attaques furieuses de l'hiver. Et quelque part au-dessus de cette vaste solitude, trois vaisseaux noirs sillonnaient le vide, attendant leur heure. Mais Jaeger ne voulait pas y penser ; pas encore.

Ce que du haut de son perchoir Jaeger voyait du paysage était plissé et raviné, comme prêt à se jeter à l'assaut du ciel pour se briser bien avant sur les montagnes déchiquetées du sud. Un dense réseau de rivières et de ruisseaux sillonnaient la lande comme autant de rubans argentés. Une brume violacée baignait les pics démesurés et lointains du Jura souabe. Jaeger se pencha en avant, les sourcils froncés, et fixa la terre silencieuse.

C'était un territoire hanté, habité par des spectres et les fantômes de ces mêmes spectres. Des siècles durant, ce pays n'avait connu que la guerre ; pas une génération qui n'avait vu périr les siens de mort violente. Le souvenir de ces conflits imprégnait l'air lui-même, telle une force tellurique en sommeil, toujours prête à éclater. Les rochers avaient été égratignés ou pulvérisés par des sabots, des carrioles ou des chars. Les marais avaient connu les coups de feu, le choc du fer contre le fer et les cris de douleur. Les arbres et l'herbe avaient été abreuvés de sang humain, le sol l'avait digéré jusqu'à ce que le pays et ses habitants forment un étrange alliage, une communauté d'infortune. Cette relation, nouée entre la terre nourricière et ses enfants au prix du tribut sanglant, s'était resserrée dans l'étreinte du temps ; la terre *était* son peuple et le peuple *était* la terre. Et tous deux, figés dans un éternel cercle d'amour et de haine, dérivaient à travers les époques, immuables et incompréhensibles à d'autres yeux que les leurs. En ces lieux, le souvenir était bien plus qu'une abstraction, c'était une dimension aussi réelle que la longueur, la largeur, la profondeur et la durée. Le pays lui-même revivait son passé ; dès leur naissance, les gens se nourrissaient des fruits de la terre, et, à leur mort, leur corps retournait à la terre. C'était un cycle fermé, où rien ne se perdait, mais qui ne produisait rien d'utile à l'édification des générations futures ; une stase qui existait au-delà du passé, du présent ou du futur. La terre nourrissait dans ses profondeurs un champ de bataille ravagé qui, même recouvert de verdure, retenait son souffle en attendant la prochaine guerre, aussi inévitable que le changement des saisons.

Schwäbisch Gmünd était tout aussi impressionnante en son genre. Elle semblait dissimuler toute trace de vie, comme un nautile recroquevillé dans sa coquille. Jadis, elle avait été beaucoup plus grande, mais la menace des Aensalords avait vidé la communauté de son énergie, forçant en elle une langueur maladive. Des bâtiments entiers restaient vides ; seul le centre survivait réellement, tel le noyau actif d'une planète dévastée. Les lumières d'une douzaine d'immeubles dressés au cœur de la ville sombre signalaient ce dernier carré : un groupe d'hommes et de femmes déterminés à ne pas abandonner leur demeure ancestrale.

L'esprit de Jaeger s'imprégna de la vacuité ambiante, épaisse et âcre comme des fumées toxiques. Le détective grimaça en pénétrant dans la grande salle de la *gasthaus* et commanda son dîner à une *Frau* entre deux âges portant un tablier à l'ancienne. Elle se traîna lentement jusqu'à la cuisine ; lorsqu'elle ouvrit la porte, des odeurs de cuisson dérivèrent dans la salle avant que le panneau ne se referme avec un claquement sonore. Ces gens n'avaient plus la moindre étincelle de vitalité ; la simple lutte pour survivre à la sombre menace qui s'étendait au sud de la ville drainait toute leur énergie. Cinq grandes tables de bois peuplaient la salle principale mais, à part Jaeger, il n'y avait pas un seul client, et rien ne permettait de dire qu'il y en ait jamais eu : seule une tasse de café à moitié vide sur l'une des tables, près de la cuisine, laissait planer un léger doute. Jaeger changea de position sur sa chaise ; le craquement qu'émit le bois torturé éveilla d'horribles échos entre les murs dénudés de la pièce.

Une heure plus tard, Jaeger arpentait les rues de Schwäbisch Gmünd sous la clarté lunaire. Il n'y avait pas âme qui vive ; la ville était immobile et morte. Ses nombreux recoins d'ombre n'attiraient ni les amants ni les poivrots, comme c'eût été le cas dans n'importe quelle cité. Seule l'imagination de Jaeger se chargeait de peupler ces zones enténébrées et muettes de créatures issues de la mythologie même de la région : des trolls difformes et bossus, des démons, des elfes et des lutins. Les murs ternes répercutaient le seul écho de ses pas.

Jaeger atteignit l'extrémité du village et, non sans un picotement dans la nuque, jeta un coup d'œil au-delà : la campagne noire et silencieuse exhibait sa végétation ravagée sous le pâle rayon de la lune. Et quelque part au cœur de ce paysage de désolation, les Aensalords attendaient leur heure, accomplissant des tâches insaisissables et ressassant des pensées non moins incompréhensibles. L'idée qu'en ce moment même, leurs yeux inhumains tapis dans la forêt puissent contempler la même lune et les mêmes étoiles que lui avait quelque chose de dérangeant ; les instincts les plus primitifs de Jaeger en hurlaient de terreur. Cette réaction purement animale et le hérissement des poils de sa nuque lui arrachèrent un sourire sans joie. Ces créatures derrière les arbres dépassaient de loin l'entendement humain. Peut-être devrait-il écouter les instincts animaux qui lui criaient de s'enfuir à toutes jambes ; peut-être était-ce le Jaeger rationnel et civilisé qui commettait une folie en les niant. La campagne noire s'étendait devant lui ; elle ne cherchait ni à le repousser ni à le tenter, elle se contentait de l'ignorer. Trois vaisseaux prêts à répandre la mort sillonnaient le ciel au-dessus de sa tête et toisaient d'un air méprisant la planète stérile à leurs pieds.

Jaeger se retourna et marcha d'un pas raide jusqu'à sa chambre d'hôtel, où il dormit d'un sommeil hanté de griffes et d'yeux luisant dans les ténèbres.

Les tuiles rousses des toits de Schwäbisch Gmünd défilaient rapidement sous leurs pieds. Le pilote appuya sur un bouton ; l'hélijet vira brutalement sur la droite en faisant vibrer les gouttes de rosée matinale qui ourlaient les montagnes. La ville rétrécit rapidement avant de disparaître dans le lointain au détour d'une falaise. Une route abandonnée apparut en contrebas, puis un petit village désert envahi par une végétation noire, morte. Ils venaient d'entrer en territoire aensa.

Un frisson glaça l'échine de Jaeger. Quelques jours plus tôt, il avait parcouru cette même route, à pied. Il savait de quoi était fait ce paysage : un territoire vide sur lequel planait un silence surnaturel, évoquant un décor de cinéma abandonné. Jaeger remarqua que ses doigts se crispaient malgré lui sur les montants de son siège, au point d'en faire blanchir ses jointures ; il relâcha sa prise avec un sourire amer. Le pilote, blême, ne cessait d'humecter ses lèvres desséchées avec la pointe de sa langue. Après plusieurs heures de négociations serrées entre le CI et le représentant des Aensas, ceux-ci avaient accordé l'autorisation de pénétrer sur leur territoire, mais du bout des lèvres. Rien ne garantissait qu'ils n'allaient pas changer subitement d'avis et abattre l'hélijet…

Un souffle, un éclair noir, et soudain, une forme métallique oblongue apparut à côté de l'hélijet, sur lequel elle calqua sa vitesse au point de paraître immobile. Le pilote sursauta de frayeur et inspira profondément. Jaeger haussa les épaules avec résignation : le vaisseau aensa était probablement assez puissant et maniable pour les suivre sans difficulté. Il n'y avait rien à faire, sinon attendre. Allaient-ils ouvrir le feu ? Peu probable. Ils se contentaient de les suivre sans entraver leur vol. Jaeger hocha la tête. On leur avait délégué une escorte pour s'assurer qu'ils ne mijotaient pas un coup fourré. Simple courtoisie diplomatique ? À d'autres. Un chien de garde reste un chien de garde, quel que soit le nom qu'on lui donne.

L'hélijet se dirigeait droit sur une montagne qui grossissait à vue d'œil. Sa mémoire tiqua avant que le nom ne revienne à l'esprit de Jaeger : c'était l'*Hohenstaufen*. À ses pieds s'étendait une ville déserte ; accrochée à ses contreforts, la citadelle des Aensas. Lors de sa promenade solitaire, Jaeger n'avait pas pu arriver jusque-là.

Le vaisseau aensa accéléra et fit deux fois le tour de l'hélijet en resserrant le cercle afin, évidemment, de démontrer sa supériorité ; puis l'incroyable engin oscilla légèrement et descendit sur sa droite. Ses intentions étaient claires. Le pilote s'essuya le front d'un geste nerveux, marmonna quelque chose d'indistinct, puis suivit le vaisseau extraterrestre. La montagne parut se jeter sur Jaeger, dansa une gigue endiablée dans son champ de vision, puis défila tranquillement alors que l'hélijet survolait son flanc. Le vaisseau les guida de l'autre côté de l'arête rocheuse. Chaque fois qu'ils faisaient mine de dévier d'un iota de leur trajectoire, l'appareil aensa bondissait en arrière dans un hurlement furibond, quitte à frôler la collision. Le pilote égrenait désormais une longue litanie de jurons inintelligibles, et son visage était blanc comme un linge. Jaeger serra les dents et garda le silence.

Le sol se rapprocha et s'ouvrit sur un large plateau creusé à même la montagne. Tout au bout se dressait la citadelle des Aensas : les ruines d'un ancien château bavarois que les Aensalords avaient rénové et redessiné pour servir leurs mystérieux desseins. C'était un gros monolithe de pierre pâle ; le château et ses remparts étaient encerclés d'une muraille épaisse. La vaste cour intérieure était de toute évidence vide. Un grand lac, séparé du plateau par une digue, baignait la base de trois des murs ; le quatrième se confondait avec la falaise. L'ensemble était d'une laideur remarquable.

Jaeger fronça les sourcils en regardant les eaux noires qui ondulaient paisiblement sous l'hélijet ; le lac offrait une excellente protection contre toute éventuelle attaque au sol. Mais comment les molosses des Aensas sortaient-ils de leur tanière pour leurs équipées nocturnes ? Par voie aérienne, sans doute. Ou peut-être savaient-ils nager. Ou encore empruntaient-ils un passage secret. Le détective tenta d'imaginer l'intérieur d'un engin de transport débordant d'Aensalords et d'une meute hurlante de Dktars. Il frissonna et se plongea à nouveau dans la contemplation du paysage.

Le vaisseau d'escorte se dirigea vers les remparts de la tour principale en bourdonnant comme une guêpe furieuse, puis se posa. L'hélijet suivit le même chemin : il descendit lentement, brassant l'air de ses pales, puis toucha délicatement le sol avec un léger cahot. Le pilote coupa les moteurs et le rotor perdit de sa vitesse dans un gémissement qui ne tarda pas à mourir.

« Bordel de Dieu », jura le pilote d'une voix tremblante.

Jaeger déglutit et desserra à nouveau les poings. Le pire restait à venir. Il descendit de l'appareil.

Quelque chose bougea dans l'ombre d'une des voûtes perçant la tour. Une grande silhouette mince enveloppée dans une cape s'y découpa et marcha lentement dans leur direction. L'Aensalord s'arrêta devant Jaeger, leva une main et tira sur son voile noir. Le détective eut la surprise de constater qu'à la lumière du jour la fourrure qui recouvrait le bras de l'Aensalord était de couleur argentée. Il ravala une bouffée de terreur brute ; du plus profond de son être, son instinct en déroute lui hurlait de fuir cette créature étrangère et maléfique. Deux grands globes sans pupilles brillant d'une lueur dorée le contemplaient depuis les ténèbres de son capuchon.

Jaeger fronça les sourcils et lui rendit son regard. Les yeux implacables de l'Aensalord plongèrent dans les siens. Ceux du détective étaient durs comme l'acier et froids comme la mer du Nord ; ils ne cillèrent pas. Mais au bout d'un moment, Jaeger ne put s'empêcher de détourner le regard. Puis il s'enhardit et examina à nouveau la créature.

Les Aensalords possédaient des traits humanoïdes, quoique déformés et vaguement bestiaux. La lumière se reflétait sur les crocs acérés qui pointaient hors de sa gueule entrouverte – que Jaeger eût volontiers qualifiée de mufle. La fourrure argentée des Aensas présentait des taches noires autour des yeux et de la gorge. Tout son corps était entouré d'un halo doré difficilement perceptible à la lumière du jour, mais nettement plus appréciable dans l'obscurité. Jaeger avait pu le constater.

L'extraterrestre fit la grimace et jeta un bref regard courroucé au soleil, qui venait de pointer derrière un nuage. Les Aensalords étaient des créatures nocturnes ; ils n'aimaient pas la lumière. Celui-ci semblait même en souffrir ; de toute évidence, ses yeux étaient trop sensibles pour supporter longtemps le rayonnement d'un soleil automnal. Jaeger se mordit la lèvre. Apparemment, et contrairement aux êtres humains, ces créatures avaient évolué à partir d'ancêtres carnivores et non omnivores. Ils gardaient un fort instinct de chasseur, qui transparaissait à travers chaque geste de leur corps souple et nerveux, chaque regard en perpétuel mouvement, toujours aux aguets. On ne pouvait pas vraiment les qualifier de maléfiques ; eux-mêmes ne se considéraient certainement pas comme tels, mais leur raisonnement était fondé sur des critères qui leur étaient propres, imprégnés de la cruauté naturelle du prédateur. La distinction entre instinct et machiavélisme était difficile à définir. Et quelle que fût la façon dont les Aensalords se considéraient – meurtriers ou bienfaiteurs – cela ne changeait rien au sort qu'ils réservaient aux habitants de la Terre.

« Je suis le maître aensa en poste ici », fit la créature dans un euro râpeux et guttural.

Il avait un léger défaut de prononciation et laissait trop traîner ses labiales. D'un hochement de tête, il désigna l'hélijet.

« Vous avez tenu à vous entretenir avec nous, et nous avons accédé à votre demande. Sachez, être à la chair tendre, que vos paroles ont intérêt à être de la plus haute importance, sinon... » Il tendit une main couverte de fourrure argentée. « Inutile de vous expliquer ce qui vous attend ; ce soir, vous vous exprimerez devant le Conseil des Seigneurs. »

L'Aensamaster plissa les yeux sous les feux du soleil et siffla :

« Cette lumière me fait mal ; je dois vous quitter. On vous montrera votre chambre, où vous attendrez le soir. En aucun cas vous ne devrez en sortir sans escorte, quel qu'en soit le prétexte. »

Ce n'était ni un ordre ni une menace, mais une stricte évidence. L'Aensamaster chassa Jaeger d'un regard et se tourna vers le pilote.

« Vous, être volant, pouvez repartir. Rentrez à Schwäbisch Gmünd... » Dans sa bouche, le nom de la ville devenait presque inintelligible. « ... et attendez nos directives. Si cet individu doit quitter notre citadelle, nous vous le ferons savoir. Allez. Et en vitesse », ajouta-t-il en tendant un bras interminable vers Jaeger, puis vers le pilote.

Il avait presque craché ce dernier mot, qu'un feulement avait rendu sifflant.

Blanc comme un linceul, le pilote se prépara à repartir. Il jeta un regard soucieux en direction de Jaeger, hésita, haussa les épaules en signe d'impuissance, puis s'affaira sur les commandes.

« Bonne chance, l'ami ! » lança-t-il par-dessus le hurlement des réacteurs ; enfin l'appareil monta dans le ciel à la vitesse d'un coup de feu.

Jaeger sentit déferler une vague de chaleur humaine, trop vite tempérée par la présence réfrigérante de l'implacable créature à ses côtés. Le vaisseau aensa partit silencieusement au-dessus des remparts, escortant toujours l'hélijet. Il décrivit deux cercles rapprochés autour de l'appareil, puis se colla à quelques mètres de lui, adaptant sa vitesse à la sienne. Jaeger savait que le pilote ne respirerait qu'une fois sorti de ce territoire maudit. Il secoua la tête, étonné de voir que, dans une situation pareille, il pouvait encore ressentir de la compassion envers son prochain. Le maître aensa regarda le soleil avec colère, siffla, puis lui fit signe de le suivre. Un Aensa de rang inférieur sortit de l'ombre et se prosterna devant le maître en plissant à son tour les yeux. La créature dit quelques mots dans sa propre langue en désignant Jaeger. Il rabattit son voile noir et fila à l'intérieur de la tour tout en gestes gracieux et fluides comme du mercure.

Jaeger le regarda partir, avant de jeter un dernier coup d'œil au ciel. L'hélijet et son compagnon volaient vers le *Hohenstaufen*. L'appareil se réduisit rapidement à un point brillant, puis disparut totalement.

Une fois de plus, Karl Jaeger se retrouvait seul.

Corcail Sendijen s'extirpa d'un puits de douleur chauffé à blanc en souriant d'un air carnassier. De l'autre côté de la salle, l'Aensalord éteignit l'appareil et parut hésiter avant de se tourner vers ce qui ressemblait fort à une hypnosonde. Les yeux dorés de Corcail Sendijen parcoururent la pièce. Il était seul avec l'Aensalord. C'était peut-être l'occasion qu'il attendait.

Ses mandibules de sustentation décrivirent un sourire féroce ; sa bouche articulée se raidit par anticipation. Toute la journée, il avait attendu patiemment dans la salle d'interrogatoire où il était prisonnier d'un champ de forces. Quelques minutes plus tôt, l'Aensalord qui l'avait capturé était entré dans la pièce et l'avait branché à une petite machine conçue pour exciter les centres de la douleur de tout métabolisme à base de carbone. On pouvait compter sur la prévoyance habituelle des Aensalords pour disposer d'un appareil similaire pour chaque type d'organisme doué de raison recensé dans les zones habitées de la galaxie.

Quand l'Aensalord avait entamé l'interrogatoire préliminaire, Corcail Sendijen était resté assis tranquillement. Grâce à leur entraînement, les Adeptes pouvaient résister à la simple torture physique ; cette partie de l'interrogatoire avait été relativement facile. Mais l'Aensalord venait de décider qu'il était temps de passer à des méthodes plus draconiennes ; il allait immobiliser Corcail Sendijen sous une hypnosonde et entreprendre la dissection de son cerveau.

Mais pour cela, il lui fallait au préalable couper le champ de forces.

L'Aensalord s'approcha et tendit une main couverte d'une fourrure argentée. Corcail Sendijen attendit son heure. Maintenant, tout dépendait de ses dons d'acteur. Si l'Aensalord le prenait toujours pour un travailleur lambda, il ne prendrait pas assez de précautions avant de désactiver le champ de forces…

Deux doigts de la main argentée poussèrent une plaque brillante. Corcail Sendijen sentit une piqûre violente alors que le champ de force s'estompait.

L'Aensalord envoya un message télépathique au subconscient de son captif, ordonnant à ses centres moteurs de se figer, puis se tourna vers l'hypnosonde. Si Corcail Sendijen avait vraiment été un travailleur à l'esprit fruste, l'ordre télépathique eût largement suffi ; mais il était un Adepte de haut rang. Il ignora donc l'ordre d'immobilisation, déroula deux de ses tentacules les plus longs, les enroula prestement autour du cou mince de l'Aensalord et lui écrasa la glotte comme une coquille d'œuf. La créature émit un gargouillement, se tortilla brièvement, puis devint flasque. Corcail Sendijen grogna de satisfaction, maintint sa prise encore quelques instants par acquit de conscience, puis rejeta le cadavre d'un geste méprisant.

Une fois au centre de la pièce, Corcail Sendijen s'immobilisa le temps d'interpréter les signaux que transmettaient ses multiples sens à son cerveau. Non loin, il discernait la présence d'un être intelligent, mais celui-ci ne semblait pas inquiet ; apparemment, les bruits émis lors du bref affrontement n'avaient pas franchi la porte de la salle d'interrogatoire. Corcail Sendijen hésita, puis haussa les tentacules. Il fallait prendre le risque de sortir de ce cachot ; il ne pouvait pas y rester indéfiniment. Tôt ou tard, quelqu'un viendrait certainement voir comment s'en sortait l'Aensalord qui gisait à ses pieds. À ce moment, il fallait que Corcail Sendijen se trouve loin de cette salle.

Il se dirigea vers la lourde porte de bois et enroula ses tentacules autour de la poignée à l'ancienne, conçue pour des membres bien différents des siens. La porte s'entrouvrit lentement, et les gonds rouillés émirent un grincement d'outre-tombe. Tant pis pour la discrétion ! Corcail Sendijen ouvrit la porte en grand, se jeta dans le couloir et s'aplatit au sol.

D'jebistred le contremaître se retourna, et ils se retrouvèrent brusquement face à face. Ses yeux verts se posèrent sur Corcail Sendijen, s'arrondirent, puis brillèrent d'une lueur meurtrière. Le fugitif plissa les yeux en déployant ses grandes griffes. D'jebistred poussa un cri inarticulé et se jeta en avant, les mains tendues. Les pattes motrices de Corcail Sendijen se déplièrent ; depuis sa position aplatie contre le sol, il bondit tel un grand fauve. Les deux formes massives, celles de D'jebistred le contremaître et de Corcail Sendijen, l'esclave présumé, se heurtèrent violemment à quelques centimètres du sol, puis retombèrent chacune de leur côté.

D'jebistred rejeta la tête en arrière et ouvrit la bouche, révélant quatre paires de crocs luisant sous la lumière artificielle ; il passa à l'attaque en feulant comme un tigre blessé. Corcail Sendijen esquiva la charge, et enserra le contremaître de ses tentacules. Tous deux roulèrent au sol comme les lutteurs enchevêtrés d'un combat titanesque. D'jebistred gronda, parvint à se retourner et à passer une jambe sous lui, puis frappa son adversaire de sa queue blindée. Celle-ci heurta de plein fouet le corps de Corcail Sendijen et l'envoya bouler. Le fugitif roula sur lui-même en étendant ses tentacules au hasard afin de retrouver son équilibre, puis se releva de toute sa taille ; ses yeux devinrent deux meurtrières dorées. D'jebistred repartit à l'assaut en agitant ses poings comme s'il s'agissait de fléaux d'armes.

Corcail Sendijen s'écarta de son chemin avec une grâce féline ; les poings de son adversaire martelèrent le vide, puis frappèrent le mur à l'emplacement où se trouvait la tête de Corcail Sendijen quelques secondes plus tôt, délogeant un morceau de plâtre. Corcail Sendijen agrippa le contremaître de ses tentacules et le souleva de terre, puis le jeta au sol si violemment qu'il souleva un épais nuage de poussière. D'jebistred se releva lentement en secouant sa tête blindée, cligna des yeux, et repartit immédiatement à l'attaque. Son adversaire baissa la tête et encaissa la charge aveugle du contremaître de la pointe de sa corne ; l'impact le secoua jusqu'à l'extrémité de ses tentacules alors que D'jebistred s'empalait sur l'excroissance chitineuse.

Corcail Sendijen libéra sa corne d'un mouvement sec de la tête ; le contremaître hurla sa douleur et agita les bras sans parvenir à toucher son adversaire trop agile. Corcail Sendijen repéra une ouverture : ses griffes recourbées comme des serpes jaillirent pour lacérer le corps trapu de D'jebistred. Celui-ci recula en beuglant, éclaboussé de son propre sang. Corcail Sendijen suivit le mouvement. La peau épaisse du contremaître avait pris une teinte grisâtre, cette couleur de cendre qui, chez bien des espèces dissemblables, annonce l'imminence de la mort ; il tomba en arrière et son dos heurta la pierre froide et humide du mur. Il fit une ultime tentative pour frapper son adversaire, qui n'eut aucun mal à esquiver le coup ; ses terribles griffes, que la lumière crue du plafonnier rendait terrifiantes, s'abattirent à nouveau sur le contremaître. D'jebistred grogna, et son corps torturé eut un spasme alors que le fugitif le lacérait sans relâche. Il eut un dernier gémissement désespéré, fit un pas mal assuré en avant, tenta de lever les mains, puis s'effondra et glissa au sol ; un voile recouvrit ses yeux verts, et c'en fut terminé du contremaître.

Corcail Sendijen s'appuya contre le mur du couloir ; sa respiration sifflait à travers la membrane de sa gorge. Il s'en était fallu de peu ; D'jebistred venait de prouver qu'il avait été bien plus redoutable qu'il ne l'aurait cru. Il se releva et jeta un coup d'œil dans le couloir. Il n'entendit ni cris ni pas précipités ; là, dans les tréfonds de la citadelle, un tel vacarme n'éveillerait pas forcément l'attention. Il ne devait pas y avoir grand monde à ce niveau. Plus tard, le trafic s'intensifierait ; il fallait s'occuper sans plus attendre du cadavre de D'jebistred. Corcail Sendijen y réfléchit un instant, puis la lumière se fit dans son esprit. Bien sûr ! Il drapa ses tentacules autour du contremaître et l'emmena jusqu'à la salle d'interrogatoire, où il l'allongea près du corps de l'Aensalord. Puis il s'en alla en claquant derrière lui la porte de la salle et fit coulisser la barre de fermeture, qui s'enclencha avec un déclic.

Corcail Sendijen regarda le panneau. Jusque-là, il était assez content de lui. Le premier venu conclurait que l'Aensalord avait terminé son interrogatoire et était reparti en fermant la porte derrière lui. Voilà qui lui ferait gagner un temps précieux. Bien sûr, lorsque les autres Aensalords réaliseraient qu'un des leurs était porté disparu, ils ne tarderaient pas à le retrouver. Mais, avec un peu de chance, personne ne s'en apercevrait avant quelques heures, et à ce moment Corcail Sendijen aurait accompli sa mission. Ou il serait mort.

Il plissa ses yeux dorés et fila dans le couloir. Il était temps de se lancer à la recherche de la drogue bleue des Aensas – le poison bleu.

8.

Karl Jaeger s'arrêta sur le seuil et jeta un regard las à sa cellule. Elle était entièrement vide : des murs nus, un sol nu, un plafond nu, parallélépipède lisse sans aucun trait distinctif. Seule la porte dans son dos et une vague fenêtre, ou plutôt une meurtrière, brisaient la monotonie de la pierre massive. Jaeger entendit les pas de l'Aensa qui l'avait escorté ; il haussa les épaules et s'avança en fronçant les sourcils.

Au centre de la pièce se tenait son unique ameublement : une grande table surmontée d'un plateau de granit et une chaise grossière. L'absence de lit et de cabinet de toilette permettait de conclure qu'il s'agissait plutôt d'un centre de détention provisoire que d'une véritable prison. Jaeger ne pouvait dire si c'était un bon ou un mauvais présage. En tout cas, ils ne lui donnaient pas beaucoup d'éléments de réflexion. Jusqu'à maintenant, son plan avait parfaitement fonctionné, puisqu'il consistait à pénétrer dans la citadelle ; mais à partir de là, il n'avait plus de plan. Il allait falloir improviser, sans l'assistance du Congrès International.

Une chose était sûre : il n'allait pas rester là bien sagement en attendant le Conseil des Lords. Ceux-ci flaireraient tout de suite la supercherie. Il fallait qu'il se décide maintenant.

Avant toute chose, il fallait trouver un moyen de sortir de

cette satanée cellule. Alors qu'il l'examinait une fois de plus dans l'espoir de trouver l'inspiration, l'Aensa claqua la porte derrière lui. Ce bruit à la résonance définitive ajoutait à l'anxiété du détective. Les Aensalords n'avaient pas l'intention de le laisser s'immiscer dans leurs affaires.

Jaeger avança jusqu'au centre de la pièce et posa sa canne sur la table de granit. Puis il parcourut à nouveau la cellule des yeux et poussa un juron étouffé. Les Aensalords l'avaient probablement équipée d'un système d'espionnage quelconque ; c'était ce qu'il aurait fait à leur place. Des micros, un stéréop en circuit fermé, de bons vieux trous ? Impossible de le préciser, mais une sensation de picotement dans la nuque lui apprit que son subconscient n'aimait pas du tout la tournure que prenaient les événements. D'ailleurs, sa conscience ne débordait pas vraiment d'enthousiasme, elle non plus…

Il se demanda encore combien de temps il allait devoir lutter contre les Aensas et leur technologie supérieure, armé de ce que ces créatures pouvaient considérer – et à juste titre – comme des jouets. Jusqu'à présent, on l'avait manipulé, et maintenant qu'il se retrouvait seul, sa marge de manœuvre se réduisait encore.

Jaeger devait impérativement récupérer ses équipements avant de tenter quoi que ce soit ; il fallait les assembler dès maintenant, car il n'aurait plus d'autre occasion. Mais comment se cacher des éventuels mouchards ? Il fronça les sourcils. La pièce ne comportait pas la moindre source de lumière artificielle. Quand viendrait la nuit, elle serait plongée dans les ténèbres ; il n'aurait alors aucun mal à…

Le détective secoua tristement la tête. Il pensait toujours en termes humains. Pour vaincre un ennemi, il fallait penser comme lui, en mieux. Il ne devait pas l'oublier s'il voulait s'en sortir vivant. La nuit ne gênait pas les Aensalords : leur vision nocturne était infiniment supérieure à celle d'un être humain. En fait, ils y voyaient même mieux dans le noir que…

Jaeger se raidit et passa un doigt sur son front. *Ils y voient plus clair de nuit.* Là, il tenait quelque chose à quoi se raccrocher. Il avait intérêt à s'y accrocher. Il sourit lentement. Si vous voulez dissimuler vos actes à des yeux humains, faites-le sous le couvert de l'obscurité. Si vous voulez vous cacher d'un Aensalord nocturne…

La lumière. Jaeger contourna la table, plongé dans ses pensées. La fenêtre ouverte laissait entrer dans la pièce les rayons du soleil matinal, que réfléchissait la table tel un prisme éblouissant. Les traces de minerai dans la pierre luisaient comme une galaxie d'étoiles brillantes. De toute évidence, c'était le point le mieux éclairé de la pièce, et il le resterait tant que le soleil gardait cet angle particulier. C'était maintenant ou jamais. Aussi naturellement que possible, Jaeger reprit sa canne, traversa la cellule comme pour mieux inspecter les lieux, puis retourna à la table. Cette fois-ci, il plaça la canne au centre du point lumineux. Puis il retourna à la fenêtre et y resta quelques instants, dressé sur la pointe des pieds, à regarder dans le vide, apparemment plongé dans ses pensées. Enfin, il repartit vers la table. Avec une mimique d'ennui savamment calculée, il fit courir ses doigts sur le plateau de granit vers l'endroit où convergeaient les rayons.

Jaeger jeta un regard endormi en direction de la fenêtre en fronçant les sourcils. Il se demanda si l'inconnu qui l'observait était assez au fait des expressions humaines pour apprécier sa pantomime à sa juste valeur. Dans le même temps, ses doigts s'affairaient avec une hâte confinant à la frénésie. Il fallait agir vite, très vite même, pendant qu'il cherchait à distraire son chien de garde. Tout passait par le toucher, et son anxiété ne devait jamais transparaître sur son visage. Jaeger doutait que l'observateur puisse apercevoir ses mains qui, désormais, étaient baignées par les rayons du soleil ; mais il ne fallait pas éveiller en lui l'ombre d'un soupçon. À ce stade, la moindre complication aurait des conséquences désastreuses. Jaeger était sûr que le risque n'était pas si important ; c'était néanmoins sa seule et unique chance, et mieux valait prendre trop de précautions que pas assez.

Ses mains s'emparèrent lestement de la canne et firent pivoter le pommeau d'argent sur son axe ; il y eut un déclic et la canne s'ouvrit sur un côté, révélant un compartiment qui occupait presque toute la longueur de l'instrument. À l'intérieur se trouvaient les trois accessoires que Herr Stahl lui avait préparés à la hâte. Jaeger les tira de leur cachette, non sans difficulté : il ne pouvait se servir que du bout de ses doigts sous peine de dévoiler ses gestes. Il s'empressa de saisir les trois objets : un morceau de tissu enroulé sur lui-même qui occupait l'essentiel de l'espace disponible, un petit tube transparent rempli d'une pâte verdâtre et une boule de plastique encore plus petite pourvue d'un embout minuscule. Il les cacha prestement sous ses vêtements et referma la canne. Cela avait marché ; il n'y eut ni cri ni pas dans le couloir. Jaeger se détendit en expirant l'air qu'il avait jusqu'alors retenu malgré lui.

Il ramassa calmement la canne, fit à nouveau le tour de la pièce sans se presser, puis se laissa tomber sur la chaise avec un soupir tout en arborant une expression résignée à la limite de la caricature. Il passa une main sur son front rendu poisseux par la transpiration. Ses doigts tremblaient sous l'effet de la tension nerveuse. Un rire silencieux résonna dans son esprit. Détends-toi, s'ordonna-t-il. Tu es censé t'ennuyer à mourir.

Le détective resta assis sans oser faire le moindre geste. Il n'avait rien à faire, sinon attendre la tombée de la nuit. Il s'empêchait de penser à Nati en essayant de considérer les implications de sa mission sur le monde entier, les responsabilités qui étaient les siennes envers sa planète et sa race. Mais rien n'y faisait : il revoyait avec une précision photographique le cadavre contorsionné de sa compagne. Nati.

Le souvenir du sentiment qu'il avait éprouvé en forçant la porte de l'appartement de la jeune femme n'en finissait pas de ressurgir. Les paroles de Huston lui revinrent en mémoire : selon lui, Nati n'était qu'une des nombreuses victimes d'un plan élaboré à l'échelle mondiale par les Aensalords. Des milliers d'autres êtres humains allaient bientôt subir le même sort, voire pire. Son discours de politicien n'avait pas convaincu Jaeger. Bien sûr, il avait raison, et il cherchait à rallier le détective à sa cause ; mais il n'avait pas su toucher sa corde sensible. Après avoir vu le cadavre grotesque de Nati, Jaeger doutait de pouvoir jamais ressentir une émotion aussi intense. Il avait accepté de remplir la mission, et c'était le souvenir de Nati, et lui seul, qui le faisait avancer. Entre les Aensalords et lui, c'était désormais une affaire personnelle ; il voulait venger la jeune femme. Une telle motivation pouvait altérer ses capacités de raisonnement, il en avait conscience, mais il savait aussi que son implacable détermination ne le rendait que plus difficile à vaincre.

En effet, les Aensalords risquaient fort de s'y casser les dents. Maintenant que le contenu de la canne était passé dans ses poches, il avait retrouvé sa confiance en lui.

Le jour n'en finissait pas et les secondes s'écoulaient telle une interminable procession. Le temps parut se ralentir jusqu'à s'arrêter pour de bon. Jaeger dut se résigner à feindre de dormir des heures durant – exercice que son réel besoin de sommeil rendait particulièrement difficile. Ses yeux étaient clos, mais son esprit tournait comme un moteur emballé. En fin d'après-midi, un Aensa inférieur lui apporta une collation, mais Jaeger n'y toucha pas. S'ils voulaient le piéger, il leur faudrait trouver mieux.

Enfin, le soleil disparut derrière l'horizon. Jaeger resta assis dans l'obscurité tout en ronflant doucement au profit de son hypothétique spectateur. Une demi-heure environ après le coucher du soleil, Jaeger sentit que son invisible geôlier s'en était allé. Ce n'était qu'une intuition, mais dans sa situation actuelle, il ne pouvait guère faire mieux. De plus, se dit-il, trois éléments jouaient en sa faveur. Primo, il savait d'expérience qu'il pouvait se fier à son instinct (si ce n'est que celui-ci s'était jusque-là cantonné aux représentants de sa propre race et qu'il pouvait s'avérer moins fiable face aux Aensalords). Secundo, sa conduite exemplaire devait avoir endormi la méfiance des extraterrestres (inutile de préciser qu'elle pouvait aussi bien avoir eu l'effet inverse, qu'ils pouvaient s'attendre à un peu plus de combativité de la part de quelqu'un qu'ils avaient identifié comme un agent de l'ennemi). Tertio, avec la tombée de la nuit, l'élément dans lequel évoluaient les Aensalords, ces derniers pouvaient se montrer négligents par trop-plein de confiance (une telle négligence était totalement surréaliste, mais au stade où il en était, s'agissait-il d'une remarque vraiment constructive ?). Qu'importe : Jaeger additionna deux et deux selon son humeur du moment, et en conclut que la sentinelle devait être allée se faire pendre ailleurs.

Le détective se leva de sa chaise, puis s'étira en une vaine tentative de délier ses muscles engourdis. Une boule obstruait son gosier, et elle refusait de disparaître. L'heure était venue ! Le détective s'empara du rouleau de tissu caché sous ses vêtements et le déplia. S'il y avait eu assez de lumière, le tissu aurait été aussi réfléchissant qu'un miroir.

Jaeger jeta la nouvelle cape d'invisibilité sur ses épaules. Il attacha les fils qui pendaient à une petite batterie dissimulée dans sa ceinture, puis appuya sur le bouton d'activation caché dans sa manche. L'homme, désormais invisible et très nerveux, se dirigea vers la fenêtre, s'appuya sur la rambarde et se hissa jusqu'à l'ouverture. En forçant ses épaules massives dans l'étroit rectangle, Jaeger connut un moment de panique, mais il finit par passer et se retrouva sur le chemin de ronde. Un petit morceau de lune se leva paresseusement dans la nuit froide et étoilée.

Il entendit des voix, si toutefois on pouvait qualifier ainsi ce mélange de carillons et de feulement rauques. Jaeger marcha à pas de loup dans cette direction. Plusieurs mètres en dessous de la cellule, deux Aensalords se tenaient adossés au mur. Le détective retint son souffle. De nuit, les Aensalords n'étaient plus les mêmes – rien à voir avec ceux qu'il avait rencontrés dans la journée. Ils ressemblaient plutôt à ceux qu'il avait appris à redouter alors qu'il courait pour sauver sa vie. De nuit, ils étaient impériaux, mortels, menaçants, extrêmement sûrs d'eux ; leurs yeux dorés brillaient comme des puits de lave. L'aura dorée qui scintillait autour d'eux semblait souligner la souplesse et la précision de leur morphologie carnassière. La froide lumière des étoiles qui se reflétait sur leurs crocs à demi exposés était infiniment plus sinistre que les rayons du soleil. De jour, les Aensas n'étaient pas si radicalement différents des humains ; ils étaient certes autres, mais rien de plus que des créatures mortelles parmi tant d'autres. De nuit, on pouvait les assimiler à tous les monstres maléfiques que l'homme ait jamais pu concevoir dans ses pires cauchemars. Ils étaient aussi impérieux et implacables que n'importe quel Satan ou Lucifer ; ils étaient la douleur et l'épouvante incarnées.

Jaeger, paralysé par la proximité des Aensalords et les horribles pensées déplaisantes qu'ils faisaient naître en lui, se surprit à regarder droit dans les flaques brûlantes et mortelles qui tenaient lieu d'yeux aux Aensalords. Il se figea, immobile comme la pierre. Le regard de la créature traversa l'humain sans témoigner le moindre intérêt et retourna se poser sur son compatriote. Jaeger retira ses ongles des paumes où ils s'étaient incrustés et reprit un rythme respiratoire normal. Ses informations ou, du moins, ses suppositions ne l'avaient pas trompé. Et Herr Stahl avait bien fait son travail, peut-être la plus importante tâche de leur longue association. Maintenant que sa cape d'invisibilité émettait sur une bande spectrale plus large, elle pouvait tromper les yeux des Aensalords. Jaeger se demanda s'il en serait de même pour leurs molosses, les terribles Dktars. Il ne pourrait sans doute le savoir que par empirisme. Tant pis. Au moins, avec cette cape, les chances étaient plus équilibrées.

Jaeger resta silencieux, le temps qu'un plan d'action prenne forme dans son esprit. Cela faisait des siècles que les hommes rêvaient d'un gadget quelconque – une chape magique, un anneau enchanté ou quelque chose dans le même goût – qui leur conférerait un pouvoir surnaturel. Et lui, Karl Jaeger, avait en sa possession cet artifice, ce pouvoir. Mais s'il calculait mal son coup, invisible ou pas, il serait à la merci du premier venu.

Les deux Aensalords continuèrent de discuter à voix basse en désignant par moments la cellule de Jaeger ; l'attitude des deux extraterrestres témoignait d'un mépris teinté d'amusement. L'un d'entre eux portait un tube de métal et de plastique à la forme étrange ; on aurait dit une seringue hypodermique conçue pour Dieu sait quelle créature.

Et elle était remplie d'un liquide bleu luisant.

Jaeger hocha la tête. Leurs intentions étaient évidentes. S'il ne s'était pas laissé tenter par la collation, ils n'auraient qu'à sortir la seringue et le tour serait joué. Et une fois que son addiction aurait fait de lui un esclave docile, il n'aurait plus qu'à recevoir leurs directives en hochant la tête comme un imbécile. Et ces humains ignorants ne viendraient plus poser de questions gênantes.

Quoique, il était aussi possible que, peu convaincus par sa petite fable, ils comptent employer cette même drogue comme sérum de vérité pour lui extirper la véritable raison de sa présence. Ensuite, lorsque le CI viendrait leur demander pourquoi le détective n'était pas revenu de sa mission, il leur suffirait de faire la sourde oreille. Après tout, le CI n'oserait jamais insister de façon trop pressante sur un sujet si bénin. Car c'était bien ce qu'était Jaeger, en termes administratifs : une quantité négligeable, une perte acceptable.

Entre deux ennemis et, surtout, entre deux gouvernements souverains, la peau d'un émissaire ne coûte pas bien cher...

Jaeger tressaillit : décidément, il avait tout intérêt à ne pas se faire prendre. Il le savait déjà, mais la réalité venait de le frapper avec une évidence accrue. Pourquoi les deux Aensalords ne mettaient-ils pas immédiatement leur plan rudimentaire à exécution ? Qu'attendaient-ils donc ? Le détective haussa les épaules. Conformément à leur nature, ils se comportaient d'une façon que Jaeger n'était pas à même d'appréhender. Qu'importe ! Qu'ils agissent selon leur bon vouloir ! C'était autant de temps gagné. Il se détourna et disparut dans la nuit.

La descente fut longue et plutôt étrange. Afin d'atteindre le rez-de-chaussée, Jaeger arpenta des couloirs retranchés et descendit des escaliers en colimaçon, veillant à éviter les zones trop fréquentées. Il tomba sur tant de culs-de-sac qu'il se demanda, dans un accès de panique aveugle, s'il n'était pas le cobaye d'une expérience particulièrement cruelle, tel un rat de laboratoire dans un labyrinthe sans issue. Lorsqu'il revint sur ses pas pour la sixième fois, Jaeger découvrit un petit couloir orienté dans la bonne direction. Il l'emprunta donc, cerné d'ombres moisies et de terreurs informulées.

La majeure partie de la tour revue et corrigée par les Aensas était bien trop déroutante pour qu'un être humain pût comprendre ce qui s'y passait exactement. On y trouvait des salles aux couleurs criardes et d'autres peuplées d'ombres qui se déplaçaient lentement. Il y avait des vestibules vibrants de chants désincarnés, d'autres hurlaient ou sanglotaient. Jaeger traversa un mur de flammes glaciales, respira des nappes d'odeurs musquées qui, il s'en rendit compte plus tard non sans quelque honte, éveillèrent sa libido, croisa des machines étincelantes qui riaient au son de quelque improbable plaisanterie mécanique. D'autres pièces étaient vides, hormis la présence de spectres sombres et effrayants ; des salles sans plafond ni plancher, des murs noircis d'inscriptions minuscules qui faisaient preuve d'une mobilité inquiétante, des endroits où l'air humide et collant meurtrissait la peau comme autant d'aiguilles invisibles.

D'autres salles semblaient presque familières ; avec un peu d'effort, Jaeger pouvait même deviner leur fonction. Après tout, ce château avait été construit des siècles avant que ses propres ancêtres ne voient le jour. Il tomba sur une immense salle où avait dû se dérouler plus d'un macabre festin. Jaeger y jeta un coup d'œil en passant, protégé par sa cape d'invisibilité. Des Aensalords allongés sur des dais couverts de fourrure prenaient du bout des doigts leur nourriture étrangement colorée avant de la déchirer de leurs griffes. D'autres jouaient à un jeu qui s'étendait sur plusieurs niveaux, et où des triangles et des cônes argentés ne cessaient de changer de position sans intervention extérieure. Mais que pouvait être cette grosse sphère habitée par une flamme bleue crépitante qui roulait lentement à l'extrême bord de la table, et ces nimbus de particules écarlates s'élevant au centre comme une mini tornade qui, par intermittence, touchait chaque participant ?

Un autre endroit évoquait un théâtre, où des groupes d'Aensalords silencieux et graves regardaient un grand guerrier nu qui effectuait une danse léthargique autour d'une femelle aensa immobile. Était-elle morte ? Le guerrier s'empara d'elle et la souleva à bout de bras. Le public émit un gémissement aigu en guise d'applaudissement. Jaeger préféra ne pas s'attarder ; l'air charriait une odeur si oppressante qu'il craignait d'étouffer. Il continua son chemin jusqu'à un dortoir où les Aensalords se reposaient, repliés sur eux-mêmes dans des niches murales drapées de velours. Puis vint une autre zone où ces créatures étaient assises en cercle, la tête encagée dans des assemblages de métal et de plastique, tandis qu'un câble gris reliait chaque casque phosphorescent à un mur noir qui pulsait faiblement. Jaeger était incapable de comprendre ce que cela signifiait exactement et, dans un accès de panique, se dit qu'il n'avait aucune envie de le savoir.

L'esprit en déroute, Jaeger finit par émerger dans la cour par une entrée de service étroite réservée aux Aensas des classes inférieures. Il traversa l'esplanade ouverte aux vents d'un pas mal assuré et s'éloigna du château, désormais moins menaçant. Il tenta de réprimer ce sentiment qui lui soufflait qu'il avait échoué avant même de commencer, que l'étrangeté et la puissance des Aensas suffiraient à le vaincre. Seul un enfant innocent aurait pu croire le contraire.

Par où devait-il commencer ses recherches ? Il frissonna à la pensée que tôt ou tard, il lui faudrait retourner dans la tour et examiner plus attentivement ses milliers de couloirs tortueux. Cette idée ne lui plaisait guère, et il choisit de retarder le plus longtemps possible cette échéance. Autant commencer par des endroits plus accessibles : la cour intérieure était assez grande pour receler mille secrets.

Bon sang! bien trop grande même, et d'une conception si étrangère... Comment allait-il trouver ce fameux élément invisible, alors qu'il était incapable de définir l'objet même de ses recherches et ne l'aurait sans doute pas reconnu, même s'il l'avait croisé ? Il ne savait même pas comment on fabriquait cette satanée drogue ; il était peut-être déjà passé dix fois devant la source sans la reconnaître.

Et même s'il réussissait à la localiser et à la détruire, comment entendait-il sortir de là et parcourir les kilomètres qui le séparaient de Schwäbisch Gmünd ? Les Aensalords et les Dktars le suivraient à la trace, encore plus sauvagement que la première fois. Conclusion : il ne pouvait réussir sa mission et encore moins espérer survivre. S'il avait eu plusieurs nuits devant lui, il aurait peut-être eu une chance, mais dans ces circonstances...

Il se secoua pour chasser ses idées noires. L'enjeu était bien plus important que sa propre existence. Trois vaisseaux de combat étaient en orbite autour de la Terre et braquaient sur sa planète leurs impitoyables canons, chargés et prêts à répandre la mort. Jaeger reprit ses recherches aveugles.

Quelques minutes plus tard, il tomba sur la tanière des Dktars. Trouvaille dont il se serait volontiers passé. Il s'agissait d'un champ de forces d'un bleu luisant et agressif qui cantonnait les molosses dans un périmètre en demi-cercle adossé à la muraille. La horde endormie encerclait la grande porte du château. Jaeger se gratta le menton ; on ne pouvait rêver meilleure protection. Si quelqu'un tentait une attaque frontale par le lac, et qu'il abattait le portail, il aurait une sacrée surprise. Les Dktars rendaient également impossible toute évasion par voie terrestre. Donc, le moment voulu, Jaeger devrait trouver le moyen de subtiliser un appareil aensa et apprendre à le piloter en cours de route. Du gâteau…

L'un des Dktars – une abomination frémissante et vaguement phosphorescente – remua dans son sommeil. Il déplia ses multiples rangées de pattes comme s'il rêvait qu'il courait – ou plutôt qu'il chassait. Ses griffes éraflèrent le sol de pierre de la cour, où elles laissèrent de longues égratignures. Jaeger frissonna et tourna les talons.

Il retraversa la cour en direction de la grande tour. Il n'était pas plus avancé, et l'heure tournait. Bon sang, il n'avait besoin que d'un peu de temps, et c'était ce qui lui manquait le plus cruellement. Ils ne tarderaient pas à découvrir qu'il avait réussi à quitter sa cellule, et se lanceraient bientôt à sa poursuite. Apparemment, la cour ne recelait rien d'intéressant ; il lui faudrait retourner dans le bâtiment principal et…

Il vit bouger quelque chose.

Un mouvement furtif au cœur des ténèbres. Jaeger s'immobilisa et retint sa respiration ; un soudain afflux de sueur dégoulina de son front et inonda son visage. Il avait la bouche sèche et se sentait étourdi. En admettant qu'il ait le choix, que préférait-il découvrir ? Un Aensalord glissant silencieusement dans la nuit, ou un Dktar furieux ? Une silhouette grotesque se détacha de l'ombre et s'avança dans la cour. Jaeger émit un léger sifflement involontaire. Bon Dieu, quel monstre ! Il était énorme, un peu plus grand que Jaeger et beaucoup plus massif. Son corps était un croisement cauchemardesque entre le poulpe et le homard ; d'épais tentacules ondulaient tels des câbles vivants et de grosses pinces se cachaient sous sa carapace chitineuse. Ses yeux, plantés sur une tête aux proportions étranges et dépourvue de cou, étaient grands, dorés et brillaient d'une intelligence surprenante.

Et ils se posèrent sur Jaeger.

Un spasme de surprise et de frayeur secoua le détective. Il fit un pas en arrière. Ce monstre pouvait le *voir* ! Sa cape d'invisibilité ne lui était d'aucun secours ! Jaeger refoula un accès de panique ; ses instincts les plus primitifs hurlaient avec démence. Ce qu'il avait sous les yeux ressemblait parfaitement aux hallucinations d'un cerveau dérangé. Comment pouvait-il affronter une horreur pareille ? C'était la fin du voyage. La mort…

La créature s'avança lentement en agitant les mandibules qui entouraient une gueule évoquant le bec d'un perroquet. La clarté de la lune et des étoiles se reflétait sur la corne chitineuse au milieu du front du monstre. Le détective leva pitoyablement sa canne en guise de défense. C'était ridicule, il le savait, mais il n'y avait rien d'autre à faire. Il arrive, se dit Jaeger, et un calme étrange s'empara de lui. Prépare-toi, bon sang. Il se mit dans la position d'un boxeur qui attend le gong annonçant le début du round. Le sang bouillonnait à ses oreilles.

La créature s'arrêta à deux mètres de l'humain et agita ses tentacules en décrivant dans le vide des arabesques gracieuses et complexes. Jaeger le regarda faire, ramassé sur lui-même, la mâchoire douloureuse à force de tension. Pourquoi n'attaquait-il pas ? Il réalisa alors que le monstre émettait un son, un grincement aigu évoquant une rame de métro lancée à pleine vitesse dans un virage abrupt. Qu'est-ce que… ? Cet animal disait le bénédicité avant d'entamer son repas ou quoi ?

Le gémissement descendit de plusieurs octaves, passant progressivement du soprano à un grondement guttural à peine audible pour une oreille humaine. Le son ne cessait de se moduler, grimpant et descendant sur la gamme comme s'il cherchait la bonne fréquence ; on aurait dit la recherche d'un signal particulièrement faible sur un antique poste de radio à ondes courtes. Il plongea à nouveau dans les graves et, un instant, Jaeger eut l'impression de pouvoir saisir quelques mots, mais l'émission redevint un grondement subsonique. Puis il remonta tout doucement.

« … me comprenez ? demanda la créature. Vous me comprenez ? Vous me comprenez ? »

Paralysé de stupéfaction, Jaeger répondit sans s'en rendre compte :

« Oui. »

La voix de son interlocuteur inattendu resta sur la même fréquence :

« Vous parlez terrestre ?

– Oui, coassa Jaeger, encore sous le choc. Je suis d'ici. »

La créature plissa des yeux.

« Oh, un indigène vous êtes, alors ? Je n'en avais jamais vu un en chair encore. J'ai terrestre essayé parce que vous ne répondiez pas aux phrases-pensées et n'aviez pas l'air d'un vassal des Aensalords. La bibliothèque aensa dans la tour un hypnocours complet sur terrestre a. Je me suis pensé… » La créature émit un drôle de grondement que Jaeger ne put interpréter. Cela pouvait être un éclat de rire ou n'importe quoi d'autre. « … pouvait être utile. Dû apprendre en secret, bien sûr.

– Bien sûr, marmonna Jaeger.

– Mais nous avons contact établi, n'est-ce pas ? C'est le plus important. » La créature fit onduler un tentacule. « Voilà un morceau de chance inattendu. » Ses yeux dorés dévisagèrent Jaeger avec une lueur de ruse. « Pour tous deux je crois, peut-être, oui et non ? »

L'effet paralysant du choc initial commençait à se dissiper, mais Jaeger se sentait toujours aussi désarçonné. Il humecta ses lèvres desséchées.

« Que... » Il se ravisa avec une légère toux d'excuse. « Qui êtes-vous ? »

Les mandibules de la créature s'agitèrent d'une façon que Jaeger trouva plutôt déplaisante. Sans doute l'équivalent d'un sourire. Du moins l'espérait-il. Elle était peut-être tout simplement affamée. La chose ouvrit un peu plus les yeux ; bizarrement, ce geste lui donnait une allure moins menaçante, presque... amicale.

« Corcail Sendijen s'appelle je. Quel nom est vôtre, je vous prie ? »

Soudain, Jaeger craqua. C'en était trop. Cela faisait des heures qu'il jouait à cache-cache dans le noir, jonglait avec la mort, et le voilà taillant le bout de gras avec l'être le plus improbable qui se puisse concevoir, à échanger des civilités. Ou se croyait-il ? au beau milieu de la Koenigstrasse en pleine heure de pointe ? Bientôt, ce machin bardé de tentacules allait lui refiler sa carte de visite et lui proposer d'aller prendre un verre. La tension accumulée tout au long de la nuit se relâcha d'un coup, plus ravageuse encore que la terreur qu'il avait éprouvée. Jaeger rejeta la tête en arrière et se mit à hurler de rire.

« Ce n'est pas une idée de grande valeur à ce moment », dit Corcail Sendijen avec le plus grand sérieux.

Le rire de Jaeger finit par s'éteindre. Il jeta un regard ironique à la créature qui se tenait devant lui. Ce Corcail Sendijen avait raison, bien sûr. Le détective lutta pour reprendre le contrôle de lui-même. Son interlocuteur lui rendit son regard d'un air étonné ; Jaeger ne savait pas encore différencier ses expressions, mais l'extraterrestre lui sembla amusé.

« Désolé, mais je n'ai pas pu m'en empêcher. En fait, j'ai tout d'abord cru que vous vouliez me manger. »

Était-ce vraiment une lueur ironique qui brillait dans l'œil de Corcail Sendijen ?

« Pas avoir inquiétude à faire, dit-il. Je ne mange personne sans provocation préalable de sa part. »

Jaeger acquiesça.

« Dans ce cas, je m'appelle Karl Jaeger. » Son visage s'éclaira d'un sourire. « Corcail Sendijen, c'est bien ça ? Heureux de faire votre connaissance.

– La coutume, dit l'extraterrestre. Votre race en porte le poids, oui, plus que non ? »

Il tendit un de ses tentacules antérieurs, le plus court. Jaeger le considéra un bref instant, puis l'empoigna de sa main bronzée.

Et ils serrèrent solennellement leurs appendices respectifs sous la lumière de la lune.

9.

Karl Jaeger et Corcail Sendijen continuèrent leur discussion derrière les remparts du bâtiment principal, à l'abri des regards indiscrets. Pour Jaeger, c'était une des expériences les plus fascinantes qu'il ait jamais vécues ; pour Corcail Sendijen, qui avait visité d'autres mondes et connu bien des espèces différentes, la conversation n'avait pas la même implication émotionnelle. Néanmoins, cet échange était intéressant et tout à fait indispensable : trouver au sein même de la citadelle aensa un indigène originaire de la planète qu'ils avaient envahie était un grand pas vers la réussite de sa mission. S'il manœuvrait correctement, il pouvait s'en faire un allié, et ce au moment même où il avait le plus besoin d'assistance. Par bien des aspects, la race humaine était excessivement primitive : même le pire des nigauds de la Compagnie Noire était réceptif à la phrase-pensée, alors que Karl Jaeger en était incapable. Et pourtant, la façon dont l'humain s'était préparé à l'affronter alors qu'il lui était nettement inférieur en termes de force physique l'avait impressionné. Cet indigène ne manquait pas de courage. Pour l'extraterrestre, le manteau furtif ne créait qu'un léger brouillard, mais selon les standards humains, l'appareil générait un véritable champ d'invisibilité. Il en concluait que les habitants de ce monde n'étaient pas aussi primitifs que le laissait supposer la forme grotesque de leur corps. Mais alors, que faisait cet humain en plein cœur de la citadelle aensa, à des kilomètres de ses semblables ?

Ils poursuivirent leur discussion jusqu'à ce chacun obtienne de son interlocuteur tous les éclaircissements qu'il souhaitait. Jaeger avait l'impression de se tenir devant la porte d'un univers radicalement différent de tout ce qu'il connaissait. Corcail Sendijen était envoyé par une assemblée de races civilisées afin de localiser l'origine de ce trafic de drogue qui étendait ses ramifications au sein d'une civilisation stellaire ancienne, mais en cours de désintégration, avec les mêmes effets destructeurs que sur le gouvernement terrien. Au cours de son enquête, Corcail Sendijen avait appris qu'on procédait à des recrutements *en aveugle* – c'est-à-dire pour effectuer une tâche non précisée durant une période non définie et dans un endroit tout aussi mystérieux – parmi les chômeurs qui traînaient autour des ports de commerce interstellaire. Corcail Sendijen s'était donc présenté comme un travailleur à l'intelligence limitée, avait signé pour une mission et s'était retrouvé sur Terre, une planète non répertoriée, au sein d'une équipe qui devait assurer la relève de la Compagnie Noire.

On ne leur avait rien dit, sinon qu'ils se trouvaient dans l'avant-poste d'une compagnie indépendante dirigée par les Aensas. Les contremaîtres prétendaient que la Terre était en passe d'être enregistrée auprès des autorités galactiques. Corcail Sendijen n'était pas dupe : il connaissait bien la situation actuelle en matière d'exploration spatiale et n'avait jamais découvert de planète correspondant aux spécifications terriennes dans les registres galactiques. Mais il ignorait si les Aensalords de l'enclave avaient agi de leur propre chef ou si, comme il le soupçonnait, ils étaient secrètement mandatés par leur gouvernement. En tout cas, les faits étaient clairs : ils avaient découvert la Terre, mais avaient délibérément omis de le faire savoir, au mépris des lois galactiques. Corcail Sendijen se demandait encore si ces Aensalords étaient des renégats ou s'ils pouvaient invoquer à tout moment la puissance de l'empire aensa pour appuyer leurs propres forces militaires dans l'éventualité d'une invasion. À ce stade, rien ne permettait de le déterminer, et dans tous les cas ces malheureux humains ne pourraient jamais leur résister. Ce n'était pas le signe d'une quelconque infériorité : les Terriens ne manquaient pas de courage, mais dans toute l'histoire de la galaxie, peu d'espèces avaient su tenir tête aux seigneurs de guerre aensas.

Comble de malchance, certaines régions de la Terre répondaient aux conditions climatiques et atmosphériques nécessaires à la culture d'une variété de plantes prohibée. Les Aensalords avaient donc implanté une tête de pont sur la Terre afin de lancer la plus grande opération de trafic de drogue de l'histoire de la galaxie. Voilà pourquoi les Aensalords n'avaient jamais automatisé le système des wagons à minerai : pour se procurer l'équipement nécessaire, ils auraient été forcés d'admettre qu'ils étaient en train de coloniser une planète. En d'autres termes, ils auraient dû enregistrer la Terre, puis déposer une demande auprès du gouvernement galactique afin d'obtenir du matériel et des experts. Bien sûr, c'était hors de question ! Donc, ils devaient se contenter des talents de la Compagnie Noire et, pour les travaux nocturnes, des Aensas inférieurs. C'était là le maillon faible de leur organisation.

« Ce que je n'arrive pas à comprendre, dit Jaeger, c'est pourquoi ils vendent leur drogue aux humains alors qu'ils ont déjà établi d'autres marchés ? Des races capables de traverser l'espace interstellaire doivent certainement avoir mieux à leur offrir que des humains arriérés. »

Corcail Sendijen déplia un tentacule.

« Certes, mais d'autres raisons il y a. Les Aensalords peuvent un surplus de drogue avoir. Ils la font passer lentement par les voies galactiques pour éviter d'inonder le marché et de baisser les cours. Tant que chose est rare, elle chère est, oui ? Ainsi, ils peuvent dispenser des doses sans leurs quotas baisser. En matériau fissible certainement les humains paient, du moins dans vos cercles du pouvoir. Mais la plus importante raison de fournir aux humains la drogue est d'ainsi déposer le gouvernement permettre, oui et non ? De leur point de vue, cela est bon. Nouveau gouvernement de nécessité devra conciliant être avec les Aensalords, et plus personne ne s'occupera de leur citadelle. Puis les Aensalords n'auront plus de troubles internes à se soucier, et faire le malheur du reste de la galaxie ils pourront se concentrer sur.

– Ici, ils s'en tirent plutôt bien. La pression qui pèse sur notre gouvernement est telle qu'il va finir par tomber en miettes. »

Corcail Sendijen fit onduler un tentacule compatissant.

« Pas de souci à se faire. Les gouvernements sont des choses dures à abattre. Après que la source de la drogue sera détruite, il se remettra de lui-même. »

Jaeger eut un sourire amer.

« Oui, s'il en reste encore quelque chose. »

C'est alors qu'il lui expliqua la menace que les vaisseaux aensas faisaient planer sur le monde entier. Pour la première fois, Corcail Sendijen parut soucieux.

« Ce n'est pas bon. Je savais bien sûr pour les vaisseaux, mais jusque-là, leur importance je n'avais pas réalisée. Oui, c'est logique. Les Aensalords bien capables sont de stériliser une planète entière pour leurs traces couvrir. Les en empêcher il faut.

– Je vois que nous sommes d'accord sur ce point. »

Corcail Sendijen observa un silence pensif, puis leva les yeux.

« Un moyen est plus chanceux. D'autres agents inscrits avec moi se sont pour cette mission en aveugle. Bien sûr, on ne m'aurait pas seul envoyé. Les Aensas la relève de la Compagnie Noire en deux groupes séparés ont, un groupe pour les tâches subalternes autour des vaisseaux à entretenir et renforcer, et là est allé le plus gros. Beaucoup de manœuvres et de dangers il fallut, mais placer un agent à l'intérieur de chaque vaisseau aensa réussi nous avons ; trois de mes camarades de litière, en fait – des frères, vous les appelleriez, ou c'est approchant assez. En tant que vétéran, sur Terre je suis allé avec l'autre groupe pour l'essentiel de l'enquête poursuivre. » Il fit claquer une griffe. « De cette façon, nous espérions le vaisseau aensa repérer pour plus tard le capturer, lorsque leur base détruit nous aurions. Mais maintenant, une meilleure façon je vois. Peut-être pourrons-nous, hem, en finir, comme vous diriez, d'un coup, oui, plus que non ? Moins de sécurité il y a à bord des vaisseaux qu'ici. Je pense que mes frères ont dû garder la petite radio qu'au début de la mission on nous a donnée ; détruire la mienne j'ai dû à cause d'une fouille avant d'arriver. Si contacter les je peux, pour qu'attaquer vaisseaux ils puissent et chaque salle de contrôle tenir – brièvement, bien sûr, mais assez pour que votre flotte bouger puisse et vaisseaux capturer, oui… »

Malgré le langage imparfait de l'extraterrestre, Jaeger avait compris le message ; c'était le moment de réfléchir, et vite.

« De la façon dont je vois les choses, nous pouvons isoler deux problèmes majeurs. Primo, comment dénicher et détruire la source de la drogue. Secundo, comment communiquer avec l'extérieur pour demander de l'aide.

– Pas de problème pose ce dernier. Là, dans ce château, les Aensalords des meilleurs équipements de communications disposent. Je les ai vus, et je comprends comment les fonctionnent. Une fois que la salle de communications j'aurai capturé, facile de les appareils régler sur la fréquence spéciale des récepteurs de mes frères. »

Jaeger fronça les sourcils.

« Vous connaissez la fréquence du CI ?

– Non, mais assez facilement je trouverai la. Obtenir toute fréquence radio de la planète avec cet appareil je peux.

– En ce cas, vous devriez leur passer un coup de fil. J'imagine qu'ils n'en reviendront pas lorsqu'ils verront qui les appelle. J'aimerais être là pour voir leurs têtes. Demandez M. Huston, du Bureau de la Sécurité, et planifiez avec lui l'attaque des vaisseaux aensas. Le CI dispose aussi d'un escadron stationné en bordure du territoire aensa. Pendant qu'on y est, vous devriez vous assurer de leur coopération. Nous aurons peut-être besoin de renforts. Si vous leur dites que vous appelez de ma part, ils vous écouteront. »

Corcail Sendijen plissa les yeux.

« Vous parlez comme si vous pas là serez pour le voir. »

Jaeger eut un sourire.

« C'est le cas. Je pense que nous devons nous séparer. Les Aensas ne tarderont pas à découvrir que je me suis échappé et, à ce moment-là, ils sonneront la curée ; mieux vaut doubler nos chances. Je ne sais pas actionner le système de communications des Aensas, mais j'ai ce qu'il faut pour détruire la drogue – si je peux la trouver. »

Corcail Sendijen agita un tentacule.

« Le plus difficile ce sera. Admettre que je n'en sais rien je dois. Extraite d'un lichen la drogue est, et dans des containers en plastique est cultivée, afin qu'elle n'ait pas exposée au soleil à être, mais peut en environnement artificiel croître. Elle peut être n'importe où cachée. Quelque part dans le secteur le lichen cultivé doit être, et il une bonne quantité d'espace doit occuper, mais j'ai les cours exploré, la tour et les étages inférieurs, et rien trouvé je n'ai. Rien. Comme si invisible il était. »

Invisible. Invisible. Dans des situations comme celles-ci, Jaeger s'était toujours vanté de pouvoir discerner ce qui se cachait sous le manteau des apparences ; c'était son travail, sa spécialité, son seul avantage sur cette créature particulièrement rusée. Il fronça ses sourcils broussailleux en tentant de mettre le doigt sur une idée fugace qui gravitait à la lisière de son inconscient. Il avait effleuré quelque chose à l'origine d'une série d'associations qui ne cessaient de tourner à vide. La réponse se cachait là, dans un coin de son cerveau, mais il n'arrivait pas à l'attraper. Jaeger se massa l'arête du nez entre le pouce et l'index. Il devait réfléchir. Qu'est-ce qui avait bien pu déclencher ce signal d'alarme mental ? Le détective interrompit le flot de ses pensées pour permettre la libre association de ses idées éparses. Un système invisible qui, pourtant, occupe une grande superficie. Rien dans la cour, ni dans la tour, ni dans les niveaux inférieurs…

Jaeger se raidit. Bon sang, mais c'est bien sûr ! Il n'y avait pas d'autre solution. C'était forcément ça. Sous le manteau des apparences se cache la vérité…

Corcail Sendijen le regardait fixement, étonné par son agitation soudaine.

« Qu'y a-t-il, mon ami ? »

Jaeger se tourna face à lui.

« Je crois savoir où se trouve la source. Corcail Sendijen, avez-vous jamais joué aux devinettes ? »

L'extraterrestre agita un tentacule, éberlué.

« Ne crois pas. Parler je n'en ai jamais entendu. Qu'est-ce que…

– C'est un jeu pour enfants. L'un pense à un objet qui se trouve dans la pièce et les autres tentent de deviner de quoi il s'agit en procédant par élimination. Les objets sont sélectionnés un par un jusqu'à ce qu'on tombe sur le bon. Bien sûr, lorsque vient son tour, le novice choisira toujours l'objet le plus petit, le plus éloigné. Et il perd, inévitablement, car ce choix est *trop* évident. Mais le véritable expert, le champion local, celui qui gagne toujours, prendra le plus grand, le plus inattendu. Personne n'y pense, car c'est le plus voyant. C'est un effet de la nature humaine, mais qui doit être applicable aux extraterrestres…

– Mais que…

– Vous allez comprendre. Ce qui m'a mis la puce à l'oreille, c'est lorsque vous avez dit que la drogue croissait dans des containers en plastique et pouvait se passer d'air et de soleil. Dans un asile de fous comme celui-ci, quel serait l'endroit le moins évident, celui que personne n'irait jamais associer avec la culture des plantes ?

– Aaahhh..., fit l'extraterrestre en sifflant de surprise.

– Oui, vous avez compris. J'y mettrais ma main au feu.

– Mais comment... »

Un grondement sourd les interrompit. Corcail Sendijen se retourna rapidement en déployant ses grandes griffes.

« Le wagon à minerai », murmura-t-il. Le bruit s'amplifia, puis s'éloigna sur la droite. « Vers le mur extérieur il se dirige, sans doute les grandes portes du château ; ils doivent dehors se rendre. Je me demande...

Jaeger sourit.

« Vous voulez la preuve que ma théorie est la bonne ? Si nous pouvions monter sur la muraille, nous verrions... »

Corcail Sendijen grogna, se retourna et s'éloigna. Jaeger le suivit. Ils passèrent d'une ombre à l'autre en direction du mur extérieur, qu'ils atteignirent sans encombre. Jaeger posa une main sur la pierre froide, qui semblait aspirer sa propre chaleur et jeta un coup d'œil. La muraille était lisse comme du verre ; il n'y avait pas la moindre prise. Corcail Sendijen enroula silencieusement deux de ses tentacules autour du corps de Jaeger, sauta et gravit le mur avec une facilité déconcertante, emportant le détective avec lui. Il atteignit le haut des remparts et reposa Jaeger sur ses pieds. Tous deux s'accroupirent afin d'éviter le regard des silhouettes qui se découpaient sur le ciel. Jaeger rampa jusqu'au rebord du mur et regarda en contrebas.

Juste en dessous d'eux, le wagon à minerai brillait sous la clarté lunaire. Il s'était arrêté au-delà de la porte principale, sur un quai de béton qui fendait les eaux paisibles du lac. Une dizaine d'Aensas hors d'haleine se tenaient de chaque côté du véhicule. Deux Aensalords se tenaient au bout du quai dans une posture aristocratique et regardaient patiemment la surface du lac. Jaeger plissa les yeux. À sa grande surprise, il constata que deux humains se tenaient aux côtés des extraterrestres. Tous étaient immobiles comme la pierre. Le clapotement des vagues réussissait à peine à rompre le silence.

Corcail Sendijen s'installa à côté du détective et regarda par-dessus le mur. Il agita ses mandibules.

« Que font-ils ? Je…

– Regardez ! »

Une pulsation sourde se fit entendre ; puis vint un bruit évoquant une respiration sifflante, laborieuse, comme si un monstre asthmatique venait de sortir du lac. Tous deux se penchèrent en avant pour mieux voir la suite des opérations. Les eaux du lac se troublèrent, puis ondulèrent, comme secouées par une main invisible. Le bruit s'apparentait désormais au gargouillement d'un tuyau qui se remplit rapidement. Une bulle se forma au centre du lac, avant de crever avec un bruit sourd et silencieux. À sa place naquit un tourbillon dont le diamètre ne cessait de croître. Le souffle se fit plus bruyant et encore plus pénible. L'eau semblait danser une valse écumante tandis que, dans un rugissement furieux, le tourbillon gagnait de la vitesse.

« On dirait… » fit Corcail Sendijen, cherchant ses mots. « On dirait…

– Un évier dont on a lâché la bonde, opina Jaeger. Et c'est exactement ça. »

Le niveau de l'eau baissait rapidement. L'écho du gargouillement se répercutait dans toute la montagne. Puis, dans un ultime râle humide, le lac finit de se vider avec un bruit de succion.

« Vous voyez ? insista Jaeger. J'avais raison ! »

Le fond du lac était tapissé de sphères de plastique grosses comme des ballons de basket, de la même couleur que le fond de l'eau, toutes reliées entre elles par une tuyauterie complexe. Un des tuyaux, plus épais que les autres, courait sur toute la longueur du lac asséché. Probablement un système de drainage, comme le laissait supposer la présence d'une évacuation en col de cygne, fermée par un robinet à fausset. Tout cet appareillage était camouflé avec soin.

Les tentacules de l'extraterrestre s'agitèrent comme des vers pris de panique.

« C'est un vieux truc qu'utilisait la Luftwaffe pendant la seconde guerre mondiale, dit Jaeger. De jour, ils remplissaient leurs lacs artificiels. Lorsqu'un avion de reconnaissance passait au-dessus, il n'y voyait que du feu, ou plutôt de l'eau. Puis, la nuit tombée, ils vidaient le lac. Lorsque les choses ont mal tourné, la Luftwaffe s'est servie du même procédé pour cacher ses terrains d'aviation aux bombardiers alliés, et des plateaux élévateurs camouflés sortaient les avions de leurs hangars souterrains. Ce système a fait ses preuves. » Une lueur s'alluma dans l'œil de Jaeger. « Qui pourrait soupçonner que sous la surface paisible d'un lac se cache un terrain d'aviation – ou une plantation de drogue ? »

Corcail Sendijen accueillit le sourire de Jaeger avec un sifflement et un geste du tentacule approbateurs.

Un des Aensalords en contrebas eut un mouvement sec. Les Aensas s'emparèrent du wagon avec précipitation et le poussèrent le long d'une rampe qui descendait doucement vers le fond du lac. Les roues émirent des bruits de succion lorsqu'elles entrèrent en contact avec la boue humide qui le tapissait. Les Aensalords et les deux humains suivirent des yeux le véhicule jusqu'à ce qu'il s'arrête juste en face du robinet recourbé. L'un des Aensalords était agenouillé à la base de l'appareil et en actionnait le mécanisme rudimentaire. Le bec du robinet pivota et vint se positionner juste au-dessus du wagon. L'Aensalord s'affaira sur la valve ; le robinet crachota quelques gouttes bleues avant de vomir son flot de liquide dans le wagon.

« Bon Dieu, s'écria Jaeger, c'est pas plus compliqué que ça. »

Il regarda, fasciné, le wagon se remplir peu à peu. Le flux

régulier du redoutable liquide était d'une étrange beauté. La surface du wagon brillait telle une immense pierre précieuse. Les humains et les Aensalords le regardaient avec avidité…

Et quelque chose tomba du ciel.

Avant que tout n'explose, Jaeger eut à peine le temps de voir qu'il s'agissait d'un hélijet terrien. Un instant, il crut reconnaître celui qui l'avait amené ici, mais l'intrus était beaucoup plus gros, comme ceux des patrouilles du CI – bien qu'aucun insigne ne vînt le confirmer. Corcail Sendijen fixa l'appareil, un tentacule enroulé autour du bras de Jaeger, mais le détective était bien trop stupéfait pour faire remarquer à son compagnon qu'il lui broyait le membre. Ils regardèrent l'engin en silence d'un œil éberlué.

L'hélijet passa au-dessus du wagon ; les deux mitrailleuses installées sous le nez de l'appareil crachèrent leur contingent de balles meurtrières. Les projectiles balayèrent la surface du lac asséché, fauchant les Aensas comme des épis de blé. Un des Aensalords poussa un hurlement terrible, se prit la tête à pleines mains, puis s'écroula en arrière. Les autres se cachèrent derrière le wagon, immédiatement suivis par les deux humains. Les rafales martelèrent le lourd métal de l'engin et creusèrent des entrelacs ravinés sur sa surface. L'hélijet se mit en vol stationnaire pendant que sa trappe de déchargement s'ouvrait lentement, dévoilant des hommes en armes. Jaeger entendit le crachotement d'armes automatiques et le *pop* caractéristique des fusils à fléchettes : les assaillants avaient ouvert le feu depuis l'intérieur même de l'appareil. Les Aensas qui avaient échappé à la fusillade se mirent à cavaler en tous sens comme des poulets effrayés, puis s'effondrèrent un à un. Un pistolet à aiguilles étincela dans la main d'un des hommes cachés derrière le wagon, et ses détonations couvrirent un instant le gémissement des deux mitrailleuses coaxiales. Un des tireurs de l'hélijet tressaillit et tomba en comprimant son ventre ensanglanté avec ses bras. Les balles arrachaient des copeaux de métal à la surface du wagon. L'ensemble résonnait comme les coups d'un gigantesque marteau contre les barreaux métalliques d'une grille.

Un des compagnons du tireur, pris de folie, hurla et sortit à découvert. Les mitrailleuses couvrirent son échappée en ratissant les environs, mais la riposte aensa l'atteignit de plein fouet et il s'écroula, raide mort. L'hélijet se posa à quelques mètres du wagon, en laissant ses turbines rugir.

Avant même que son train d'atterrissage ait touché le sol, le gros de la troupe sauta à terre et courut vers le wagon en tirant dans tous les sens. Jaeger remarqua l'homme en veste bordeaux qui semblait diriger l'assaut. Le géant blond ! Il portait un gros fusil automatique probablement pourvu d'un silencieux ; seuls les tressautements du recul prouvaient qu'il répandait la mort dans les rangs des Aensas. Ceux-ci tombaient comme des mouches, fauchés par les balles.

Le seul Aensalord survivant tira une arme de poing et ouvrit le feu. Bien que le canon de son revolver n'émette ni flamme ni fumée, il était d'une efficacité redoutable. Un homme tomba, puis un deuxième, puis un autre encore ; tous trois se tortillèrent au sol avant de s'immobiliser à jamais. Les assaillants encerclèrent le wagon à minerai. Trois traits embrasés provenant de trois directions à la fois transpercèrent l'Aensalord qui tournoya sur lui-même, comme saoul. Finalement, il s'abattit la tête la première dans la boue noirâtre. Les humains continuèrent néanmoins de cribler son cadavre de balles et de fléchettes mortelles.

Une silhouette familière sauta de l'hélijet. Jaeger siffla entre ses dents. Schiller ! Le magnat se précipita vers le wagon à minerai en traînant quelque chose derrière lui. C'était un tuyau de caoutchouc relié à un gros réservoir sous le ventre de l'hélijet. Ils allaient siphonner la drogue que contenait le wagon ; cet assaut n'était qu'un vulgaire braquage. Schiller avait presque atteint le wagon lorsque…

Lorsque des silhouettes tristement connues se répandirent comme un raz de marée sur le lit asséché du lac.

Les Dktars ! La meute noire déferla dans un concert d'aboiements, de hurlements et de claquements de mâchoires. Les molosses des Aensas entourèrent le wagon, laissant dans leur sillage des cadavres horriblement mutilés. Des crocs brûlant d'un feu glacial se refermèrent sur la tête du géant blond ; la créature projeta sa proie en l'air comme un jouet ; le corps tomba et disparut derrière un mur de pattes griffues. Puis le calme retomba. En quelques instants, le commando surgi de l'hélijet venait de disparaître sans laisser de traces. Jaeger se mit à sangloter sans pouvoir se contrôler. Malgré tout, malgré leur faiblesse et leur rapacité, c'était des hommes, des *hommes*...

Schiller profita des quelques secondes d'avance qu'il avait sur la meute et se précipita dans l'hélijet en poussant des cris d'horreur. L'appareil s'éleva dans le ciel ; les Dktars se massèrent au-dessous en hurlant et en bondissant, tournant leurs mâchoires luisantes et meurtrières vers le ciel dans le vain espoir de s'emparer de leur proie. Jaeger pria pour que l'hélijet n'ait pas une panne de moteur. L'appareil était désormais au niveau des murailles de la citadelle... Quand un éclair de flammes bleutées jaillit des remparts de la tour, aveuglant tous ceux qui se trouvaient à proximité. Durant quelques instants, Jaeger ne put rien distinguer, sinon des lumières et des éclairs qui dansaient follement devant ses rétines. Lorsque sa vision finit par s'éclaircir, l'hélijet s'était désintégré en un nuage de fine poussière grise qui retombait lentement sur le lit du lac jonché de cadavres.

Jaeger gisait, étalé sur le haut de la muraille, le visage entre les mains, l'estomac révulsé, essayant d'empêcher son esprit de verser dans la démence. Le spectacle auquel il venait d'assister n'était pas fait pour des yeux humains. Ces griffes, cette masse noire et hurlante, et ces cris, ces cris qui hanteraient ses cauchemars jusqu'à la fin de ses jours. Lorsqu'il parvint enfin à reprendre le contrôle de ses nerfs en lambeaux, les Dktars avaient regagné leur chenil et une nouvelle équipe d'Aensas s'affairait autour du wagon, toujours rempli de liquide bleu. Jaeger jeta un coup d'œil à son compagnon. Corcail Sendijen semblait tout aussi ébranlé que lui ; ses tentacules s'agitaient de façon spasmodique et sa peau avait pris une couleur de cendre. Tous deux se regardèrent durant de longues secondes avant que l'un ou l'autre se décide à parler. Le grondement du wagon à minerai retentit alors qu'il passait dans la cour intérieure. Jaeger ravala ses souvenirs et une nausée subite.

« Eh bien, dit-il, je présume que nous devons passer à l'action. »

Sa voix n'était qu'un coassement triste. Il tenta de retrouver un ton normal… Et échoua. Un tic nerveux fit tressaillir sa paupière.

Corcail Sendijen opina lentement. Et pour lui répondre, Jaeger trouva – contre toute attente – la force de sourire.

« Nous avons trouvé la source, dit-il, mais il est inutile de vouloir la détruire. Il nous faudrait bien plus d'explosifs que nous ne pouvons en emporter. Que fait-on ?

– Nous notre plan poursuivons, dit Corcail Sendijen d'une voix pâteuse. Sauf que si nous la source détruire maintenant ne pouvons, nous devrions je pense à la place attaquer leur réserve de narcotiques. Maintenant, une quantité incroyable ils doivent en avoir stocké, et désastreux ce serait s'ils parvenaient avant l'arrivée des renforts à en expédier à l'extérieur. Et nous savons comment les réserves atteindre. »

Corcail Sendijen indiqua à Jaeger le moyen de gagner la grille de ventilation qui abritait son passage secret menant aux étages inférieurs.

« Des murs rugueux a ce conduit et étroit il est ; même un humain du mal à le descendre aurait. Vous devrez faire vite si les rails vous voulez gagner avant le wagon, d'accord ? Je vais la Compagnie Noire à la révolte inciter ; leurs esprits si primitifs sont que pour un Adepte facile sera. Ainsi, une diversion nous aurons. Avec cette couverture, il me sera facile de le centre de communications prendre. Nous à la tour plus tard retrouverons après que tout fini sera, oui, plus que non ? »

Jaeger le regarda. Chaque fibre de son être lui criait de ne pas s'aventurer dans ce trou et de s'éloigner le plus loin possible des Dktars. Peu importe si la Terre devait être détruite ; peu importe si tout le monde mourait par sa faute, du moment que *lui* ne finissait pas de cette horrible façon. Et pourtant, Jaeger acquiesça.

« Bien », grogna Corcail Sendijen.

Un de ses tentacules effectua une arabesque compliquée dans les airs. Ses yeux dorés regardèrent Jaeger brièvement, puis il se retourna et s'en alla d'un pas furtif, ne tardant pas à disparaître dans l'ombre.

Jaeger leva les yeux vers les étoiles et la lune argentée ; le grondement du wagon diminuait peu à peu. Il se détourna à contrecœur et scruta les ténèbres profondes de la cour intérieure. Il frissonna et se mit à ramper sur le sommet de la muraille jusqu'à ce qu'il trouve ce qu'il cherchait : une échelle à l'usage des Aensas. Jaeger toucha le barreau et hésita : il tremblait de tous ses membres.

Le détective grimaça, rassembla son courage, affirma sa prise sur les montants de l'échelle et tâtonna du pied pour trouver le barreau.

10.

Jaeger regarda le wagon quitter l'ombre du tunnel étroit qui menait vers la voie ferrée. Il était caché près des voies et se demandait pourquoi le convoi n'était pas arrivé plus tôt.

Son esprit tournait à vide. Comment allait-il bien pouvoir s'en approcher ? Une douzaine d'Aensas terrifiés poussaient le wagon sous l'œil d'un Aensalord courroucé, la main posée sur la crosse de son pistolet glissé dans un holster. Avec son pas souple et ses yeux lumineux, l'extraterrestre évoquait un fauve, un grand félin prêt à bondir ; une masse de fureur homicide, d'énergie et de tension à l'étroit dans sa forme humanoïde, une tornade dans un sac en papier. L'incident du lac avait plongé les Aensalords dans un état de fureur aveugle, tels des serpents assoupis qu'on agace de la pointe d'un bâton.

Jaeger les regarda passer en se mordant la lèvre. Il ne fallait pas se faire repérer, du moins pas avant de s'être rapproché un maximum du véhicule. À cette distance, il n'aurait pas une chance face à un Aensalord armé jusqu'aux dents. Quoique, Jaeger portait toujours sa cape d'invisibilité…

L'Aensalord s'engagea dans l'embouchure du tunnel, suivi de près par l'engin brinquebalant. Jaeger se redressa. C'était le moment : la masse du wagon le dissimulait aux yeux de l'Aensalord. Jaeger s'approcha à pas de loup du lourd véhicule, si près que le relent aigre de la sueur des Aensas lui agaça les narines. Il ralentit son allure pour éviter de percuter les extraterrestres courbés et tendus par l'effort. Les murs du tunnel se refermèrent lentement sur lui. Soudain, il se sentit oppressé, comme si les tonnes de pierre amassées au-dessus de sa tête l'écrasaient de toute leur masse. Dans l'espace confiné résonnaient seulement le grondement des roues, le couinement des freins et la respiration laborieuse des Aensas, éveillant mille échos qui rebondissaient dans le tunnel. Au moins, Jaeger n'aurait pas à se soucier des bruits qu'il pourrait faire.

Le tunnel s'élargit et s'ouvrit sur une salle carrée. Le wagon heurta doucement le tampon et s'immobilisa. Les Aensas s'effondrèrent sur place, à bout de souffle. Jaeger saisit alors sa chance : il s'avança en silence, passant furtivement entre les créatures épuisées, posa un pied sur le rayon d'une des roues et se hissa lentement sur le wagon à minerai en prenant bien soin de ne pas le déséquilibrer. Il passa un bras par-dessus le rebord de la benne et attendit…

Mais rien ne se passa.

Il fronça les sourcils et leva les yeux vers le plafond. Avait-il commis une erreur ? D'après ce que lui avait raconté Corcail Sendijen, le tuyau de métal aurait dû apparaître immédiatement pour aspirer le liquide ; or il n'en était rien. Les Aensas échangèrent quelques murmures anxieux ; cela ne faisait pas partie de leur routine. L'Aensalord regarda le plafond d'un air étonné. Toujours pas de tube. Jaeger fit la grimace. Si le système de pipeline était en panne, son plan tombait à l'eau.

Des pas lourds résonnèrent dans le tunnel, progressant dans leur direction. Tous les regards se tournèrent vers l'arrivant. Jaeger resta accroupi au sommet du wagon, en position d'observation. Et maintenant, qu'allait-il se passer ? Il ne pressentait rien de bon.

L'Aensamaster émergea du tunnel. Les subalternes se mirent au garde-à-vous dans un froissement de tissu et de fourrure ; l'Aensalord qui les commandait se contenta de saluer en gardant une main sur la crosse de son arme. L'Aensamaster s'immobilisa à l'embouchure du tunnel, parcourut la salle d'un regard lugubre, puis s'avança lentement.

D'un pas plein d'assurance, avec les gestes précis et contrôlés d'un danseur, il parcourut la pièce jusqu'en son centre, où il s'immobilisa. Jaeger le regarda avec un sentiment proche – il devait bien l'admettre – de l'émerveillement. Un sentiment qui dominait la frayeur instinctive qui lui hérissait la peau.

Malgré la haine primale et irraisonnée qui faisait battre son cœur, Jaeger devait bien reconnaître que l'Aensamaster était d'une grande beauté, celle d'un cobra prêt à mordre, d'une éruption volcanique, d'un feu de forêt, d'une explosion nucléaire, ou d'une mer en pleine tempête. L'Aensamaster était superbe et gracieux comme peut l'être tout ce qui est froid et meurtrier, puissant et sauvage, une beauté dangereuse, intouchable, capable de détruire quiconque viendrait à s'approcher de trop près.

Et alors que l'extraterrestre se tenait là, plissant les yeux pour se protéger de la lumière pourtant tamisée de la caverne, les narines frémissantes, la bouche ouverte sur des crocs luisants, pendant que tous attendaient la suite des événements, Jaeger réalisa avec certitude que jamais il ne comprendrait les Aensas, qu'il en serait à jamais incapable. Et avec cette révélation vint un sentiment de tristesse, une douleur lancinante dans son crâne. Le maître aensa pouvait certes le tuer comme on écrase une mouche ; mais quoi qu'il lui fasse, rien ne serait plus pénible à Jaeger que cette petite voix qui lui affirmait qu'il ne pourrait jamais comprendre un être aussi différent.

Le nouvel arrivant entreprit un lent examen de la salle. Ceux sur qui s'attardait son regard doré se pétrifiaient comme des statues ; on aurait cru qu'ils en oubliaient même de respirer. Jaeger l'étudia à son tour avec une intensité accrue. Si étrange, si différent. Un instant, l'esprit de Jaeger nia la réalité de cette créature si originale et lui murmura qu'elle ne pouvait exister, qu'elle n'était qu'un rêve. Mais l'Aensamaster n'était pas un produit de son imagination. Et quand il se déplaçait avec langueur, le détective ne pouvait s'empêcher de le suivre du regard, tel un oiseau hypnotisé par un serpent.

Que savait-il de cette créature et de la race qui l'avait engendrée ? Corcail Sendijen avait des griffes, des tentacules et une absurde voix de *falsetto* dont il ignorait le caractère ridicule ; l'Aensamaster était un mammifère humanoïde qui respirait de l'oxygène et parlait parfaitement le terrestre. Et pourtant, Jaeger se sentait bien plus à même de comprendre Corcail Sendijen que cet être terrifiant. La différence n'avait rien à voir avec l'apparence ; elle résidait dans les schémas encodés sous les replis de son crâne, dans les secrets tatoués sur ses gènes qu'avaient portés des milliards d'individus avant lui – cet héritage qui faisait de l'Aensamaster ce qu'il était aujourd'hui. Corcail Sendijen... Les lèvres de Jaeger formèrent un rictus, presque un sourire s'il n'avait été si amer. Allait-il se conformer aux mêmes préjugés grotesques qui motivaient les êtres humains depuis le commencement des temps ? Diviser l'univers en deux camps, les Bons Étrangers et les Méchants Étrangers, le statut de chaque espèce (fût-elle extraterrestre) dépendant de sa complaisance vis-à-vis de l'humanité à un moment donné ? « Le seul bon extraterrestre est un extraterrestre mort, fiston. » L'Histoire allait-elle se répéter dans toute son absurdité ? À quoi bon atteindre les étoiles s'il fallait y traîner toutes ces croyances rétrogrades et ridicules ? Dans d'autres circonstances, Corcail Sendijen aurait été un adversaire redoutable ; techniquement parlant, Jaeger n'avait pas la moindre raison de lui faire confiance, pas plus qu'il n'en avait de se fier à l'Aensamaster. Sauf que, s'il suivait ce genre de raisonnement, il demeurerait seul pour le restant de ses jours. Et pourquoi fallait-il que les crocs du carnassier reflètent la lumière de cette façon particulièrement vicieuse à chaque fois qu'il ouvrait sa gueule de prédateur ?

L'Aensamaster referma lentement la bouche, comme s'il lisait dans ses pensées, puis se tourna légèrement pour répondre au salut de l'Aensalord. La passion meurtrière du chasseur transparaissait dans le moindre de ses mouvements ; une intelligence cruelle palpitait dans ses yeux sans pupilles enchâssés dans ce visage arrogant. Jaeger se mordit la lèvre. Était-il possible que l'espèce humaine – cette bonne vieille race qui ne comptait plus ses défauts ni ses faiblesses – puisse faire le poids face à des créatures telles que les Aensas ? Ils n'avaient pas le choix : ils devaient faire de leur mieux, sous peine de n'être bientôt plus qu'un vague souvenir sans grande importance.

Sans un regard en arrière, l'Aensamaster fit un geste rapide du bras. Derrière lui, à l'embouchure du tunnel, apparurent deux silhouettes – humaines. Du haut de son perchoir, Jaeger se raidit. L'un des deux était un type roux et trapu… Et le second n'était autre que Healey ! Jaeger plissa les lèvres et siffla silencieusement. Healey ! Le plus désagréable, le plus prétentieux des représentants du CI qui, avec Huston et Teresky, était venu l'embaucher. Il avait trouvé la pièce manquante ; et maintenant, toute cette affaire lui apparaissait sous un jour nouveau.

Cette nouvelle compréhension lui arracha un sourire. Que Healey fût un politicien ambitieux ou un simple jouet rendu docile par la drogue ne changeait rien au problème. Il conspirait contre le gouvernement pour lequel il travaillait, et Schiller tentait secrètement de le contrer afin de s'emparer du réseau très lucratif que le politicien avait créé. Une vraie course de rats dans un labyrinthe qui ne menait nulle part. Voilà qui expliquait le caractère absurde de ces tentatives de meurtre, là-bas, à Nuremberg. Si ces agressions avaient été commanditées par un seul et unique individu, les mobiles en étaient totalement contradictoires ; mais s'il s'agissait de deux factions qui poursuivaient des fins diamétralement opposées…

Schiller embauche Jaeger pour qu'il surveille ce que Healey fricote dans la citadelle aensa sous couvert d'une enquête pour ses revues. Lorsqu'il apprend de son réseau d'espionnage que le détective travaille aussi pour Healey – le politique en qui il n'a pas la moindre confiance – Schiller décide froidement d'arracher à Jaeger le fin mot de l'histoire. Mais il flaire le piège et lui envoie ses deux hommes de main, armés d'un sérum de vérité et d'une bombe destinée à effacer toutes les traces.

Des deux hommes, Healey semblait être le plus froid, le plus méthodique, et c'était lui qui s'en était le mieux sorti – à la grande surprise de Jaeger, qui l'avait vite oublié après leur première rencontre. Schiller avait paniqué et envoyé ses hommes au casse-pipe sans véritable stratégie. Le raid sur le lac asséché était une tentative grossière et mal organisée. Là où Healey avait usé de son charme, Schiller avait opté pour l'artillerie lourde. Maintenant, Schiller était mort, et Healey se trouvait là, au cœur de la citadelle aensa, en compagnie de leur maître.

Le roux s'empara d'un objet qui ressemblait à un chariot à trois roues pourvu d'un réservoir en plastique prolongé d'un tuyau souple. Apparemment, les complices terriens allaient recevoir le prix de leur trahison. Il poussa le chariot vers le wagon. L'Aensamaster regarda l'engin, puis l'homme avec une moue vaguement dégoûtée avant de s'adresser à l'Aensalord dans un bourdonnement rauque.

« Parlez en terrestre, fit sèchement Healey. Je n'ai aucune raison d'avoir confiance en vous. Je veux comprendre tout ce que vous dites à votre collègue. »

Le maître aensa le toisa de toute son imposante stature.

Ses yeux brûlèrent d'une lueur glaciale, et un feulement naquit dans sa gorge couverte de fourrure argentée.

« Vous n'avez pas d'ordres à me donner », annonça-t-il lentement.

Sa voix, pourtant calme, contenait une menace de mort, cette empreinte laissée par un milliard de nuits noir et rouge passées à chasser dans la jungle avant que sa race n'accède à l'intelligence.

Healey accusa visiblement le choc, puis haussa les épaules et pencha la tête d'un geste de défi. Son visage gras trahissait son avidité de rapace et une ruse mêlée d'entêtement. Il ressemblait à un comptable ou à un fonctionnaire, mais ses yeux étaient durs comme la pierre et brillaient d'une lueur proche de la démence.

« Pourquoi voulez-vous que je vous fasse confiance ? demanda-t-il d'un ton raisonnable. Je sais que vous autres êtes très proches de ceux de votre clan. Après la tentative d'invasion de cet imbécile de Schiller, vos hommes doivent être dans tous leurs états, et vous pourriez fort bien les laisser se défouler sur le premier venu, c'est à dire moi. Peut-être mijotez-vous déjà votre vengeance ? Comment puis-je vous croire ? » Une pointe d'insolence fit vibrer sa voix. « Cette livraison m'a coûté une fortune. J'ai le droit de m'assurer que tout se passe bien. »

L'Aensamaster lui décocha le genre de regard que les humains réservent au cafard qu'ils découvrent sur leur table de cuisine. Son expression se modifia à peine, mais de toute évidence l'extraterrestre avait une forte envie d'écraser l'insecte importun. Il y eut un silence lourd de signification avant qu'il ne réponde :

« Vous n'avez pas le moindre droit, ici », siffla-t-il, et ses mots résonnèrent comme le claquement d'un fouet.

L'Aensamaster retroussa ses babines, dévoilant des crocs ivoirins, et sa fureur meurtrière explosa soudain, comme si on venait d'ouvrir la porte d'une chaudière. Healey fit involontairement un pas en arrière; son visage était soudain devenu blanc comme un linge et sa bouche se tordait en un rictus d'effroi. L'Aensamaster parut satisfait de son effet ; il se détendit et entreprit de lisser sa fourrure. Sous son regard, Healey était aussi faible et impuissant que si la pointe d'une rapière tout juste glissée entre ses côtes s'apprêtait à lui transpercer le cœur. Le silence terrifiant se prolongea alors que Healey, épinglé par les yeux implacables, était agité de tics nerveux.

L'Aensamaster parla de nouveau, faisant rouler lentement chaque mot entre ses crocs acérés, leur donnant toute la signification et tout le poids d'une révélation divine.

« N'oubliez pas, c'est moi le maître de ces lieux. Moi et personne d'autre. »

Il continua de fixer l'humain pendant quelques secondes, puis détourna le regard d'un air méprisant. Healey parut s'offusquer d'un tel traitement, mais se garda de prononcer le moindre mot.

L'Aensamaster grogna et se retourna avec une dignité impériale; il s'adressa néanmoins aux Aensalords en terrestre.

« La Compagnie Noire s'est révoltée. Dans certaines sections, des rixes ont éclaté, et les lignes électriques ont été coupées. Réactivez les tapis roulants manuellement. » Il jeta un coup d'œil en direction de Healey. « Le système tout entier est secondé par une série de générateurs de secours. Nous avons tout prévu. »

L'Aensamaster se permit un bâillement d'ennui et se retourna vers l'Aensalord. Healey marmonna quelque chose d'inaudible. L'Aensalord marcha d'un pas raide vers le mur opposé et tripota un tableau de commande.

Du plafond descendit un bourdonnement. Jaeger se raidit. Le tube de métal surgit et se dirigea vers le wagon en ondulant, à la manière d'un serpent toxicomane. À peine avait-il touché la surface du liquide bleu qu'il se mit à l'aspirer goulûment. Jaeger tira de sa poche le petit tube de plastique transparent qu'il avait extrait de sa canne truquée. Du bout de l'ongle, il retira la pellicule de plastique hermétique et vida son contenu dans le wagon. La pâte verte se mélangea au liquide bleu, tournoya brièvement, puis tous deux disparurent, aspirés par le tube de métal. Le wagon se vida progressivement jusqu'à ce qu'il ne reste qu'une quantité juste suffisante pour remplir le petit chariot du rouquin. L'Aensamaster fit un geste et, aussitôt, le tube de métal se rétracta avant de disparaître dans le plafond.

La pâte verdâtre était un explosif préparé par Herr Stahl ; il était censé rester inerte tant qu'il n'était pas mis au contact de l'air et exploser huit minutes après usage, à quelques secondes près. « À quelques secondes près ». Ces mots des plus ordinaires résonnèrent dans l'esprit du détective. Même dans la position où il se trouvait, au cœur du danger, à bout de solutions, au bord de la panique, il pouvait encore éclater d'un rire nerveux. Huit minutes ; c'était plus qu'il n'en fallait pour que le flot de drogue lesté d'explosifs n'atteigne son réservoir souterrain. Le problème était de savoir à quelle distance celui-ci se trouvait de la salle. Il n'avait aucune envie de compter parmi les victimes de l'explosion. Il devait s'éloigner. Mais de quel côté ? Et jusqu'où devait-il courir ?

Il agrippa le rebord du wagon pour se laisser tomber sur le sol, mais ses mains poisseuses de sueur glissèrent de deux bons centimètres et ses genoux heurtèrent le flanc métallique de l'engin avec un bruit de tonnerre. L'Aensamaster sursauta, puis eut un geste sec. Les Aensas inférieurs se précipitèrent pour bloquer l'entrée du tunnel. L'Aensalord poussa une exclamation et sortit l'arme de son holster. L'estomac de Jaeger se noua. L'Aensalord braqua son arme, prêt à tirer, tandis que ses yeux lançaient des éclairs.

En désespoir de cause, Jaeger se redressa, posa un pied sur le rebord du wagon et sauta. Sa cape d'invisibilité accrocha une protubérance quelconque et se déchira dans un craquement d'outre-tombe. Le détective apparut soudain aux yeux de tous, comme suspendu entre ciel et terre. Puis ses genoux entrèrent violemment en collision avec le corps de l'Aensalord tout de noir vêtu ; ils s'effondrèrent au sol dans une lutte acharnée pour la possession de l'arme.

Jaeger réussit à prendre le dessus. Il se retrouva assis sur son adversaire, à quelques centimètres de ses deux yeux phosphorescents brûlants de haine, et sentit son souffle chaud et fétide sur son visage. Le corps recouvert de fourrure argentée, cloué au sol par le poids du détective, tressautait et se cabrait comme un tigre furieux. Jaeger sut qu'il ne pourrait le retenir bien longtemps. Il saisit à pleines mains la capuche noire de l'extraterrestre et lui cogna violemment le crâne contre le sol. Les deux yeux dorés se brouillèrent et roulèrent sous leurs paupières.

Le détective finit par lâcher son adversaire, puis roula en arrière et se releva d'un bond. Là, tout près, retentit la détonation d'un fusil à aiguilles crachant sa charge mortelle ; Jaeger resta assourdi un bref instant. Des morceaux de pierre arrachés au mur vinrent lui cingler les joues. Son épaule heurta violemment quelque chose de solide. Il décocha un coup de poing en aveugle et atteignit une cible indistincte ; au même instant, il reconnut le rouquin. Avant même que le truand ne touche le sol, Jaeger lui décocha un grand coup de pied dans la tête. À cet instant, Healey et l'Aensamaster auraient pu le maîtriser aisément, mais ce furent les Aensas qui se précipitèrent sur Jaeger en une mêlée furieuse, bien décidés à mettre en pièces la créature qui avait osé s'en prendre à un Aensalord. Dans un concert de cris et d'exclamations, le détective disparut sous les corps en mouvement. Une grêle de coups douloureux s'abattit sur chaque centimètre carré de son corps. Il ne pouvait les affronter tous ; il fallait sortir de là au plus vite. L'Aensamaster avait sorti son arme noire et ouvrait le feu au risque d'atteindre ses semblables. Et c'est ce qui arriva : un des

Aensas qui martelait de coups le détective eut un soubresaut et s'effondra, une plaie sanglante au flanc. Jaeger grogna : même sans viser, l'Aensamaster finirait forcément par l'atteindre. Il baissa donc la tête et fonça à travers la masse des corps enchevêtrés. Les Aensas de rang inférieur étaient moins bien nourris et donc plus faibles que leurs nobles supérieurs. Healey lui tira dessus à son tour avec un petit pistolet automatique ; un autre malheureux Aensa poussa un cri déchirant.

Jaeger s'arracha aux griffes de la meute et s'engagea dans le tunnel. Combien de temps lui restait-il avant l'explosion ? Plus que quelques secondes, maintenant. « À quelques secondes près. » Il fit la grimace et pressa le pas alors qu'il sortait du tunnel et abordait déjà le labyrinthe de couloirs. Il fallait à tout prix gagner le puits de ventilation que Corcail Sendijen lui avait indiqué ; c'était sa seule chance. Il entendit les pas lourds de Healey ; ce dernier s'était lancé à sa poursuite en lui tirant dessus, mais apparemment il s'agissait d'un piètre tireur. À vrai dire, il n'y a que dans les films en stéréop qu'on peut espérer atteindre sa cible en courant. Les balles sifflèrent autour de Jaeger ; soudain, un trait chauffé à blanc hurla à son oreille tel le souffle du démon. Une pointe de douleur déchira la chair de son épaule ; il sentit couler son sang sur sa chemise. Il poussa un juron, tira le petit sphéroïde de plastique de sa poche et se retourna.

Le visage tendu et rougeaud de Healey apparut soudain ; le politicien n'était qu'à trois mètres de lui et levait déjà son arme pour tirer à nouveau. Jaeger pressa la sphère ; un jet de liquide transparent jaillit d'un embout et aspergea les yeux et le nez de Healey. Encore une des préparations ingénieuses de Herr Stahl, conçue au cas où le détective doive à nouveau s'échapper en catastrophe du sinistre territoire aensa. Il s'agissait d'un puissant composé chimique bien plus concentré et bien plus efficace que ne l'était le liquide fixant : il suffisait d'une simple goutte de cette préparation pour éliminer la menace des Dktars. Il n'était pas censé servir contre des êtres humains, puisque Jaeger ne pensait pas en croiser au cours de cette mission. Le détective se demanda quel effet la substance pourrait avoir dans ce cas précis. Le visage de Healey se tordit ; il ferma les yeux et retroussa les lèvres, dévoilant ses dents. Le politicien se mit à hurler tout en se griffant le visage, mais Jaeger avait déjà tourné les talons et fonçait vers le conduit d'aération. Il entendit l'écho de ses cris dans le lointain. Apparemment, le produit avait aussi un effet sur les êtres humains.

En habitué des lieux, Corcail Sendijen glissait avec aisance dans les couloirs sombres de la forteresse aensa, se dirigeant vers les quartiers de la Compagnie Noire. Il ne croisa pas beaucoup d'Aensas dans les niveaux inférieurs : après l'attaque aéroportée dont ils avaient fait l'objet, les Aensalords avaient déjà battu le rappel de leurs troupes, et la citadelle entière était sur le pied de guerre.

Avant d'arriver au dortoir de la Compagnie Noire, Corcail Sendijen devait traverser un long couloir obscur et humide. Ses sens détectèrent une conscience de haut niveau, droit devant lui, en plein milieu du chemin. Il s'immobilisa et chercha à décrypter les émotions de l'Aensalord. Celui-ci avait peur, ce qui, chez une race de conquérants comme la sienne, était plutôt rare. Après l'assaut de Schiller et la bataille sur le lac asséché, ils avaient dû accélérer l'envoi de leur livraison ; la confiance qu'ils avaient en leur supériorité en avait pris un coup. Corcail Sendijen ne pouvait que s'en réjouir : c'était un facteur qui pouvait lui être favorable – bien que le problème restât le même : il devait se débarrasser de la sentinelle. S'il se faisait prendre si loin des quartiers de la Compagnie Noire, il passerait pour un espion et serait certainement exécuté sans autre forme de procès.

Corcail Sendijen haussa les tentacules. Après tout, ça ne serait que justice : il *était* un espion. Il fallait donc frapper le premier.

Il n'eut aucun mal à lire les pensées de l'Aensalord : celui-ci n'avait aucune raison de les masquer. Corcail Sendijen pouvait lire dans l'esprit des autres esclaves de la Compagnie Noire comme dans un livre, tout comme le ferait un Aensalord. Par contre, ces derniers ne pouvaient être sondés que s'ils le voulaient bien ou s'ils se montraient imprudents, comme c'était ici le cas. Si l'un d'entre eux voulait vraiment protéger ses pensées, même un Adepte tel que Corcail Sendijen ne pourrait franchir son bouclier mental. Voilà pourquoi son enquête était devenue si complexe : au tout début de sa préparation, il avait cru qu'il lui suffirait de pêcher dans l'esprit des Aensalords ou, au moins, des Aensas pour pouvoir obtenir sans peine les informations qui lui seraient nécessaires. Mais les Aensalords étaient imperméables à ses sondages et les Aensas qui poussaient les wagons remplis du liquide bleu étaient si bien drogués qu'ils erraient dans un état de semi-inconscience. Leurs esprits embrumés ne conservaient pas le moindre souvenir de leurs excursions nocturnes. C'est pourquoi Corcail Sendijen avait dû trouver des moyens plus fastidieux de mener à bien sa mission.

Mais grâce à l'aide de Karl Jaeger, un humain dont l'esprit était encore moins développé que les membres les plus attardés de la Compagnie Noire – du moins en termes de communication télépathique – il avait comblé son handicap. Ensemble, l'humain et l'extraterrestre avaient localisé la source de la drogue et, avec un peu de chance, réussi à détruire le stock entreposé dans les entrailles de la citadelle. Quoique, ce n'était qu'un début : si les deux complices voulaient sortir de ce piège en un seul morceau, il faudrait que Corcail Sendijen fasse usage de ses facultés mentales.

L'Aensalord affecté à la surveillance de la Compagnie Noire endormie se mit à faire les cent pas sur la passerelle qui dominait le dortoir. Corcail Sendijen attrapa au passage quelques bribes significatives de son état d'esprit. Il lui envoya un message d'inquiétude – rien de trop violent, rien qui puisse éveiller ses soupçons, juste un vague malaise. L'Aensalord s'immobilisa, puis se remit à marcher, mais dans la direction opposée cette fois-ci. Le bruit de ses bottes martelant l'escalier en métal résonnait jusque dans le couloir qu'occupait Corcail Sendijen. La sentinelle venait jeter un coup d'œil. Corcail Sendijen l'attendit, toutes griffes dehors, prêt à l'action. Il leva deux de ses tentacules externes, les plus longs.

L'Aensalord se dirigea rapidement vers l'extérieur du dortoir, se frayant un chemin – non sans dégoût – à travers les différentes espèces enchevêtrées. Il atteignit l'entrée du couloir de sortie et scruta les ténèbres environnantes. Corcail Sendijen tenta de s'aplatir au maximum contre le mur, tout en sachant très bien qu'il n'y parviendrait jamais.

L'Aensalord le vit, et ses yeux dorés brillèrent d'un nouvel éclat. Soudain, il braqua son arme sur la poitrine de Corcail Sendijen. L'Aensalord était presque invisible, noir sur fond noir ; seuls ses yeux dorés et le halo luminescent qui l'entourait éclairaient l'entrée du couloir. Un courant de pensées défila dans l'esprit de Corcail Sendijen : « Tu – ne – dors – pas – là – pourquoi ?… »

L'extraterrestre ne prit pas la peine de répondre. Il abattit un de ses tentacules sur le poignet de l'Aensalord, qui lâcha son arme. Le pistolet heurta le sol de pierre dans un claquement. Au même moment, un second tentacule jaillit et fouetta la tête encapuchonnée. L'aura dorée s'affadit et disparut ; l'Aensalord s'affala au pied de son adversaire. L'épisode n'avait pas duré plus de cinq secondes. L'Aensalord ne s'attendait pas à rencontrer quelqu'un, n'était pas préparé à la bagarre et n'avait pas envoyé le moindre signal d'alarme à ses collègues. Corcail Sendijen s'empressa de tracer une esquisse dans le vide (le Quarante-Quatrième Geste du

Rituel : Désir d'une conclusion rapide) et se posta au centre du dortoir.

« – tous – debout – réveillez – vous », ordonna-t-il.

Tout autour de lui se dressèrent les têtes hébétées de ses anciens camarades tirés de leur sommeil.

« – debout – suivez – réveillez – vous – colère – debout – temps – haïr – colère – suivre – suivre – suivre – haine – suivre – seigneurs – noirs – haine – haine – »

Il continua d'envoyer le même message de haine envers les Aensalords jusqu'à ce que tous les membres de la Compagnie Noire se fussent levés. Corcail Sendijen put sentir un sentiment de haine collective qui croissait peu à peu en chacun d'entre eux. Il nourrit cette colère et la mua en rage aveugle, mais encore sous contrôle. Il les exhorta à le suivre et à détruire tous les Aensalords qu'ils croiseraient sur leur chemin, ainsi que les emblèmes de leur puissance qu'il désignerait. Leurs voix s'élevèrent en un concert de cris et de grognements divers ; tous agitèrent leurs poings, leurs ailes ou leurs tentacules en une grotesque et furieuse pantomime. Corcail Sendijen les conduisit hors de la salle pour monter vers les niveaux supérieurs et le centre de communications. Il n'avait plus beaucoup de temps, mais savait parfaitement ce qu'il avait à faire.

Ils progressèrent le plus vite possible, mais avec discipline. Corcail Sendijen s'assura que les membres les plus lents de la Compagnie Noire ne traînaient pas derrière le gros de la troupe ; il ne voulait pas que son commando se disperse avant d'atteindre sa destination. S'il perdait des éléments en route, ils risquaient d'attirer plus vite l'attention des Aensalords, et sa diversion s'en verrait amoindrie. Corcail Sendijen maintint ses troupes en état de fureur tout en veillant à ce qu'ils ne foncent pas aveuglément dans les couloirs, où ils échapperaient à son contrôle. Enfin, ils atteignirent la salle de commandement ; comme d'habitude, celle-ci était gardée par quatre Aensalords, chacun muni d'une de ces armes étranges et silencieuses à la puissance de feu dévastatrice. La petite armée de Corcail Sendijen se précipita sur les Aensalords, les prenant par surprise. Les premiers rangs périrent sous les tirs des gardes, mais Corcail Sendijen continua de pousser ceux de l'arrière. Lui-même traversa le champ de bataille, alors que les cris mentaux de ceux qui succombaient autour de lui torturaient ses sens les plus empathiques. Il se sentait responsable vis-à-vis de tous ces pauvres bougres qu'il avait envoyés à la mort, mais il refoula vite ce sentiment. Il ne pouvait se laisser distraire par de telles pulsions ; pas maintenant, alors qu'il y avait des décisions à prendre, des choses à entreprendre. Ces esclaves ne se sacrifiaient pas en son nom, ni pour ces gens de la Terre aux sens peu développés. Ils n'étaient que des soldats involontaires sur le champ d'une bataille qui les dépassait ; de leur point de vue, ils affrontaient cet immense empire que les Aensas avaient dérobé à tous les occupants de la galaxie. Corcail Sendijen entendait les cris de mort de ses ex-camarades de travail, tous ressortissants d'espèces différentes. Au moins ne tombaient-ils pas en vain : les survivants finirent par submerger les Aensas, les uns après les autres. Corcail Sendijen abattit lui-même un des gardes, puis se fraya un passage dans la foule pour atteindre la salle de communications. Il verrouilla la porte de l'intérieur et la bloqua en poussant une lourde console d'ordinateur devant le panneau. Ainsi, personne ne viendrait le déranger, ni les Aensalords, ni ses camarades de la Compagnie Noire.

Le sol s'agitait et ondulait comme une mer houleuse. Jaeger luttait pour conserver son équilibre sur le béton instable ; il fit un bond en avant, mais les plaques animées de mouvements contradictoires semblaient s'ingénier à le ralentir. Le bruit de la déflagration, loin au-dessous, n'était guère plus qu'un toussotement étouffé.

Les derniers échos s'estompaient, mais le sol poursuivait sa gigue démentielle. Un grondement sourd et métallique s'enflait. L'explosion avait déclenché une réaction en chaîne ; d'autres suivraient. De la poussière de béton dégringolait du plafond en une fine pluie grise. Jaeger se jeta à plat ventre sur le sol, évitant de justesse un énorme fragment arraché au mur craquelé.

Le conduit de ventilation se trouvait juste devant lui. Il se précipita en avant, ignorant les secousses sismiques qui soulevaient toujours les plaques de béton. Il se demanda si le conduit était encore utilisable ; c'était là son dernier espoir.

Ces nombreux efforts n'avaient pas amélioré l'état de sa cheville déjà bien éprouvée ; à chaque pas, un élancement douloureux vrillait sa jambe, comme s'il voulait rejoindre la douleur sourde qui pulsait dans sa tête et la blessure qui incendiait son dos. Tout autour de lui, le grondement rauque de la forteresse en décomposition ne cessait de croître. Le couloir tout entier en frissonnait, et les vibrations creusaient des fissures béantes dans le sol, striant les pavés. Bon sang, tout le château allait lui tomber dessus ! Le sol bascula soudain à quarante-cinq degrés sous les pieds de Jaeger, qui escalada péniblement le bloc de pierre.

Il réussit finalement à se hisser dans le conduit de ventilation, puis s'adossa douloureusement contre l'un des murs. Il replia ses jambes et posa un pied, puis l'autre, contre la cloison opposée, et se mit à monter lentement, mais sûrement, centimètre par centimètre, ignorant la morsure rugueuse de la pierre qui lui déchirait les paumes et le dos. Un impact secoua le conduit comme un poing d'acier ; Jaeger glissa sur une cinquantaine de centimètres, revenant à son point de départ avant de freiner sa descente. Le puits bascula tel un ivrogne ; devant ses yeux, une grande crevasse s'ouvrit dans le béton. Du ciment pulvérisé saupoudra son visage, pour se transformer en échardes de pierre, puis en cailloux, puis en rochers. Jaeger poussa un grand cri. C'était la fin ! C'était la fin…

Une brume rouge et brûlante embrasa l'air environnant ; une incandescence qui s'introduisit dans le conduit, et l'avala tout entier.

Au-delà de l'orbite lunaire, l'imprimante reliée au terminal de communications bourdonna en éditant silencieusement son message. Le colonel John Robert Devaney regarda la feuille de papier comme s'il s'agissait d'un insecte venimeux. Il pâlit et tendit la main pour arracher la dépêche qui venait de sortir de l'appareil, puis la posa à plat sur le bureau avec les gestes lents et exagérés d'un homme qui lutte contre l'hystérie. Enfin, il se força à lire ce qui y était écrit.

Il déchiffra le message codé de ses yeux écarquillés, puis le lut à nouveau. La colère monta en lui, supplantant l'angoisse et les visions de villes en flammes. D'un geste furieux, il froissa la feuille de papier dans son poing avant de marmonner un juron. Suivi de quelques autres. Quelle bande d'idiots ! La seule chance qu'ils avaient était l'attaque surprise et massive. Et voilà que ces imbéciles lui ordonnaient de se rapprocher des vaisseaux aensas et de tenter de les aborder. La consigne était de ne pas tirer, du moins pas avant que l'adversaire ne fasse usage de ses propres armes. On les envoyait au suicide ! Avec les Aensas, toute tentative d'engager un combat loyal était vouée à l'échec. Il commandait des vaisseaux *interplanétaires* qui reliaient la Terre et les petits comptoirs lunaires, les planètes et les satellites les plus proches. Les navires aensas étaient des vaisseaux *interstellaires*, et ne jouaient pas dans la même cour. Une lueur maligne fit flamber les yeux de Devaney. Le haut commandement du CI pouvait bien disjoncter : ici, il était seul maître à bord…

Lentement, il se détendit. Sa tête s'enfonça dans ses

épaules. Il ne s'était jamais senti aussi las. Après tout, quelle différence cela faisait-il ? Quoi qu'il arrive, une fois l'attaque lancée, l'espérance de vie de la Terre se mesurerait en minutes. L'enfant qu'il avait été aurait-il pu se douter que sa main mettrait fin à l'éternelle lutte pour la survie, qu'il réduirait les rêves de l'espèce humaine à un tas de cendres fumantes ? Non, sinon il se serait suicidé il y a bien longtemps. Et maintenant, il était le seul juge de son satané purgatoire.

D'accord, il allait jouer leur jeu. Durant toute sa carrière, il n'avait jamais désobéi à un ordre direct, et le dernier acte de sa vie ne dérogerait pas à ce principe. Il suivrait les consignes. Il attaquerait dans les règles et tenterait d'aborder les vaisseaux ennemis. *Hé, les trois monstres, vous ne me faites pas peur*, songea-t-il en éclatant d'un rire amer dont les échos rebondirent entre les parois étroites de la pièce.

Le colonel Devaney hésita un instant, tandis qu'il essayait de fixer dans sa mémoire l'image de la ville de son enfance, ses rues biscornues, ses chalutiers multicolores, ses interminables couchers de soleil flamboyants, le vol de ses mouettes rieuses. Il revit tout cela et tenta de s'en imprégner une dernière fois ; puis il se tourna vers le tableau de commandes et ses doigts pressèrent le bouton d'alerte du Quartier Général.

Karl Jaeger décida que la mort ne lui plaisait pas. Il y faisait trop sombre, trop chaud, il avait trop mal. Il toussa et s'étrangla ; quelque chose l'étouffait, quelque chose qui lui raclait la gorge comme des plumes pointues. Il cracha un nuage de poussière grise, puis fut pris de vomissements. Une étincelle de colère irraisonnée s'alluma tout au fond de son cerveau. Maintenant qu'il avait quitté cette vallée de larmes, il se serait volontiers dispensé de ces détails sordides. Ses pieds glissèrent ; il se raidit instinctivement pour ne pas tomber. La pierre était brûlante contre ses épaules et sous la plante de ses pieds. L'air charriait un relent de fumée âcre. Tout s'expliquait ! Cela ne pouvait être que l'enfer. Jaeger n'était pas surpris outre mesure : après tout, il savait bien qu'il finirait par y échouer un jour ou l'autre. Au moins, il était sûr d'y retrouver quelques vieux copains…

Une douleur sourde traversa toutes les molécules comprises entre sa cheville et sa tête avant de lui arracher une grimace. Quelle injustice : comment pouvait-on ressentir la moindre douleur physique après la mort ? N'était-ce pas l'apanage exclusif des vivants ? Ou était-ce un avant-goût des fameux tourments que l'enfer réservait aux âmes damnées, comme on le lui avait enseigné durant ses plus jeunes années ? Du temps s'était écoulé depuis cette époque, et il s'était attendu à quelque chose de plus subtil, plus métaphysique, moins grossier. Où étaient les scènes impressionnantes décrites par Dante et Bosch ? Après tout, l'enfer avait une réputation bien établie – mais apparemment usurpée. Décidément, tout fout le camp, se dit Jaeger.

Malgré les brumes qui engourdissaient son cerveau, il se demanda en quoi consisterait son propre châtiment. Lorsqu'il était en vie, la seule forme de torture organisée qu'il ait jamais subie avait pris la forme d'un embouteillage *vraiment* infernal.

La souffrance imprégnait chaque fibre de son corps, mais elle était trop diffuse pour le tenir éveillé. Il coula lentement dans un lac gris et paisible, puis se noya dans sa propre fatigue.

Une nouvelle pointe de douleur aiguë le réveilla en sursaut. Il poussa un grand cri. Impossible de dire combien de temps il était resté inconscient. Il faisait de plus en plus chaud. En fait, il étouffait. Un vrai four ; il ruisselait de sueur. Une pensée démentielle envahit son esprit : si on peut transpirer après la mort, que peut-on encore faire d'autre ? Par exemple… Sans réfléchir, il lança ses jambes en avant, collant son dos au mur. Un flot écarlate de douleur le submergea, mais il fit de son mieux pour l'ignorer. Il continua de monter, grappillant centimètre par centimètre jusqu'à ce que la chaleur diminue. Il s'immobilisa un instant, le temps de reprendre son souffle, mais la brûlure revint et, avec elle, l'impression que tous ses os fondaient comme de la cire. Il grogna : alors c'était ça, le tourment qui lui avait été réservé. Se démener à jamais dans ce conduit – véritable gosier de Satan –, constamment aiguillonné par les feux de l'enfer, se démener sans répit, sans repos. Une grimace crispa ses traits, et il reprit sa vaine ascension.

Sa tête heurta quelque chose de solide. Impossible de continuer ; le chemin était bloqué. La chaleur léchait ses chevilles. Ainsi, il finirait carbonisé et mourrait une seconde fois. Mais comment était-ce possible, puisqu'il était déjà passé par là ? Il y avait forcément une autre solution.

Jaeger força sur l'obstacle, qui céda légèrement. Il s'y jeta de toutes ses forces en poussant un grognement. Sa main passa au travers et émergea à l'air libre. Il se fraya un chemin à travers la matière friable ; on aurait dit du ciment effrité. Enfin, sa tête émergea dans la fraîcheur de la nuit. Il sortit ses deux bras et, d'une ultime traction, s'extirpa du conduit pour rouler sur le sol de la cour.

L'air froid dissipa les dernières brumes qui engourdissaient son esprit. Soudain il sut où il se trouvait et pourquoi ; et surtout il comprit qu'il était bien vivant.

Il leva alors les yeux et vit les hélijets de la Force de Pacification qui survolaient les flancs du Hohenstaufen et descendaient vers les murailles désertées de la citadelle. Pour la deuxième fois cette nuit, des larmes vinrent rouler sur ses joues.

11.

Lorsque Karl Jaeger arriva enfin sur le palier de son appartement, il se dit qu'il devait avoir une bien piètre allure, comme en témoignaient, à travers sa porte entrouverte, les yeux écarquillés de la vieille qui habitait à l'autre bout du couloir. Qu'allait-elle encore s'imaginer ?

La dernière fois que son indiscrète voisine s'était mêlée de ses affaires, c'était lors de son esclandre avec le Turc et le blond ; maintenant, se dit-il avec un sourire, elle ne devait plus savoir que penser. Sous le manteau estampillé CI qu'il avait emprunté, le détective était nu comme un ver : ses vêtements avaient roussi lors de la destruction de la citadelle aensa et fini de se consumer durant sa longue et douloureuse ascension. Son corps arborait une collection impressionnante de bandages d'un blanc éblouissant sur sa peau noircie de fumée.

Jaeger était accompagné par deux officiers des forces armées du CI, tous deux engoncés dans leurs uniformes propres. Ils l'encadraient en silence alors qu'il déverrouillait la porte de son appartement. La vieille femme en déduirait-elle qu'il était leur prisonnier ?

La porte s'ouvrit enfin ; Jaeger se retourna pour faire face à son escorte. Les deux officiers le saluèrent respectueusement, puis partirent d'un pas vif en direction de l'ascenseur. Jaeger les suivit du regard ; il avait eu l'intention de leur proposer d'entrer boire un verre. Il haussa les épaules, rentra dans son appartement et referma la porte derrière lui.

Le calme, enfin. Tout était terminé ; il avait résolu l'affaire la plus invraisemblable de sa carrière. Content de lui ? Pas maintenant. Pas encore. Pour l'instant, il était surtout fatigué, terriblement fatigué. Il se promit de se ménager un long moment d'autosatisfaction béate, un jour, dans un lointain avenir.

Il se jeta sur le canapé ; il se sentait vidé au point de ne même plus avoir la force de lever ses pieds du sol. Il resta là, à scruter les contours familiers du plafond. Celui-ci avait besoin d'être repeint, mais les fissures qui sillonnaient sa surface formaient un dessin familier, rassurant. C'était la preuve qu'il était bien chez lui. Ces fissures pouvaient toujours se creuser, mais la superstructure de bois, de ciment et de plastique qui l'entourait resterait en place, immuable, et jamais elle ne s'abattrait sur sa tête. À moins, se dit Jaeger, qu'un autre client fou ou un ennemi assoiffé de vengeance n'envoie ses hommes de main déposer une nouvelle bombe.

Le détective ferma les yeux pour mieux savourer les bourdonnements qui s'échappaient de la cuisine, bien qu'il ressentît encore avec acuité la douleur diffuse qui imprégnait chaque cellule de son corps. Pour l'instant, il n'avait rien à faire. Demain matin, il devrait se rendre à son bureau pour rédiger quelques rapports qui ne refléteraient en rien la réalité. Personne ne saurait ce qui s'était vraiment passé ce jour-là, personne ne connaîtrait le rôle exact qu'il avait joué dans toute cette affaire. Mais le détective s'en moquait : la gloire ne l'intéressait pas. Après avoir rédigé ces faux rapports, il entamerait une partie de bridge avec Marga Geier, Hans et Herr Stahl. Une partie qui pourrait se prolonger indéfiniment.

Herr Stahl lui avait sauvé la vie, il n'y avait pas le moindre doute là-dessus ; le détective se demanda si, lorsqu'il avait conçu ses gadgets salvateurs, le technicien avait eu la moindre idée du but de sa mission. Oui, sans doute : Stahl adorait les énigmes et les puzzles, et il ne fallait pas être grand clerc pour déduire que Jaeger mijotait une nouvelle incursion en territoire aensa. Mais il n'avait jamais parlé de la drogue bleue, ni à lui, ni à Hans Weissmann. En cela, les deux hommes restaient dans l'ignorance, tout comme la grande majorité des habitants de la Terre. Le commun des mortels ne voudrait jamais croire que sa planète était passée à un cheveu de la destruction totale. Et bien sûr, il n'en saurait jamais rien. Jaeger lui-même respecterait le black-out institué sur les événements de la nuit dernière. C'était son devoir. Et merde. Il était crevé.

Quand les soldats l'avaient tiré de la cour en ruine, il était tombé sur Huston et Teresky. Il se trouvait alors sur un brancard, et les médecins avaient fait de leur mieux pour le soigner. Huston demanda alors que les représentants du CI puissent s'entretenir avec lui ; sans attendre la réponse, Teresky avait serré gravement la main de Jaeger, et Huston lui-même s'était permis de verser une larme. Ils avaient été mis au courant de la trahison de Healey, mais bien trop tard. Lorsque le diplomate ne s'était pas présenté au rendez-vous fixé avec ses collègues et qu'ils n'avaient pas pu le retrouver, Teresky avait deviné ce qu'il en était réellement.

Après leur brève rencontre avec Jaeger, Huston et Teresky étaient repartis, non sans promettre un versement substantiel sur le compte de JAEGER, INC. Avec les remerciements du CI. Une somme assez coquette pour pouvoir tenir un certain temps sans avoir à accepter des boulots minables. Il pourrait se consacrer entièrement au bridge. Quitte à laisser gagner ce cher vieux Stahl de temps en temps.

Pendant que Jaeger était entre les mains des médecins, Corcail Sendijen lui avait fait ses adieux. De toute cette affaire, le départ de l'extraterrestre tentaculaire était certainement l'épisode le plus douloureux – excepté, bien sûr, la mort de Nati. C'était étrange; ils ne se connaissaient que depuis quelques heures, et pourtant Jaeger avait forgé un lien de camaraderie particulièrement intense avec la créature extraterrestre. Corcail Sendijen dégageait une impression rare de chaleur et d'honneur à laquelle Jaeger était particulièrement sensible; il regrettait que son nouvel ami dût partir si vite. Mais Huston lui avait expliqué la situation : selon les règles du gouvernement galactique, quelle que soit leur forme, une planète récemment découverte ne pouvait s'ouvrir aux marchés commerciaux, que ce soit à titre individuel ou privé. En constatant la réaction d'effroi des soldats qui aperçurent Corcail Sendijen, Jaeger comprit qu'on ne pouvait permettre ce genre de rencontre à l'échelle mondiale. La panique des Trente Jours d'émeute qui avaient suivi le premier contact avec les Aensas ne serait rien à côté : après tout, les Aensalords avaient une apparence bien plus proche de l'être humain que Corcail Sendijen. La navette du CI le ramènerait chez les siens, qui contrôlaient désormais les trois vaisseaux de guerre aensas. Les Aensalords eux-mêmes étaient gardés prisonniers grâce à leurs propres instruments de détention. Corcail Sendijen et ses semblables se chargeraient de ramener les trois vaisseaux au centre galactique, de livrer les Aensas aux autorités et de signaler l'existence de la Terre au département concerné. En temps voulu, l'extraterrestre enverrait une équipe de prospection mandatée afin que la Terre reçoive l'éducation préalable à son entrée dans la grande famille interplanétaire. Jaeger voulut remercier Corcail Sendijen dans les formes, mais l'extraterrestre s'était contenté d'agiter un tentacule dans un de ces gestes étranges et pourtant familiers. Jaeger s'avéra incapable d'interpréter correctement ce signe, mais il perçut un sentiment intense de fraternité, d'amitié et de respect. Puis Corcail Sendijen monta dans l'un des hélijets, et Jaeger se retrouva seul avec ses pensées.

Tout ceci lui semblait déjà bien lointain, comme si ces

incroyables événements s'étaient passés des semaines auparavant. Et pourtant, seulement deux ou trois heures s'étaient écoulées depuis qu'il avait quitté la citadelle. Il décida donc de prendre du recul par rapport à toute cette histoire ; ignorer son corps douloureux et s'immerger dans les tracas triviaux du commun des mortels. Il n'avait plus personne, plus d'épaule sur laquelle pleurer, et cette idée l'attrista ; il devrait garder pour lui toute cette histoire. Ce secret resterait là, au fond de lui, telle une blessure vouée à guérir ou à cicatriser ; et il mènerait la grande vie, si cela pouvait le faire oublier. Cela ne servirait à rien, sans doute, mais il n'avait pas d'autre alternative.

Mais chaque chose en son temps. Il s'assit pour rédiger le premier jet du rapport falsifié qui finirait dans ses archives ainsi que dans celles du GEPG. Il y expliqua quelques points tels que la mort du Turc et de Nati, la disparition de Schiller et ses propres activités entre-temps. En revanche, il évita toute mention des Aensas : officiellement, la révolte qui avait balayé leur citadelle était un événement totalement accidentel qui n'avait rien à voir avec l'affaire en cours. Alors qu'il feuilletait les nombreux dossiers qui encombraient son bureau, Jaeger tomba sur une autre bafouille du Fichier central au nom de Connor Coffey. Point épineux s'il en est. Jaeger réfléchit un moment à la meilleure façon de s'en débarrasser, puis décrocha son téléphone en souriant et appela une messagerie.

« Bonjour, fit-il en voyant apparaître sur l'écran le visage d'une jolie jeune femme aux traits tirés par la fatigue. J'aimerais envoyer un message à délivrer en mains propres, s'il vous plaît.

– Bien sûr, monsieur, répondit la jeune femme. Puis-je avoir le nom et l'adresse du destinataire ?

– Un nommé Connor Coffey, répondit Jaeger en y adjoignant son adresse.

– Veuillez ajouter votre propre nom et votre numéro de téléphone. »

Jaeger obtempéra, puis reprit :

« Voici le message : c'est votre dernière chance. Ce soir. Jaeger. »

La femme répéta ce bref message, et Jaeger régla la facture.

« Oh, j'oubliais, dit-il. Veuillez ajouter 500 eurodollars, que vous ajouterez sur ma note de téléphone.

– Certainement », répondit la jeune femme.

Jaeger coupa la communication, puis se servit un cocktail. Il s'assit et alluma la chaîne omni. Sans réfléchir, il programma quelques vieux classiques de Scott Joplin, puis se ravisa. Ces airs lui rappelleraient Nati, elle qui aimait tant les jouer. Il pouvait presque l'entendre ; c'était bien le seul souvenir tangible qui lui restait. Non, cette musique appartenait à Nati, et il préférait la laisser reposer en paix. Il jeta les enregistrements dans sa corbeille et, à la place, mit ceux d'une artiste française qui, d'après les critiques, chantait comme Édith Piaf. Bien sûr, personne ne savait à quoi ressemblait la voix d'Édith Piaf, puisqu'il ne restait plus un seul enregistrement qui permette de faire la comparaison. Mais à en juger par l'émotion intense que dégageaient ses chansons, Piaf devait être bouleversante.

La musique s'éleva dans son appartement plongé dans la pénombre. Jaeger espérait pouvoir un jour vibrer sur autre chose que les recréations plus ou moins fidèles de ce qui avait cessé d'exister depuis plus d'un siècle. Après tout, cela allait de pair avec sa profession ; lui-même n'était qu'un anachronisme. Il ne valait pas mieux que tous ces chanteurs et ces musiciens en mal d'authenticité. Et à partir de maintenant, pensa-t-il avec amertume, à partir de maintenant, il pousserait cette notion jusqu'à sa dernière extrémité ; car chaque femme qu'il rencontrerait ne serait jamais qu'une version édulcorée de Nati ; Nati, qui avait connu une mort horrible, un jour, il y a si longtemps.

Jaeger s'éveilla en sursaut : quelqu'un tentait de forcer la porte de son appartement. Avec un sourire, il marcha vers la porte d'un pas très calme, déverrouilla le loquet et se tint caché derrière le panneau en attendant que Coffey eût fini son numéro. En effet, le jeune homme jaillit dans la pièce, revolver au poing, et se mit à tirailler en tous sens dans un concert de toussotements. Ses balles firent des trous dans le mur d'en face.

« Coffey, fit doucement Jaeger, vous êtes un idiot. Je vous ai envoyé une lettre, pourtant. »

Lentement, avec un luxe de précautions, le jeune homme entra dans la pièce.

« C'est vous qui l'avez envoyée ?

– C'est moi qui l'ai signée, non ? »

Coffey tira la lettre de la poche de son blouson. Les cinq cents eurodollars volèrent sur le tapis à l'insu du jeune homme. Jaeger posa subrepticement son pied sur les billets.

« Tout ce que disait la lettre, c'est : « Ici Jaeger. » Je croyais qu'ils m'envoyaient vous faire la peau, une fois de plus.

– Non. C'est moi qui l'ai envoyée. Vous pouvez toujours vérifier auprès de la compagnie du téléphone. »

Jaeger alla même jusqu'à lui montrer l'emplacement du téléphone. Il composa lui-même le numéro de la messagerie et parla avec la même jeune femme, qui confirma l'appel. L'apprenti tueur rempocha son arme d'un air satisfait.

« Bon, d'accord, dit-il. Que voulez-vous ? Vous savez, je cours de gros risques en me montrant chez vous. Surtout si ce n'est pas sur l'ordre de mes employeurs. Encore maintenant, je suis sûr qu'ils veulent ma peau. »

Jaeger bâilla.

« Non, vous vous trompez. C'est pour ça que je voulais vous voir. Vous m'avez engagé, si je ne me trompe ? Je voulais juste vous prouver que vous n'avez pas dépensé en vain votre argent. »

Coffey le dévisagea d'un air incrédule. Le jeune homme se souvenait de la façon dont il avait livré le détective au Turc et au géant blond, puis se demanda s'il pouvait vraiment être parvenu à un accord avec ceux qui l'employaient. Il était facile de suivre ses pensées ; il suffisait de lire les expressions de son visage, qui ne cessaient de se modifier au fil de ses ramifications mentales.

« C'est vrai ? réussit-il à dire d'une façon peu spectaculaire.

– Vrai de vrai. Vous n'avez plus de souci à vous faire. Vous étiez un rouage de la machine de guerre de Schiller, ou peut-être de celle de Healey. Cela revient au même. Ils sont morts tous les deux. »

Coffey se détendit un brin.

« Écoutez », commença-t-il, mais Jaeger l'interrompit en levant une main.

« Je sais. Vous voulez me dire que vous regrettez de m'avoir harcelé comme vous l'avez fait. Ne vous inquiétez pas pour ça. Vous faisiez votre boulot, et moi aussi. Parfois, on nous confie des missions pas très reluisantes. C'est tout.

– Je suis heureux que vous le preniez de cette façon. Si je peux faire quoi que ce soit…

– Oui. Contentez-vous de rester un instant sans bouger. »

Et Jaeger lui décocha un bon crochet du droit, très satisfaisant, qui s'écrasa après un arc de cercle parfait sur la mâchoire inférieure du jeune homme. Coffey fit un pas en arrière, puis se cassa en deux lorsque Jaeger le frappa à nouveau, dans l'estomac cette fois-ci. Le détective conclut par un ultime direct en pleine mâchoire et entendit un craquement reconnaissable entre tous, celui des os qui se brisent. Coffey partit en arrière, passa la porte et déboula dans le couloir, où il s'affala sur la moquette et ne bougea plus. K.-O. pour le compte. Jaeger referma la porte et se dirigea vers l'endroit où il avait posé les cinq cents eurodollars. Un instant, il se demanda s'il ne ferait pas mieux de les jeter sur le corps de Coffey, puis il se ravisa et fourra les billets dans sa poche. Il se prépara un verre et s'assit dans l'Éclair Noir. Il alluma la machine et s'endormit instantanément.

Il était déjà tard dans la nuit. Jaeger était aveugle. Vieux, fauché et sans la moindre perspective. Tout ce qui restait de lui s'était dissous dans les ténèbres. Dans son rêve, Jaeger était totalement sans défense. Il se sentait vieux, mais ne pouvait même pas regarder ses mains pour voir si elles étaient ridées.

Il était descendu chez un ami à lui et, maintenant, l'heure du départ était arrivée. Son ami s'approcha de lui :

« Comment vas-tu retrouver ton chemin ? Il est minuit passé, et il fait nuit noire. »

Jaeger eut un petit rire.

« Au cas où tu ne l'aurais pas remarqué, je suis aveugle. Le jour ou la nuit, cela m'est égal. Peux-tu néanmoins me donner une lanterne ?

– Pourquoi, Karl ? » demanda son ami, intrigué. « Comme tu le dis toi-même, tu n'en verras pas mieux pour autant.

– Non, bien sûr que non. Mais les autres passants me verront venir de loin et pourront m'éviter. Je suis incapable de les repérer et, sur ces petites routes étroites, ils risquent de me renverser.

– Ah, fit l'autre avec respect. La sagesse même. »

Et il donna à Jaeger une lanterne de bambous tendus de papier de riz à l'intérieur de laquelle se trouvait une bougie.

Jaeger prit la direction de sa misérable hutte. À peine avait-il parcouru un kilomètre que, soudain, il se vit violemment percuté par un homme qui venait de la direction opposée.

« Qu'est-ce qui vous prend ? s'écria Jaeger d'un ton furieux. Vous n'avez pas vu ma lanterne ? Êtes-vous aveugle, vous aussi ? »

L'autre eut un petit rire.

« Tu as oublié d'allumer la bougie. »

Jaeger se réveilla en clignant des yeux. Il resta un instant assis dans le fauteuil pour réfléchir tranquillement au rêve que lui avait envoyé l'Éclair Noir. Quelques instants plus tôt, il était si fier de lui : il avait corrigé Coffey comme il le méritait, avait dénoué toutes les ficelles de l'intrigue et, cerise sur le gâteau, sauvé le monde à lui tout seul. Et voilà qu'il s'était fait remettre à sa place par une machine. Jaeger scruta les profondeurs de son verre de scotch. Il renifla dédaigneusement, puis éclata de rire. L'Éclair Noir avait toujours raison. Il resta là, dans son fauteuil en vinyle noir, à hurler de rire jusqu'à ce que la douleur qui poignardait sa poitrine ne lui arrache des larmes.

Dans la même collection

Peter S. Beagle, *La Dernière Licorne*
Gregory Benford
Dans l'océan de la nuit
À travers la mer des soleils
Terry Bisson, *Hank Shapiro au pays de la récup'*
James P. Blaylock
Sonne le glas de la Terre
Ray Bradbury
De la poussière à la chair…
Trois automnes fantastiques
Thomas Day, *Resident Evil*
Philip K. Dick
L'intégrale des nouvelles 1947-1953 (Tome 1)
L'intégrale des nouvelles 1953-1981 (Tome 2)
La Trilogie divine
Greg Egan, *Isolation*
Jack Finney, *Le Voyage de Simon Morley* (Grand Prix de l'Imaginaire)
Edmond Hamilton, *Les Loups des étoiles* (l'intégrale)
Johan Heliot, *Obsidio*
Robert Holdstock
La Forêt des Mythagos 1/2
La Forêt des Mythagos 2/2
Barry Hughart
La Magnificence des oiseaux (World Fantasy Award)
La Légende de la Pierre
Huit Honorables Magiciens
John Kessel, *L'Amour au temps des dinosaures*
George R.R. Martin & Lisa Tuttle, *Elle qui chevauche les tempêtes*
Michael Moorcock
Les Danseurs de la fin des temps (l'intégrale)
Mother London
Déjeuners d'affaires avec l'Antéchrist
Michel Pagel, *Les Flammes de la nuit* (l'intégrale)
Françoise-Sylvie Pauly & Pascal Croci
L'Invitée de Dracula
Tommaso Pincio, *Un Amour d'outremonde*
Christopher Priest
eXistenZ™
Les Extrêmes (Prix de la British Science Fiction Association)

Le Prestige (World Fantasy Award)
René Reouven
La Partition de Jéricho
Histoires secrètes de Sherlock Holmes
Barbara Sadoul présente, *Le Bal des Loups-garous*
Karl Schroeder
Ventus 1/2
Ventus 2/2
Lewis Shiner
Fugues (World Fantasy Award)
En des cités désertes
Dan Simmons, *L'Échiquier du mal*
Neal Stephenson, *Zodiac*
Francis Valéry, *Le Talent assassiné*
Robert Charles Wilson
Darwinia
Les Chronolithes
Roger Zelazny & Jane Lindskold, *Lord Démon*

Composition Interligne.
Cet ouvrage
a été achevé d'imprimer
sur Roto-Page
en juin 2003
par l'Imprimerie Floch
à Mayenne.

D.L., juin 2003.
Éditeur, nº 09558.
Imprimeur, nº 57393.
Imprimé en France.